# 犀利小廚娘 1

文創風 796

遲小容 著

# 目錄

# 序文

遲小容

美食能讓人感到幸福。

我本身是個不折不扣的吃貨，愛美食，也愛下廚。看著新鮮的食材在我的細心處理下變成一道道美食，品嚐著自己的作品，看著親友們享用這些美食後露出的滿意表情，都會讓我產生極大的滿足感與幸福感。

對於美食的探索，我從不曾停止腳步。

我喜歡四處旅行時，探索當地的美食；在我的書架上，滿滿地擺放著不同風味的食譜；社交軟體曬出來的圖片，一眼望去，全都是我精心烹飪出來的美食；手機裡除了必備的社交軟體與系統軟體外，便都是與美食有關的應用程式，每天最頻繁的動作就是點開這些應用程式觀看網友們分享的食譜，或者分享自己研究出來的新食譜。

這一切的一切，都讓我感覺到快樂與滿足，便想與更多的人分享這一份快樂。

這也是我寫這本書的緣起。

關於美食，每個人都有屬於自己的理解與喜好。

同樣的食譜，不同的人做出來亦是不同的風味。

這些，相信擅長烹飪的朋友們都能有深刻的體會。

每道菜，都是獨一無二的，做人亦是如此。

因此，在這本書中，儘管我很想把主角烹飪每一道菜的細節都寫到位，最好是像網上常見的食譜一樣，把食材的種類與分量、烹飪的每個步驟甚至調味料的分量都詳細列出來，但還是忍住了這股衝動，只寫了大致步驟，並搭配對美食的味道、口感的描述，以及書中角色的反應與評價。

在寫這本書的過程中，每次寫到主角出新菜，我都會忍不住手癢，恨不得立即放下鍵盤，跑去廚房裡折騰一番。

偶爾描寫到食物的形色味時，彷彿自己正在品味著這些精緻的美食，更是忍不住垂涎三尺。

遇到思路阻斷，使得劇情難以繼續時，也是這些美食撫平了我的焦慮，使得思路順暢，甚至偶有令人驚喜的靈感。

因此，在這本書的創作過程中，我一路吃吃寫寫，在稿件完成之後，向來吃不胖的我，發現自己竟然足足重了十餘斤，到現在都沒能減下去。

不得不說，這真是一種甜蜜的負擔。

老子《道德經》云，「治大國，若烹小鮮」。

這本書並沒有如此深刻的道理，但能通過書中主角的視角，佐以精緻美食，來講述他們的故事，並讓諸位讀者體會到美食的魅力，在我看來，這就足夠了。

希望每一位讀者都能享受美食帶來的樂趣，感受生活的美好，像小說結局中主角一樣幸福美滿，祝福你們！

# 第一章

夜色下，低矮的土房，發霉裂開的木門，滿地的垃圾和四處亂飛的蚊蠅。

沈曈望著眼前的一切，嘴角狠狠地抽搐。

她穿越了。

原主和她同名同姓，今年十三歲，是家中獨女，七天前她的父母意外去世，爺爺、奶奶罵她不祥，把她逐出家門，並霸占了父母留下的田產、財物。無家可歸的原主，後來被村裡一個姓姜的老奶奶收留，住進了這間破敗的小院子。

姜奶奶經常早出晚歸，但是每天深夜總會帶回一些吃的給她，可是這一次，姜奶奶已經兩天沒回來了。

沈曈摸了摸餓得不停叫喚的肚子，正想把這髒兮兮的院子和房間打掃乾淨，突然聽見院門發出一道聲響，一個人影走了進來。

來人身材瘦削，個子很高。

不是姜奶奶。

沈曈心中一緊，迅速躲進房裡，關緊木門。對方似乎發現她的動作了，笑著追了過來，拍得木門砰砰響。

儘管沈曈已經用盡吃奶的力氣抵住木門了，沒奈何對方的力氣太大，再加上木門本就搖搖欲墜，他只拍了幾下，木門瞬間就四分五裂。

這具身體好久沒吃東西，餓得滿眼金星，木門一裂開，沈曈的身體就失去支撐，軟軟地倒下。

腥臭的氣味撲鼻而來，對方接住了她，抓住她的那雙手不知沾了什麼東西，黏膩噁心，這一刻，沈曈想死的心都有了。

「嘿嘿！嘿嘿！」

絕望中，聽見對方發出傻笑，沈曈一愣，抬頭望去，一眼就認出了來人的身分。

這是個傻子乞丐，在五年前突然出現在桃塢村，不管村裡的人怎麼驅趕，他都不肯走，固執地在村子裡晃悠，有時候餓得狠了，還會跑進村民家裡偷東西吃，經常被打個半死。

很明顯，他今天闖進姜奶奶的院子，就是來偷東西吃的。

想通這點後，沈曈非但沒有害怕，反而鬆了口氣，因為在原主記憶中，這個乞丐雖然愛偷東西，但是從來不傷人。

「嘿嘿！嘿嘿！」

小乞丐還在傻笑，沈曈站穩身子，離他遠一些，他身上的氣味太臭了，估計有好幾年沒洗過了。

沈曈儘量讓自己冷靜下來，對小乞丐說道：「小乞丐，這裡沒吃的，你走吧！」

就算有，也是先緊著自己，她自己還餓著呢，哪裡顧得上可憐別人。

也不知道小乞丐聽懂了沒有，一直在傻笑。沈曈用力去推他，想把人推出院門，誰知道院門突然啪嗒一聲，被人從外面鎖起來了。

不對勁。

沈曈蹙眉，撇下小乞丐，朝他噓了一聲，悄悄走到院門後，透過裂縫，她看見一個瘦小的身影站在那裡，隱約認出是原主的堂姐沈香茹。

她來幹麼？

只見沈香茹鬼鬼祟祟地貼在門後，沒聽見院子裡的動靜，偷笑一聲，一溜煙地跑了。

沈曈的疑惑更深，原主的老爹沈大陽是個老實巴交的農夫，生前並不受爺爺、奶奶的重視，而沈香茹的老爹沈江陽在鎮上有一份體面的工作，十分受寵；再加上沈香茹嘴甜，經常哄得爺爺、奶奶開心，因此在沈家過得比沈曈舒心，平時沈香茹就沒少欺負沈曈，今晚她鬼鬼祟祟地過來，一定有什麼古怪。

沈曈撓著腦袋想了好久都沒想出個所以然來，聽見小乞丐的傻笑聲，突然靈光一閃，明白了過來。

古代的人將名節看得比命還重要，沈曈和一個小乞丐大半夜孤男寡女共處一室，若是被人發現，少不得要被抓去浸豬籠；更何況，原主的父母才剛過世，她身上還披麻帶孝呢！

若是被發現，自己必死無疑。

沈曈臉色一沈，她知道沈香茹想幹什麼了。

「小乞丐，趕緊翻牆滾出去。」沈曈揪住小乞丐的衣服，把他拉到低矮的院牆前。

小乞丐傻乎乎地笑著，一把推開她，轉身就跑了，而且他跑的方向，是她的房間。

這個傻子，他自己想死，她沒意見，可是別拉著她一起啊！

沈曈恨恨地跺腳，咬牙跑去拉他。

「小乞丐，你給我站住，不許進去。」

然而，小乞丐跑得太快，再加上原主好幾天沒吃東西了，沈曈現在餓得頭昏眼花，根本就跑不過他，更拉不動他。

於是，沈曈只能眼睜睜看著小乞丐衝進房間，更過分的是，他背對著她，傻笑著脫下破爛的褲子，用力蹦上木床。

喀嚓！

本就半塌的木床搖搖晃晃地掙扎了一下，應聲塌了。

與此同時，門外喧鬧聲起，村民們撞開院門，提著火把氣勢洶洶地衝了進來。

沈曈的太陽穴突突直跳，心想這回完了，跳進黃河都洗不清了。

沈香茹似乎是打定主意要弄死沈曈，幾乎叫來全村的人，一時間冷清的小院子站了幾百人，擠得水洩不通。

沈香茹站在最前面，在她身旁站著的是桃塢村的村長趙銘吉，身穿粗布麻衣，一臉嚴肅。

沈香茹一眼望見房子裡的情況，頓時樂了，這小乞丐雖然傻，但是竟把她的囑咐記得清清楚楚，真脫了褲子跳上沈瞳的床，自己的那兩塊窩窩頭沒白給。

雖然沈瞳看起來衣衫整齊，但是那又如何，大家只信眼前所見，不會聽她解釋，她今天死定了。

村民們望向沈瞳的目光都帶著嫌惡和鄙夷，一些大嬸們更是指指點點。

「十幾歲的黃毛丫頭就知道偷漢子了，她爹娘屍骨未寒，若是知道了，泉下怎麼瞑目？」

趙銘吉輕咳一聲，壓下村民們的議論，目光沈沈地看向沈瞳。「沈家丫頭，妳是個乖孩子，應該做不出這種醜事來，妳好好解釋一下究竟是怎麼回事。」

沈香茹撇嘴，她就不信，都這樣了，沈瞳還能逃得了。

沈江陽從人群裡站出來，說道：「村長，這還要怎麼解釋，事情不是明擺著的嗎？這小騷蹄子耐不住寂寞，也不嫌棄小乞丐髒，竟然做出這種丟人的事情，咱們沈家丟不起這臉，明天我非得讓族長把她除族不可！」

眾人點頭，大聲說道：「咱們桃塢村也丟不起這臉，要是傳出去，咱們村裡的閨女還怎麼嫁人？這騷蹄子必須抓去沈塘。」

幾百人舉著火把，聲音震耳欲聾，沈曈原本就昏沈沈的，被火光晃得頭腦生疼，村民們的聲音彷彿炮彈一般在她耳畔炸開，轟隆地響。

這麼多人堵著，再加上沈曈現在又一副弱不禁風的樣子，想逃也逃不了，不等村長開口，好幾個婆子跑過來，緊緊抓住她，繩子往她身上繞了幾圈，麻利地捆了起來。

沈曈掙扎了幾下都沒能掙開，不由得心生涼意，難道她今天真要死在這群愚昧的村民手中？

等等，愚昧？

沈曈目光一亮，低頭看了一眼身上的孝衣，突然有了主意。

沈曈抬起頭，在這一瞬間，她的氣場全然變了。

沒理會在自己身上到處掐的惡婆子，她冷冷地望向村長，開口說道：「村長，你就這麼看著他們欺負我家囡囡？」

瞬間，全場死寂。

只因為沈曈開口發出的聲音，是男聲，而且和眾人記憶中的沈大陽聲音十足十地像。瘦小纖弱的少女，身穿慘白的孝衣，頭髮散亂，在火光的映照下，顯得詭異而陰森。

幾個婆子身體僵住，像看到鬼一樣往後退了幾步。

「妳、妳妳妳是人是鬼？」有人驚恐地叫了一聲。

沈曈目光陰冷地掃了幾個婆子一眼，冷冷笑道：「陳婆子、林婆子、李婆子，我生前沒少幫妳們犁地，我不求妳們的感激和報答，只是看在妳們孤苦無依，能幫就幫；現在輪到我的囡囡無依無靠了，妳們就算不幫她一把我也不怪妳們，可妳們怎麼能仗著人多勢眾，以大欺小呢？妳們對得起我嗎？」

被點到名的婆子們又愧又怕，只覺得沈瞳的眼睛陰森森、怪嚇人的，尖叫一聲，連忙跑了。

氣氛詭異得可怕，村民們愣愣地盯著沈瞳，不敢出聲。

村長的臉色也有些不好，擦著額頭上的冷汗，抖著嗓音問：「你、你、你是大陽？」

沈瞳揚眉，依舊是一口沙啞低沈的男聲。「村長，我才死了七天，你就不記得我的聲音了嗎？」

「啊，今天是大陽頭七的日子。」頓時人群中有人想起了什麼，驚叫出聲。

眾人望向沈瞳，目光懼怕。

沈瞳彷彿沒聽見眾人的議論，直直地望著村長。「我記得生前經常幫你們家幹活，沒想到你這麼快就忘了我，怪不得現在帶著全村的人來欺負我家囡囡，她已經夠可憐的了，你們還要這樣欺負她，是要把她活活逼死嗎？」

村長連忙解釋。「大陽，你聽我說，這是有原因的，你們家囡囡她和那小乞丐……」

「哦，你說這孩子啊！」沈瞳看了小乞丐一眼，目露慈祥，嗓音也柔和下來。「看來是你們誤會了什麼，這事怪我，是我沒跟你們說過，所以你們不知情也很正常。」

村長糊塗了。「大陽，你這什麼意思啊？」

沈曈幽幽地嘆了口氣。「年輕的時候不懂事，在和囡囡她娘成親前，遇見了一個外地的婆娘，一時把持不住。

「後來和囡囡她娘成親，有了囡囡，一家三口過得幸福美滿，也就不記得年輕時候的那點事了，誰知道，五年前那個婆娘突然又回來找我，說她當年走了以後才發現懷了我的孩子。」

沈香茹譏誚的目光掃視著沈曈，說道：「曈曈，二叔有幾斤幾兩，村裡的人都有目共睹，也就我那孀娘願意嫁他，其他人沒名沒分地願意跟他？莫不是傻子？妳這故事要編，也編得像樣點吧！」

村民們也沈默了。對啊，沈大陽不過就是一個泥腿，憑什麼勾搭人家黃花閨女，還讓人家給他生了個兒子？怎麼想都不對。

然而，村長目光轉動幾下，不知想到了什麼，突然激動起來。「我想起來了，大陽，你說的是十幾年前你在山上救的那個女人？難怪啊！」

沈曈一呆，她就是隨便那麼一編，沒想到還真有這麼一個人啊？

「那女人當時眼看著都快咽氣了，你硬是要救她，揹著她一路從山上跑下來，拚命地送到鎮上找大夫，硬生生把人給救活了。」

整個院子靜得落針可聞，所有人默默地聽著村長回憶當初的事情，沈香茹握緊拳頭，牙齒咬得咯咯作響。

沈瞳彷彿沒看見沈香茹難看的神色，一邊聽村長回憶，一邊點頭，她為了擺脫通姦的罪名胡亂編了一則故事，沒想到竟然真有其事，村長就是活生生的證人，如此一來，還有誰敢說她撒謊？

「沒想到，那女人竟然給你生了個兒子。」村長看了小乞丐一眼。「雖然是個傻子，但好歹也算是有後了。」

沈瞳點頭，感慨道：「是啊，五年前那女人帶著這孩子來找我的時候，我也很吃驚，當時我家囡囡都這麼大了，她娘身子骨兒不好，怕她傷心，我就一直沒說，那女人見我沒認這孩子，啥也沒說就帶著他走了，可沒過多久，這孩子突然自己出現在咱們村子，四處晃悠，我猜那女人應該死了，把他一個人丟下了吧！」

村長撿起小乞丐扔在地上的褲子，幫他穿上，沈瞳做出一副痛心的樣子，也走了過去，慈祥地想去摸小乞丐的腦袋，結果這具身體個子太矮了，搆不著，只好僵著臉拍了拍小乞丐的手，一本正經地胡說八道：「五年前他娘把他第一次帶過來的時候，這孩子還沒傻，滿臉機靈，看了就討人喜歡，誰承想後來再見到他，竟變成傻子了，又髒又臭的，也不知道跟著他娘吃了多少苦。」

村子裡的大嬸們一臉同情，沈香茹狐疑地盯著沈瞳看了半晌，終於忍不住插嘴。「瞳瞳，妳還真有本事啊，越裝越像了，為了洗脫通姦的罪名，不惜認一個小乞丐做哥哥。」

村長拉下臉呵斥她。「香茹丫頭，妳一個小姑娘家家，整日裡開口、閉口就是通姦，也不知道害臊。」

沈香茹咬唇。「村長，分明是沈曈撒謊騙人，你還……」

「什麼沈曈，這是妳二叔，妳就是這麼跟長輩說話的？」村長冷冷地道。

沈香茹跺腳，哼了一聲，甩袖就要走，村長被沈曈這個賤人灌了迷魂湯，今天算她好運。

「慢著！」村長大聲道：「香茹丫頭，妳二叔、二嬸留下的財產，都被妳家老太婆霸占了，趕緊讓妳奶奶和妳爹把田產契約還有銀子送過來。」

「那些田產是我爺爺、奶奶的，關她沈曈什麼事？」沈香茹怒道：「沈曈她早晚要嫁出去，這些東西最後還不是要落在我們手裡。」

村長沈著臉。「你們沈家早就分家了，妳二叔留下的遺產理所當然是沈曈的，她要是願意，以後甚至可以拿著那些東西當嫁妝，妳家搶走了算怎麼回事？」

村長看向人群，找到了一臉怒意的沈江陽，說道：「還不快把東西還回來，要我親自去嗎？」

「我現在去拿。」沈江陽壓抑著怒意，瞪了沈香茹一眼，成事不足、敗事有餘。

沈香茹委屈地癟嘴。

明明可以成功把沈曈弄死，誰知道她竟然會學二叔的聲音，裝鬼蠱惑村長啊！

沒多久，沈江陽就把田產契約和一袋銅錢送了過來。

跟著他一起過來的還有沈家的老太婆，也就是沈瞳的奶奶，沈老太婆來到以後，一屁股就坐在地上，嚎啕大哭。

「老娘造了什麼孽喲，生出這樣沒良心的白眼狼，死了都不安生，硬要搶老娘的田地。

「活著的時候就沒孝順過老娘，死了還要回來折騰我，不就是幾塊田地嗎？至於巴巴地搶回去給那賠錢貨？」

在沈瞳記憶中，沈大陽生前對沈老太婆絕對是千依百順，好得沒話說，而沈老太婆極度偏心，連個正眼都沒給過沈大陽，什麼好東西都留給沈香茹一家。如今這老太婆竟然當著這麼多人的面說沈大陽沒孝順過她，可就誅心了，若是沈大陽知道了，怕是會死不瞑目吧！

她哭，我也哭。

說哭就哭，沈瞳的眼眶瞬間通紅，張嘴就號哭出聲，蘿莉的身子，漢子的嗓音，輕鬆壓過沈老太婆的哭聲。

「娘啊，您說這話是剜兒子的心，要讓我死不瞑目啊！我生前日日侍奉您，幹活得來的工錢，一分沒剩，全都孝敬娘了，有什麼好吃的、好喝的都緊著您。」

沈老太婆來之前壓根兒就不知道沈瞳竟能把沈大陽的嗓音學了個十足十，現在一聽，整個人就傻了，呆呆地聽了半晌，才反應過來，隨即喊了一聲「鬼啊」，白眼一翻就暈了過去。

沈老太婆這一招撒潑打滾以失敗告終，沈江陽再沒有藉口了，只能老老實實地把東西交出來。

村長鄭重地把東西交到沈瞳的手上，還為之前沒幫忙照顧沈瞳道歉，然而，沈瞳卻只接過錢袋，剩下的田產契約看都不看一眼，推回村長的手裡。

見村長面露疑惑，沈瞳笑著道：「村長，我想用這些田地跟你換咱們村西頭的桃山，你看如何？」

村子裡的每一寸土地，除了分出去的田產、屋地，其他的都是屬於公用的，就算是村長也不能決定這些土地的歸屬，必須要所有人都同意，才能決定。沈瞳這是在問村長，也是在徵求大家的意見。

村民們聞言，像看傻子一樣看著她，就連村長也有些驚訝。

# 第二章

桃塢村四面環山，每座山上都能尋到許多野味，但只有桃山上是滿山野樹、野草，能吃的幾乎沒有。以前大家還能挖幾棵野菜、野蘑菇，或者摘幾個野果，可是近幾年，也不知道怎麼回事，桃山上幾乎連鳥的蹤影都沒有，而且據說還鬧起了鬼，好幾次都有村民被嚇著了，之後就再也沒人去過桃山。

村長說道：「大陽，你手裡的這些都是好田，換一座桃山，不划算，你再考慮考慮吧！」

沈曈搖頭，表示要定桃山了。

她手裡的那些田換兩座桃山都綽綽有餘，村長嘆了口氣，最終還是應了下來，但卻給她留了一畝田。

沈江陽和沈香茹扶著昏迷的沈老太婆，狠狠地瞪著沈曈，原本他們打算等村長等人離開後，再逼她交出田產契約，沒想到這死丫頭竟然當場就把這些田產換了桃山，讓他們的打算落空，白白失去了十幾畝田。

不過好在還有一畝田，沈江陽冷冷地道：「曈曈，妳還小，不懂打理田產，剩下的那一畝田，就讓大伯來幫妳打理了。」

沈香茹在一旁幸災樂禍，裝神弄鬼卻只要了一座荒山，真是蠢，她等著看沈曈以後靠什麼過活。

沈曈懶得理這兩父女，她的東西，除非她自願給，不然，誰若是強搶，她絕對會讓他後悔。

交到村長手裡的那十幾畝田，沈大陽兩口子去世前都種了莊稼，如今正是豐收的季節，地裡的那些莊稼都能收割了，沈家原本打算坐享其成，如今卻落在村長手裡，算是竹籃兒打水一場空了。

還有自己手裡剩下的一畝田，聽沈江陽剛才的意思，那畝田平常是他在打理，沈曈決定明天就去把地裡的農作物都收割回來，不能白白便宜了他。

送走了一批人，小小的院子一下子就空了下來，安靜得只聽見小乞丐蹲在地上傻笑的聲音。

想到剛才房裡的情況，沈曈在門口發呆了一會兒，才認命地進房。

摸黑找到一盞煤油燈，點著了以後，昏黃的燈光將整個房間照亮，也讓她將裡面的情形看得更加清楚。

木床徹底散架，變成了碎片，地上的垃圾堆得高高的，散發著一股酸臭和發霉味，沈曈驅趕著蚊蠅，把垃圾和蜘蛛網都清理出去，看著空盪盪的房間發愁。

今晚她怎麼睡？

姜奶奶的房間落了鎖，而且就算沒鎖，姜奶奶不在的時候她也不該不請自入，看來只能將就一晚了。

只是，這小乞丐怎麼辦？

「從今天起，你是我哥哥。」一說一句謊話，就要用無數句謊話來圓，既然她在眾人面前說他是自己的哥哥，以後就必須要把他當哥哥養著了。

沈曈看著小乞丐，他雖然什麼都不懂，但好在從來不傷人，如果調教得好的話，以後還能幫自己幹點活，也算是一個不錯的勞動力，必要的時候甚至還能保護她的人身安全，一點也不虧。

拉著小乞丐去小院子裡，打了一桶水，水井旁邊放著一塊胰子，男女授受不親，沈曈不好幫他洗，便把胰子塞進小乞丐手裡，吩咐他自己洗乾淨，轉身就回房間繼續收拾了。

她素有潔癖，待不慣髒兮兮的地方，若是不收拾乾淨，這一晚都沒法子安睡。

等全部收拾完，天已經快亮了，小乞丐不知什麼時候洗乾淨了，穿著沈大陽的舊衣服，縮在牆腳打著呼嚕。

頭髮還滴著水，在月色下，反射出銀色的光芒，洗去層層污泥的臉白皙如玉，眉眼精緻得不像話。

沈曈走出房間，一眼就被驚豔了。她驚訝地打量了片刻，小乞丐這容貌比起她前世見過的小鮮肉們都不差。

夜裡風涼，沈曈叫不醒他，只好回房拿了被單給小乞丐蓋上，自己則在地上鋪幾層舊衣服，勉強躺下。

聽得幾聲雞鳴，再睜眼時，天已經大亮。

沈曈揉著眼睛走出房門，姜奶奶的房門依舊緊閉，看樣子昨晚沒回來過，而小乞丐早就醒了，蹲在牆腳發呆。

沈曈朝他招了招手，他便笑嘻嘻地跑過來。

湊近了看，他的臉顯得更俊美，雖然笑得像個智障，依然讓沈曈倒抽一口氣。她穩住心神，輕輕拍了拍小乞丐的臉頰，指著他衣服上的泥說道：「以後不許再隨便坐地上，不許把衣服弄髒。」

示意他拍乾淨身上的泥土，小乞丐傻笑著照做了，她才滿意地笑了笑。小乞丐看起來傻，但比起三歲小孩好多了，至少聽得懂人話。

沈曈漱洗完以後，又手把手地教小乞丐漱洗。

兩人剛洗完，便聽見院門被拍得砰砰響，有人在外面叫沈曈的名字。

沈曈打開門，看見村長帶著幾個年輕小夥子站在門口，手裡各自提著母雞、柴米油鹽、青菜瘦肉等，甚至後面還有一輛牛車，上面放著床板、床架。

「沈家丫頭，妳爹留下的田地裡還種著稻子和青菜，我讓村裡的小夥子都收割了，運到鎮上賣掉，得了這些錢，我自作主張地買了些糧食和兩張床給妳，剩下的錢妳好好留著，別又讓人搶走了。」

村長把錢袋塞進沈曈手裡，壓著嗓子低聲道：「這小乞丐雖然是個傻子，也不能不防，妳認他做哥哥，但畢竟不是親兄妹，還要注意男女大防，不能讓人說閒話。」

聽他這意思，顯然已經知道昨晚自己只是演戲，沈曈驚訝。「村長。」

村長嘆了口氣。「傻孩子，妳以為昨晚真能騙到我？妳爹老實憨厚，怎麼可能瞞著妳娘做對不起她的事情，妳是個機靈的孩子，知道用這種方式要回自己的東西，以後肯定餓不死，我也就放心了。只是，妳好好的水田不要，偏偏要那桃山做什麼？」

知道村長不怪罪自己，沈曈鬆了口氣，想到昨晚村長明明看穿自己的把戲，卻還配合著她編出一套完整的故事來，頓時面色發窘的，乾笑幾聲，說道：「謝謝村長，您放心，對於我來說，一座桃山比十幾畝水田好管理得多，我不會讓自己吃虧的。」

村長見她心裡有數，便不再說什麼，讓年輕小夥子們把東西都搬進來，在院子裡指揮著他們裝好兩張木床，一張放進沈曈的房間，他們又特地搭了個棚子給小乞丐，另外一張床就安置在棚子裡。

「妳既然與沈家人不和，我就不說讓妳搬回去的話了，姜奶奶雖然性子古怪，但她願意收留妳，就是個好人，妳以後好好孝敬她吧！」村長看著年輕小夥子們幫忙把小院子都修了一遍，對沈曈說道：「我今天就去縣衙幫妳把小乞丐的戶籍落實了，妳給他取個名字吧！」

小乞丐現在正蹲在牆角看年輕小夥子們搭建他的窩呢，沈曈看了他一眼，想了想，說道：「就叫沈修瑾吧！」

年輕小夥子們在院子裡忙碌，村長轉身去了縣衙，沈曈見自己幫不上忙，自己去了廚房。

細看了一下食材，沈曈已經知道今天該做什麼菜了。她到門口招呼小乞丐，哦不，招呼沈修瑾一聲，手把手地教他在井口邊打水，再提進廚房裡，自己則動作索利地揉麵、擀麵條。

將臘肉切成薄片，下鍋翻炒出油脂，再扔進切好的鮮筍片和鮮蘑菇，用鍋鏟輕輕翻炒，裊裊青煙飄出小廚房，濃郁的香味瀰漫，惹得外面幹活的年輕小夥子不停地流口水，其中有一個名叫趙大虎的，活也不幹了，巴巴地跑過來。

「曈曈，妳做的什麼菜，怎麼這麼香？」趙大虎伸長脖子往鍋裡瞧。

沈曈笑著道：「很尋常的小菜，家裡的調味料不齊全，只能隨便做點，一會兒做好了再喊你們來吃。」

趙大虎吸著鼻子，撲鼻的濃香令他捨不得離開，盯著鍋裡的菜半晌沒挪開眼睛。「曈曈，我最喜歡吃臘肉了，我娘和我奶時不時就炒臘肉給我吃，也沒見她們炒得這麼香，就這樣妳還說是隨便做的，要是讓她們聽見了，保准會臉紅。」

沈曈笑而不語。她是個愛吃的，前世最喜歡研究各種美食做法，還開了一家私房菜館，生意十分紅火，連最挑剔的饕餮也挑不出她的毛病，如今在這物資匱乏的大盛朝，想找到幾個在廚藝上與她匹敵的人估計很難。

把一桌色香味俱全的菜餚做好，沈曈最後才把麵條下進湯鍋裡，濃濃的骨頭湯燉得噴香撲鼻，舀出大半碗湯後，她把麵條挾起來，撒了幾把翠綠的蔥花在湯麵上，沈曈遞了一大碗給趙大虎。

「好了，吃吧！」

這貨盯著看了那麼久，不停吸口水，眼睛裡彷彿能冒出綠油油的光芒，沈曈看著都磣得慌。

趙大虎不好意思地憨笑，接過骨頭湯麵，卻沒急著吃，小心翼翼地端著跑出小廚房。院子外面早就架起了一張圓木桌子，菜餚都擺上了，幹活的年輕小夥子全被香味吸引過來。

「大虎哥，你這不厚道啊，哥幾個還在幹活，你就吃上了。」

趙大虎小心地把骨頭湯麵放在桌上，舉手敲了說話的小夥子的腦袋。「你哪隻眼睛瞧見我吃了，趕緊幫曈曈把麵條端出來，要開飯了。」

幾個小夥子哄笑一聲，連忙跑進小廚房，沈曈給一人遞了一碗骨頭湯麵，讓他們端出去，沈修瑾竟沒搗亂，一直蹲在灶頭旁看著沈曈忙碌，俊美的臉龐被明滅的火光照得光彩奪目，沈曈不經意看了一眼，險些閃了心神。

妖孽啊！

沈曈回過神來，舀起一大碗骨頭湯麵遞給沈修瑾。「哥哥，這是你的，別蹲在這兒了，出去和大家一起吃吧！」

不知道他會不會使筷子，沈曈瞧了他一眼。

不管了，反正一會兒讓他跟著其他人學，總能學會吧？

見他傻笑著把骨頭湯麵端出去，沈曈稍微收拾一下廚房，這時村長也從縣衙回來了，正好趕上飯點。

戶籍的事情辦得很順利，沈曈接過村長遞過來的戶籍文書，收好以後，端來一碗骨頭湯麵給他。「村長，這是我做的骨頭湯麵，您試試看合不合胃口。」

村長笑咪咪地接過骨頭湯麵，朝圓桌子上瞧了一眼。

都是些家常小菜，擺滿了一張桌子，看樣子把今天他送來的菜用了大半，這孩子太實誠了。

不過，實誠的孩子才討人喜歡，村長見沈曈這麼爽快，心想沒白幫她找這麼多小夥子來修房子、修床。

低頭喝了一口湯，熬得濃白的骨頭湯燙得他忍不住呼了一聲，湯水入口鮮香，埋在麵條底下的肉塊更是燉得酥爛無比，麵條爽滑又勁道，顧不得燙，村長埋頭狼吞虎嚥，不一會兒工夫就把碗舔得乾乾淨淨。

村長一抹嘴，不好意思地朝沈曈笑了笑，道：「實在是太香了。」

一頓飯吃得賓主盡歡，碗碟都被年輕小夥子們舔得乾乾淨淨，就跟鏡子似的。

送走村長等人，沈曈看著修葺一新的小院子，剛穿越過來時的彷徨漸漸消失，心裡突然有了些奔頭。

深吸一口氣，沈曈收拾好碗碟，進廚房卻看見沈修瑾端著骨頭湯麵蹲在灶臺前，抓著筷子不知該如何做，忍不住噗哧一聲笑出來。

搖了搖頭，沈曈捏著筷子手把手地教沈修瑾。「你看，這樣是不是簡單多了？」

沈修瑾學著她的樣子，終於成功挾起一根麵條，麵條滑溜，沒等他送到嘴邊就又掉進碗裡，接連好幾次都是如此，沈修瑾氣得摔筷子，伸手就要去抓麵條。

沈曈連忙阻止。「不許用手抓。」

也許是沈曈的語氣太過嚴厲，沈修瑾害怕地縮了縮腦袋，委屈地望著她，沈曈忍不住心軟了軟，說道：「算了，我餵你吧，但是僅此一次，以後你必須學會用筷子，不然就餓著。」

沈曈重新拿來一雙筷子，挾起麵條一口一口地送到沈修瑾的嘴邊，沈修瑾張嘴慢慢咀嚼著麵條。

剛才還是個粗蠻的傻子，此刻突然又像是舉止文雅的貴族少年一般，吃起東西來細嚼慢嚥，粉嫩的薄唇似乎天生帶有一股刻薄的味道，一張一合，將一大碗麵條盡數入腹。

等沈修瑾吃完麵，沈曈把碗筷收拾乾淨，又將廚房整理一遍，捶了捶腰，打算睡個午覺，好好補一下眠。

關上院門，沈疃打著哈欠回房。

沈修瑾一直不聲不響地跟在她的身後，看著她躺在嶄新的木床上，自己也跟著躺了上去。

沈疃感覺到木床輕微的動靜，眉頭一皺，閉著眼睛道：「不是給你搭了個草棚子嗎，而且還有一張新床，先將就著睡吧，以後再找人給你蓋一間像樣的房間，別老是跑進我的房間，要始終記得一件事——男女有別，不然，咱們遲早要被抓去浸豬籠的。」

「睡、睡。」沈修瑾彷彿沒聽見沈疃的話，嘟囔著閉上眼睛，不一會兒就傳來輕淺的鼾聲。

沈修瑾是個黏人精，哪怕睡著了，也是如此，不管沈疃去到哪兒，他就跟到哪兒。

沈疃看著倒塌在地上的木門碎片嘆氣。

剛才她看沈修瑾在自己床上睡著了，不忍心叫醒他，於是就去了院子外面的草棚睡，誰知道沈修瑾很快就驚醒過來，半閉著眼找到了院子外，一點都不見外地躺在她旁邊，打著呼嚕又睡著了。

沈疃無奈地回房，為了防止他又跟過來，特地把門關得緊緊的，誰知道，這貨沒多久果然又驚醒了，在外面拍門，用力過大，把剛修好的門直接給拍碎了。

現在，他閉著眼睛躺在沈疃的床上正呼呼大睡呢！

沈曈扶額，她其實可以理解沈修瑾這種行為，一個長期孤苦伶仃、四處流浪的人，習慣了饑餓與困苦，從沒奢望過從誰的身上獲得過溫暖，突然有人給了他一碗熱騰騰的食物，給了他一點溫暖和一抹笑，他怎麼可能不牢牢抓住？

傻子並不是什麼都不懂，至少他能知道誰對他好，誰對他不好。

她笑了笑，沒有再離開，躺在沈修瑾的旁邊睡下，聽著身邊人輕淺的呼吸，緩緩地閉上眼睛。

沈曈迷迷糊糊的，感覺被人揪著衣袖晃來晃去，皺著眉頭醒過來，看見沈修瑾緊張地望著她。

「門，壞了，我修。」

沈曈看向地面，之前被拍成碎片的木門已經拼湊整齊地擺在地上，頓時哭笑不得。

「我錯了。」沈修瑾垂著腦袋，一副乖寶寶的樣子。

這和昨晚那個不管不顧就脫褲子跳上床的小乞丐截然不同。

沈曈挑了挑眉，看來這傢伙並不傻，只不過心智不全，昨晚是被人利用了，才會做出這麼丟人的事情來。

沈曈摸著沈修瑾的腦袋，輕聲道：「沒事，不怪你，你那時睡著了，什麼都不知道。」

沈修瑾開心地傻笑起來，漂亮的鳳眼微微瞇起，裡面有點點璀璨星光閃耀，十分迷人。

沈瞳望著他的臉愣了一會兒神，突然神思一動，伸出三根手指，問道：「哥哥，我來考考你，這是多少？」

「三。」沈修瑾毫不猶豫地回答。

「這個呢？」

「四。」

「不錯，這個呢？」

「二。」

「你是誰？」

「小乞丐。」沈修瑾停頓了幾秒，略微遲疑地答道。

沈瞳挑了挑眉，似笑非笑道：「不對，以後你叫沈修瑾，記住這個名字。我是你妹妹，叫沈瞳，咱們是親兄妹，理應互相扶持，不離不棄，這個也要記住，不許忘了。」

「沈修瑾，沈瞳，互相扶持，記住了。」沈修瑾一板一眼地道。

「乖，走吧！去看看咱們的地，再不去瞧瞧，估計就要被沈家人搶走了。」沈瞳滿意地摸了摸他的腦袋，站起身，朝門外走去。

# 第三章

背對著沈修瑾，沈曈柔和的目光微微變冷，唇角勾起一抹弧度。

呵，有意思，這傻子竟然是裝的。

沈曈在腦海中回憶著和沈修瑾從認識到現在的相處過程。

如果她沒猜錯的話，這小子之前確實是個傻子，因為昨晚他闖進院子脫褲子跳床的那股瘋勁，一般人是做不出來的，這麼說來，似乎從他把床踩塌，摔在地上之後開始，就有了改變，只不過變化太小，而且他很會掩飾，所以她一直沒留意。

看來是摔那一跤，把腦袋撞好了。

也好，一個正常人總比傻子要好，不然讓她支使什麼都不懂的傻子幫忙幹活，心裡總覺得過意不去。現在好了，一個正常人蹭她吃穿住，還要裝傻子糊弄她，她要是不想辦法欺負回來，豈不是虧了？

你會裝傻，難道我就不懂裝瞎嗎？

沈曈輕笑，回頭看沈修瑾還愣愣地坐在床上，她喚了一聲。「哥哥，怎麼還愣在那裡？走啊，咱們去田裡看看，希望沈家人還沒把咱爹種的菜禍害了。」

沈修瑾這才乖乖地跟了過來。

出門前，沈曈在小廚房旁邊的雜物堆裡，找到了鋤頭和鐵鍬，只可惜都生鏽了，木柄都發霉了。

「都不能用了。」沈曈皺著眉頭把鋤頭和鐵鍬扔掉。「咱們先去田裡瞧瞧情況，明天再去鎮上找鐵匠打幾把農具。」

沈修瑾卻眼睛一亮，抓起一把鋤頭不肯放手。

「這鋤頭不能用了，快扔掉。」沈曈看著他那白皙如玉的手指瞬間被木柄上面發霉的髒東西弄髒，嘴角抽搐了一下，這貨裝傻還挺賣力的啊！

沈曈樂得配合，責備地拍沈修瑾的手，板起臉道：「不是說過了，讓你要注意衛生嗎，怎麼什麼都要玩一下？快扔掉，把手洗乾淨！」

沈修瑾委屈地瞧了她一眼，低聲咕噥。「凶，妹妹凶。」

「我還能更凶，你信不信？」

沈曈搶走他手中的鋤頭，指著井的方向。「自己去把手洗乾淨。」

看著沈修瑾默默地去洗手，沈曈蹙起眉頭，這傢伙的戒備心比自己還重，一邊依賴自己，一邊又防備著自己，區區一把破鋤頭，也能讓他如驚弓之鳥一般，看來以前確實吃了不少苦。

離開小院子，沿著一條寬闊的大道走出房屋錯落的村子，穿過一片小竹林，眼前所見頓時開闊明亮起來。一條又長又寬的土路蜿蜒延伸向遠處，土路兩旁，田埂阡陌縱橫，田裡種著各種農作物，生意盎然。

沈曈望著田裡埋頭耕作的農民，深吸了一口新鮮的空氣，心情前所未有地寧靜。這樣的生活似乎也不錯。

沿著土路前行，沈曈來到村長所說的一塊田地前，轉頭望去，臉上的笑容突然淡了下來。

田裡種著菜薹，菜葉翠綠如翡翠，看上去已經成熟可收了，田地裡恰巧有兩個人手拿著刀在飛快地收割。這兩人正是沈老太婆和沈江陽，他們將菜薹整齊地放進大大的菜筐裡，已經收了兩筐，現在在裝第三筐。

「娘，咱們先別收了，剩下的那些要等明天才好收，多了咱們也提不回去。」

「你懂什麼，那賠錢貨不知道什麼時候想起這塊地，到時候她要是跑來把咱們的菜收了怎麼辦？」

「不會的，娘，她被二弟寵壞了，什麼時候下過地？估計連咱們村的田在哪個方向都不知道。」

「別說那麼多了，今天趕緊把這些菜收了，晚上把地犁一下，抓緊時間撒種。」

沈曈聽得有點想笑，這些菜薹是沈大陽生前種的，這兩人憑什麼理所當然地把東西占為己有？

她脫掉鞋子，挽起褲腿，跳進被兩人踩得半塌的田埂上。

腳下踩的泥土鬆軟微涼，溝渠裡的水很淺，清澈透明，偶爾能看見一、兩條水蛭在水底淤泥裡緩緩蠕動。

沈老太婆和沈江陽忙得歡快，沒注意到沈瞳站在後面。

沈瞳讓沈修瑾不要出聲，自己站在兩人的背後，湊到他們的旁邊大喊了一聲。「奶奶！大伯！」

「哎喲，嚇死我了！」

沈老太婆嚇了一跳，摀著胸口驚魂未定。

沈江陽手中的刀子不小心割破手指，血流了滿手。

兩人怒氣衝衝地轉頭瞪向沈瞳。

「死丫頭，妳存心想嚇死我啊！」沈老太婆朝沈瞳啐了一口唾沫。

「妳來這裡幹麼，我警告妳，這是我們沈家的地，和妳沒關係，妳最好別亂打主意。」沈老太婆說道。

沈瞳笑咪咪地道：「不對啊，奶奶，這塊地以前是我爹的，現在是我的，好像和你們沒關係啊！」

沈老太婆冷哼一聲。「妳爹是老娘生的，他的就是我的，他死了，這些東西自然就落到咱們沈家人手裡，妳一個外人，想奪走我們沈家的東西，想得美！」

沈江陽按著傷口，冷冷地道：「疃疃，要怪就怪妳自己吧，如果妳沒把十幾畝地都給了村長，咱們看在妳沒爹、沒娘，可以給妳留一、兩畝地，可是現在，想都別想！」

沈疃瞇起眼睛，不慌不忙地道：「不是啊，大伯，我的地，我想給誰就給誰，這是我的自由，就算沒給村長，也輪不到你吧！我哪裡需要你們給我留一、兩畝，更何況，那些田地我也不是白給村長的，而是換了桃山，桃山那麼大，以後我可要靠著它發家致富呢！」

「那就是一座荒山，什麼都沒有，妳指望靠著它發財，別作夢了。」沈江陽哈哈大笑。

「以後若是過不下去了，記得告訴大伯，看在妳爹娘的分上，我可以資助妳幾個窩窩頭。」

「那我就先謝謝大伯了。」沈疃也不生氣，笑著說道：「大伯對我這麼好，那我也不能太無情，若是以後大伯揭不開鍋了，儘管找我，看在我爹的分上，我願意資助你一碗肉湯。」

沈江陽臉色鐵青，這死丫頭什麼時候變得這麼嘴尖舌巧了？竟敢嘲諷他。

沈老太婆瞪了沈疃一眼，朝沈江陽道：「你理她做什麼，還不快來幹活！」見自己的老娘不高興了，沈江陽不敢再偷懶，連忙跑過去收菜。

看著兩人旁若無人地收菜，沈疃收回目光，正要招手讓沈修瑾下來，卻見他早就跑下來了，鞋子沒脫，踩在溝渠裡，手裡還抓著一條水蛭。

水蛭貼在他的掌心緩緩蠕動，身子迅速膨脹圓滾起來。

沈修瑾目光奇異地盯著，絲毫沒察覺這東西是在吸他的血。

沈曈嘆了口氣。「哥哥，這東西不好玩，牠會咬人的。」

「不疼。」沈修瑾抬頭看了她一眼，伸出另一隻手去抓水蛭，結果水蛭緊緊地吸在他的掌心，根本就拿不下來。

沈修瑾這時才著急了，不斷地甩著手，企圖把水蛭甩掉。

「行了，別甩了，這樣是甩不掉的。」沈曈看不下去了，把他的手伸進水裡，水蛭見了水，很快就從手中脫落，掉進水中。

沈修瑾滿臉戚戚，將手從水裡收回來，不敢再玩了。

「知道怕了？」沈曈睨了他一眼，說道：「把鞋子脫了，褲腿挽起來，才出來多久，就把衣服弄髒成這樣。」

沈修瑾乖乖地挽起褲腿，這才發現腿上也貼著幾條水蛭，連忙按照沈曈剛才的樣子，把腿伸進水裡，直到把水蛭全都弄進水裡，才把腿抬起來。

之後，他就一直緊緊地跟在沈曈的身邊，再也不敢進水裡。

沈曈和沈修瑾蹲在田埂上看著沈老太婆和沈江陽收菜，無聊了就四處走動，瞧瞧別人家的菜地收成如何，恰巧偶遇了趙大虎。

趙大虎趕著一輛牛車，遠遠便瞧見沈曈，於是把牛車停在路邊，小跑著過來。

「曈曈，妳奶奶和大伯在收妳家的菜，妳怎麼也由著他們啊？那一家人都不是什麼好東西，妳可不能白白便宜了他們。」趙大虎挽起袖子，想過去把沈老太婆和沈江陽趕走。

沈曈連忙攔住他，笑道：「大虎哥，不用急，等他們把菜收完咱們再去扛，不然把他們趕走了還得咱們自己收，多辛苦？你來得正好，我剛想找人借一輛牛車呢，你就來了。」

她的東西哪那麼容易搶，她可不是什麼老實人。

趙大虎聞言，頓時樂了。「原來妳已經有主意了，看來我是白擔心了，哈哈。」

他把牛車整理一下，清出一塊乾淨的地方，讓沈曈和沈修瑾坐下來，三個人有一搭、沒一搭地聊著。

等到田裡的母子倆快要把一畝地的菜薹收完，地上已經裝了滿滿幾大筐，沈曈和趙大虎相視一眼，默契地跳下田裡，一人一邊抓住菜筐，扛上牛車。

沈修瑾看得有趣，自己也跑下來，一把抓住菜筐，竟然單手就扛了起來。

沈曈見他沒搗亂，認認真真地學著她和趙大虎的樣子把菜扛上牛車，不由得笑了笑。等到他們扛完所有的菜筐，把牛車裝得滿滿當當的，而沈老太婆和沈江陽旁邊只剩下一點點了。

「就剩那麼一點，留給他們自己吃吧，咱們回去。」

沈曈笑著跳上牛車尾部，沈修瑾緊接著上來，趙大虎吆喝一聲，牛車慢悠悠地朝著土路的盡頭駛去。

「咦，娘，咱們的菜呢？」

沈江陽抓著一把菜薹，頭也不回，順手放進身後的菜筐，結果摸了半天沒摸到菜筐，回頭一看，才發現後面的菜筐全都不翼而飛了。

沈老太婆一驚，回頭四處張望，看見高高的土路上，趙大虎趕著滿載菜筐的牛車已經走遠，沈曈和沈修瑾坐在後面朝他們招手，笑咪咪地喊著什麼。

沈老太婆耳朵不好，聽不清楚，但是沈江陽卻一字不差地聽見了。

「奶奶，大伯，謝啦，以後要是家裡揭不開鍋了，儘管找我，有我一口肉吃，就有你們一口肉湯喝。」

沈江陽臉色鐵青，怪不得這死丫頭剛才見他們收菜也不生氣，竟是打著等他們收完了再坐享其成的主意。

沈老太婆也明白過來，頓時一屁股坐在地上，號哭怒罵。

趙大虎趕著牛車，帶著沈曈和沈修瑾去了鎮上。

「曈曈，鎮上的酒樓最喜歡買咱們村的菜，因為新鮮又便宜，咱們先去問問那些大酒樓要不要，實在不行，再去街上擺攤。」趙大虎給沈曈提議。

沈曈點頭。「行，聽你的。」

景溪鎮是一個大城鎮，歸屬盛京城管轄，鎮上街市繁華，酒樓林立，商鋪鱗次櫛比，四處可見豪華馬車駛於街道，衣飾豪華的行商、小民穿行其間，與落後的桃塢村形成鮮明的對比。

牛車緩緩駛入鬧市，趙大虎就連說話聲都變小了許多。

沈修瑾也不知道在想什麼，靜靜地望著繁華的街市發呆。

路上的行人打量著他，打量的目光越來越多，漸漸地甚至有人圍了過來。

沈曈不明所以，趙大虎卻一句點醒她。「妳哥哥的相貌長得太好了。」

沈曈恍然大悟，沈修瑾確實長得太過出眾，一身灰撲撲的粗布衣也擋不住他的俊美容貌，太引人注目了。她左右看了看，在菜筐底下摸出一些黑糊糊的泥土，胡亂抹在沈修瑾的臉上。

頓時，傻乎乎的美男子又變成了髒兮兮的鄉下漢，路人嫌棄地掩鼻，再也沒人過來圍觀他們。

牛車串街走巷，來到鴻鼎樓的後門。

趙大虎讓沈曈和沈修瑾在外面等著，自己則去和鴻鼎樓負責採辦的夥計商量。

沒一會兒，趙大虎就帶著一個夥計出來了。

這夥計是鴻鼎樓的幫廚李喜貴，小鼻子、小眼睛，高高瘦瘦，像根竹竿似的，伸手在菜筐裡面粗魯地翻來翻去。

「李大廚，這菜不能這麼翻，不然容易壞。」趙大虎見他翻爛了不少菜，不由得心疼。

李喜貴瞪他一眼。「這菜是我翻壞的嗎？明明是你們拿爛菜來糊弄我，我們鴻鼎樓要的菜，必須新鮮乾淨，你這菜看起來也就一般，給你兩文錢一斤，我瞧著，你這裡面只有兩百斤左右，給你三百文錢，趕緊給我扛到後廚去。」

趙大虎傻眼。「啊？以前你們家掌櫃的都是給八文錢一斤的，怎麼現在……」

而且，這幾大筐的菜薹，少說也有七、八百斤，他卻一口斷定只有兩百斤。就算是兩百斤吧，一斤兩文錢，加起來就是四百文，他硬生生又少了一百，再怎麼坑也不是這麼個坑法。

沈曈在旁邊聽著也有些無語了，這是拿他們當傻子耍啊！

李喜貴不耐煩地擺手。「掌櫃的以前給你八文錢一斤，那是因為他心善，不瞭解你們這些泥腿有多狡猾，你自己瞧瞧，你這菜都什麼貨色，竟然敢收十文錢，還要不要臉？

「趕緊，別磨蹭了，把菜給我扛到後廚。」李喜貴說道。

趙大虎脹紅著臉，還要跟他理論，沈曈拉住他，朝李喜貴說道：「我們不賣了。」

李喜貴嗤笑一聲。「喲，這是威脅我呢！妳不賣給我們，能賣到哪裡去？我告訴妳，現在快天黑了，各家酒樓的菜都收滿了，也就只有咱們鴻鼎樓客人多，才能吃得下妳這麼多的菜，妳要是不賣給我們，就只能拉回家，明兒一早起來，這些菜就爛了，到時候哭不死妳！」

沈曈沒理他。「大虎哥，咱們去別的地方瞧瞧，我就不信，這偌大的景溪鎮，找不到買我們菜的。」

趙大虎點頭，沈曈招呼了沈修瑾一聲，三人一起把菜筐搬回牛車上。

李喜貴目光一閃。「算了，看你們可憐，給你們每斤再加一文錢，別不識好歹。」

沈曈似笑非笑地看了李喜貴一眼，看來鴻鼎樓現在確實需要這批菜，要不然看這李喜貴趾高氣揚的樣子，是絕不可能主動加價的。

沈曈嗤笑一聲，讓趙大虎駕著牛車離開。

身後傳來李喜貴氣急敗壞的聲音。「四文錢，再多沒有了。」

牛車沒停下的跡象。

「算了，五文錢，趕緊給我回來。」

李喜貴加的價格越來越高，到最後都加到十文錢了，牛車也沒停下來，漸漸沒入人海。

沈曈和趙大虎接連去了好幾家酒樓，結果確實如李喜貴說的那樣，各大酒樓已經採購滿食材，根本就不缺菜薹了。

趙大虎憂心忡忡地道：「曈曈，現在怎麼辦，這些菜要是今晚賣不出去，明天肯定會爛掉的。」

山路上多次來回顛簸，菜筐底部的菜肯定已經有損毀了，再經過一夜，沒有保鮮的手段，這些菜想要保持新鮮是絕無可能的。

「要不咱們再回鴻鼎樓問問看？寧願吃虧一點，也不能讓這些菜白白浪費了。」

沈曈搖了搖頭。「大虎哥，你讓步一次，他吃到甜頭了，就會變本加厲，咱們以後就更加艱難了。」

趙大虎嘆了口氣。「難道咱們……」

「大虎哥，景溪鎮能和鴻鼎樓相提並論的大酒樓是哪一家？」沈瞳輕聲打斷趙大虎的話。

「好像是一品香，就在鴻鼎樓的對面。」趙大虎說道：「妳想去一品香？可是一品香平時從來不對外採購。」

沈瞳笑道：「沒事，咱們去碰碰運氣，我爹種的菜薹算是不錯的，說不定一品香的老闆一眼瞧中，全給買下了呢！」

趙大虎搖了搖頭，並不抱希望，卻還是順著沈瞳的意思，將牛車趕去了一品香的後門。

牛車剛靠近，一品香後門就有夥計出來趕人。

「去去去，咱們一品香從來不從外面採購食材，你們別在這裡搗亂，去別處吧！」

今天一品香來了幾位身分尊貴的客人，都是不能得罪的主兒，要是衝撞了他們，可就慘了，現在一品香上下都打起了十二分精神，生怕有半點差池。

## 第四章

趙大虎看向沈瞳。「瞳瞳，我早就說了，一品香不會收，咱們去別處吧！」

話剛說完，從後廚傳來一道溫和的女聲。「小初，是送菜的？你讓他秤一百斤送進來好了，十文錢一斤收下，秤好了就讓他們趕緊走，免得一會兒衝撞了貴人，白白丟了性命。」

「可是，掌櫃的，咱們明明不缺菜了。」

「一百斤罷了。」

「是，掌櫃的。」夥計應了一聲，回頭朝著趙大虎說道：「剛才的話你們都聽見了吧？這是一吊錢，快秤好菜薹送進後廚，趕緊走。」

說完，他把一吊錢扔進趙大虎懷裡。

趙大虎愣愣地就要應下，沈瞳按住他，問那夥計。「這位小哥，來之前我就聽說你們一品香是整個景溪鎮最好的酒樓，接待過許多達官貴人，瞧你神色這麼緊張，今天來的貴客應該非同尋常吧？」

夥計聽她一開口就誇自家的酒樓，笑眯了眼，正要開口回話，剛才那道女聲有些不悅地道：「小姑娘，不該妳問的不要問，貴人們的事情，不好打聽，否則容易沒命，這不是鬧著玩的。」

夥計這時才反應過來，瞪了沈曈一眼，哼了一聲。「你們還要不要賣菜，不賣就趕緊滾，別在這裡礙事！」

沈曈笑著道：「賣，當然賣，不瞞你說，我這菜薹是剛採摘的，新鮮得很，好幾家酒樓都搶著要，但我都拒絕他們了，整個景溪鎮誰不知道一品香才是最大的酒樓，如果我的菜能出現在一品香的酒桌上，那才是我的榮幸。所以我明知一品香向來不對外收菜，還是過來想碰一下運氣，沒想到這回還真走運了。」

趙大虎納悶地撓了撓頭，明明剛才去的那些酒樓看都不看就趕他們走，怎麼曈曈卻騙這夥計說別人都搶著要？

沈曈看了他一眼，示意他不要開口。

夥計聽得直樂呵。「小丫頭，妳還算有幾分見識，咱們一品香確實是全鎮最好的酒樓，我跟妳說啊，今天……」

「小初，你話太多了，回去洗菜，這裡交給我。」

後廚門口走出一個中年女人，身著一襲墨綠色的衣服，只是站在那裡，周身的氣質就令人驚豔。

這中年女人便是一品香的掌櫃蘇藍氏，整個景溪鎮的人都不知道她的來歷，但顯然她的背後似乎有很大的背景，短短幾年的時間，憑她一介女流之輩，就將一品香經營得如火如荼，風頭險些勝過經營數十年的鴻鼎樓。

蘇藍氏打量了沈瞳一眼，只覺得這個小姑娘雖然曬得皮膚有點黑，但五官清秀，眉目靈動，與她見過的那些山野小村姑截然不同。

她目光一轉，看向菜筐，滿意地點了點頭。「小姑娘，妳的菜確實很新鮮，如果是以前，我定是會全部買下來，可惜我們後廚已經有大批存貨，暫時不需要了，最多只能收一百斤，剩下的，妳去別處碰碰運氣吧！」

她語氣溫柔和善，隻字不提沈瞳剛才兩次套話夥計的事情。

沈瞳笑道：「其實我能看出來，掌櫃的並不缺菜蔓，之所以願意買我的菜，應該是出於好心，隨手幫一下。」

蘇藍氏意外地看了她一眼，剛才的夥計探頭出來，說道：「妳既然知道，那還不趕緊把菜秤好送進來，還磨蹭什麼，難道嫌我們家掌櫃的買得少了，真是不知足。」

蘇藍氏斥了他一句。「小初，不得無禮。」

小初縮了縮腦袋，卻朝沈瞳翻了個白眼。

這傢伙不過就是個十幾歲的小孩子，沈瞳不和他計較，對蘇藍氏說道：「不瞞掌櫃的，剛才我說其他酒樓都搶著要我的菜，其實並非如此，走了好幾家，就只有你們家願意收。」

一百斤青菜，已經能供應一家小酒樓一天的需用了，蘇藍氏竟然在自己原本已經有足夠食材的情況下，還願意額外收一百斤，就只是為了幫助素不相識的人，沈瞳自問，自己沒有這樣的魄力和善心。

「為了感謝掌櫃的，這一百斤我不收錢，免費送給一品香了。」好不容易賣出一百斤，她竟然改口就要免費送人，趙大虎替沈曈著急，拉了拉她的衣袖。「曈曈，妳這……唉，掌櫃的，她是開玩笑的，您別信……」

「大虎哥，我沒開玩笑。」沈曈示意他淡定，對蘇藍氏繼續說道：「剛才去了好幾家酒樓，遭受了好些白眼，只有在一品香這裡例外，單單為了這點，我也該謝掌櫃的。我碰巧懂得幾種料理菜薹的菜式，如果掌櫃的感興趣，可以一試，說不定這幾種菜式一推出，別說一百斤了，哪怕是一千斤菜，也能在一天內賣光。」

小初又探頭出來。「喲，好大的口氣，我們一品香的大廚可是曾經做過御廚的，就連他都不敢說這話，妳一個小村姑懂得什麼！」

「好了，小初，你今天太沒規矩了，再多嘴就罰你了。」蘇藍氏並不怎麼相信，但看沈曈自信滿滿的模樣，也被勾起了好奇心。「小姑娘，妳且跟我到後廚走一趟，我倒是好奇，妳要怎麼把這菜薹做出不一樣的美味。」

一品香的後廚忙成一片，濃郁的香味瀰漫。

由於生意紅火，後廚的灶臺已經沒有空位了，蘇藍氏讓負責素菜的陳大廚暫停手裡的工作，把灶臺讓出來。

陳大廚抹了把汗，看了一眼蘇藍氏後面的幾人，目光落在趙大虎的身上，神色緊張。

「掌櫃的，正忙著呢，前面點了好些菜都沒上，我哪怕有十雙手也趕不上，您……」

「沒事，先讓他們等著，一會兒上菜的時候好好賠罪，再給酒水免單。」蘇藍氏安撫道：「你也別擔心，沒人搶得走你的飯碗，讓這小姑娘做一道菜，便把灶臺還你。」

陳大廚這才鬆了口氣，看了沈瞳一眼，並不怎麼在意，一個小村姑，能做出什麼好菜來？

沈瞳站在灶臺前，打量了一下廚具和調味料的擺放，朝蘇藍氏點了點頭，捲起袖子開始動手。

行家一出手，就知有沒有。

沈瞳的動作索利老練，鍋鏟隨手一撈，其他人瞧不出名堂，但原本漫不經心的陳大廚，卻突然目光一凝，神色認真地看了起來。

沒想到這小姑娘，還真的會做菜，這回看走眼了。

只是，不知道她做出來的菜，到底是個什麼水準。

陳大廚認真地瞧著，但是越瞧越不對，忍不住蹙起眉頭。

只見沈瞳不倒油炒菜，只是氣定神閒地撈一把菜薹扔進咕嚕、咕嚕冒泡的滾水中，往水裡加了點油和鹽，汆燙片刻，便撈了起來，整齊地擺在瓷碟上。

陳大廚忍不住了，這他娘的也叫菜？他當年跟著師父學廚的時候，最差也比這個像樣。他怒道：「掌櫃的，這丫頭分明是在糟蹋咱們的菜！」

說著，就要把沈曈趕走。

沈曈沒搭理他，讓趙大虎把陳大廚按住，手上動作不停，在鍋裡熱油，調入其他調味料和香料，熟練地攪幾下，便有濃香撲鼻而來。

撒了點紅椒絲與蔥花在翠綠的菜薹上作為點綴，最後澆上調好的醬料，頓時清香瀰漫，根根菜薹鮮綠欲滴，如翡翠一般，點綴其上的紅椒絲如梅花點點，紅綠鮮明，十分惹眼。

沈曈放下鍋鏟，正要對蘇藍氏介紹這道菜，結果一個心急火燎的夥計從前面包廂跑進來，二話不說把菜端起就衝了出去，速度快得讓人來不及制止。

一邊跑還一邊喊。「來了、來了，菜來了，掌櫃的親自盯著做的，保管讓貴人們滿意。」

眾人無語，而被趙大虎按在一旁的陳大廚已經氣瘋了。「掌櫃的，那小子今天負責的是貴人們的包廂，這道菜鐵定送到那裡去了，您還不快攔著，一會兒貴人若是怪罪下來……」

蘇藍氏也有些擔心，剛才沈曈做菜的時候，她都看見了，雖然最後看上去確實像那麼回事，可是她還沒嚐過，也不知道能不能吃。

做法太簡單了，實在很難讓人有信心。

蘇藍氏不由得握緊了手，今日包廂內來的客人身分非同尋常，口味挑剔得很，性子還火爆，若是這道菜不能讓他們滿意，極有可能會當場掀桌子。

「掌櫃的，貴人們有請。」正猶豫著要不要去瞧瞧包廂內的情況，夥計小跑著回來傳話，蘇藍氏和陳大廚內心不由咯噔一聲。

陳大廚忙問道：「是貴人們對菜不滿意？」

夥計搖頭。「不知道，我送菜進去後就守在門口了，不過，我聽著裡面好像吵起來了。」

「果然，我就知道肯定不行，白水煮出來的菜，就算調出來的醬料再好，又能好吃到哪裡去！」陳大廚氣得跳腳。「掌櫃的，這下怎麼辦才好，要不咱們趕緊做幾道招牌菜送過去彌補一下？」

「行了，少說幾句。」蘇藍氏整了整衣服上的褶子，對沈曈說道：「小姑娘，不要怕，今日的事情不怪妳，是剛才夥計端菜的時候我沒來得及攔住他，才造成了這般後果。妳和這位小兄弟把一百斤菜薹秤好，便從後門走吧，這是一吊錢，且拿著。」

陳大廚急了。「掌櫃的，都這樣了，您還買她的菜，誰知道她是不是不安好心。」

蘇藍氏瞪了他一眼。

沈曈沒接錢袋，淡定地笑道：「掌櫃的放心，我做的菜沒有問題，您不妨先去看看貴人們怎麼說。」

「也好。」蘇藍氏此刻也鎮定了下來，笑道：「貴人們本來就不怎麼愛吃素菜，說不定那道菜還擺在桌上無人動筷呢！」

蘇藍氏一走，陳大廚便鼻子不是鼻子，眼睛不是眼睛地對沈曈冷嘲熱諷，這時其他廚子們也知道了事情的大概，皆對沈曈和趙大虎口出惡言。

「一個小村姑，還敢來一品香班門弄斧，真是不知天高地厚！」

「咱們先把這兩人綁起來，要是一會兒貴人們怪罪，就把他們交出去！」

一群人不懷好意地圍住沈曈和趙大虎。

趙大虎連忙擋在沈曈的面前。「你們幹麼？」

劍拔弩張之際，蘇藍氏神情古怪地回來了。

見到廚房裡火藥味十足，她頓時沈下臉。「不好生幹活，欺負人家小姑娘做什麼，都散開！」

「掌櫃的，貴人們怎麼說？」眾人紛紛緊張地看著蘇藍氏。

蘇藍氏擺手。「沒什麼事，貴人們對菜很滿意，你們都忙去吧，外面還有很多客人等著上菜呢！」

蘇藍氏笑看著沈曈，拿出一錠銀子遞給她。「這是貴人們賞妳的，妳那道菜，他們很滿意。」

一出手就是十兩銀子，這頂得上普通人家好幾年的嚼用了。

趙大虎和陳大廚已經傻眼了。

「掌櫃的，不是說貴人們吵起來了嗎，怎麼給打賞了？」陳大廚難以置信。

蘇藍氏笑著道：「貴人們之所以吵起來，是因為這道菜和他們平時吃的不一樣，都在猜是哪個大廚做的，意見不同，又都是天之驕子，年輕氣盛的，難免就吵起來了；更何況他們都貪新鮮，搶著挾菜，偏巧這一碟菜不夠分，就鬧起來了。」

想起剛才進包廂後的情景，她也是哭笑不得，誰能想到平時眼高於頂的那幾個小爺，竟然會為了一碟菜打起來，如果這菜是什麼鮑參、翅肚就算了，偏偏只是一碟素菜。

「不可能吧，貴人們什麼山珍海味沒吃過，至於為這個打起來？」陳大廚還是不信。

蘇藍氏自己也覺得有些不可思議，但事情確實如此，她好奇地看著沈曈，明明剛才她全程看著沈曈做菜，沒覺得有什麼特別的，怎麼就能讓貴人們另眼相看？

她對沈曈說道：「小姑娘，能否煩勞妳再做兩道方才那個菜？妳今日送來的菜薹，我全都收了，十二文錢一斤，妳看如何？」

貴人們吃得不過癮，還想再要一份，而另外一份，則是她自己要的，她也想品嚐一下，能讓貴人們打起來的素菜，究竟有什麼特別之處。

沈曈笑道：「掌櫃的客氣了，我那一車菜薹，目測有八百斤左右，您一口氣收下，我怎麼好再要您十二文錢一斤？按十文錢一斤就好了。」

說完，她重新做了兩份菜，端到蘇藍氏的面前。

「掌櫃的，這道菜，名叫白灼菜心，菜名雖然一般，但是憑掌櫃的能力，應該能取個更好聽的菜名，我就不獻醜了，您嚐一口，看看合不合胃口。」

白灼菜心，是後世粵菜餐桌上常見的一道菜，突出的是菜薹脆嫩清淡的口味，看著簡單，但往往越簡單的菜式，就越難做出令人滿意的美味。

蘇藍氏用筷子挾了一根菜薹，咬下第一口，口感爽脆，飽滿鮮甜的菜汁溢滿口中，她顧不得燙，連續吃了差不多半碟，才意猶未盡地停下來。

一旁的陳大廚被她的神情勾得直吞口水。「掌櫃的，真有那麼好吃？」

掌櫃的平時吃自家酒樓裡的飯菜，都沒出現過這麼享受的表情。

蘇藍氏讓他拿筷子來嚐一口，陳大廚嚐完以後，整個人愣住了。

「這不可能，煮出來的菜，怎麼可能會有這麼爽脆的口感？」

他推開沈曈，學著沈曈剛才做菜的手法，自己也做了一份，結果呈現出來的顏色黯淡無光，比不上沈曈做出來的鮮綠誘人，而且吃起來毫無口感，差得太多了。

明明是同樣的手法，怎麼沈曈做出來的如此鮮美，他做出來就這麼差？

看著陳大廚一臉懷疑人生的樣子，沈曈忍不住笑道：「你從一開始，就弄錯了這道菜的重點。」

沈曈將大廚所犯的幾個錯誤說出來，讓他重新做一遍，甚至還手把手地教授了幾個做菜的小技巧，陳大廚折騰了許久，總算掌握了要領，高興地朝沈曈道謝。

蘇藍氏會心一笑，說道：「沈姑娘小小年紀就有如此精湛的廚藝，想必吃過不少苦頭，不知師承何人？」

沈曈乾笑一聲，自己當年為了學廚，天南地北的美食都嚐過了，確實吃過許多苦頭，但要具體說師承何人，就很難說了，畢竟傳授過她廚藝的人太多了。

蘇藍氏見她沈默，不好追問，否則就顯得太唐突了。

這時，上菜的夥計匆匆忙忙地跑進來催促。「掌櫃的，貴人們要的菜好了嗎，前面在催了。」

蘇藍氏這時才想起來，方才圍觀沈曈和陳大廚交流廚藝，倒把包廂裡的貴人們忘了；然而，沈曈剛才做的兩道白灼菜心，已經在不知不覺中被幾人吃光了，只剩下兩個空碟。

蘇藍氏有些不好意思地看向沈曈。

沈曈忍不住笑著說道：「我這就再幫掌櫃的做幾道，除了白灼菜心，我還有幾種料理菜薹的方子，也一併做出來。」

自己的一車菜薹是否能順利賣出去，就看這幾道菜能不能俘獲一品香客人的胃，更何況，沈曈還要和一品香打好關係，方便以後長期合作，自然是表現得十分賣力。

隨著鍋勺翻飛，翠綠的菜薹在炒鍋內清香瀰漫，不一會兒的工夫，灶臺旁邊就多出了好幾碟以菜薹為主的料理，擺盤精緻，賞心悅目，色香味形俱全。

如此精巧的菜餚，誰能想到竟是一個十幾歲的小丫頭做出來的？

蘇藍氏讓夥計趕緊把菜端去貴人的包廂裡，回頭看向沈曈，眼中全是驚嘆。

如果一品香的大廚們都有如此廚藝和巧妙心思，何愁不能壓倒鴻鼎樓，一躍成為景溪鎮最大的酒樓？

蘇藍氏正想出言招攬，趙大虎卻在後廚門口喊了一聲。「瞳瞳，妳哥哥不見了！」

沈瞳忙解下圍裙，朝蘇藍氏抱歉地道：「掌櫃的，我得去找一下哥哥，這幾道菜的方子，我先寫下來給陳大廚，如果有什麼疑問，可以去桃塢村找我。」

# 第五章

蘇藍氏拉住她。「沈姑娘，先別急著走，妳那些菜薹，我都收了，十五文錢一斤，以後如果妳再有新鮮的菜，都可以送過來，這是今日的菜款，收著吧！」

蘇藍氏遞過來的錢袋沈甸甸的。

原本她給十文錢一斤就夠厚道的了，如今直接漲到了十五文錢一斤，若是讓趙大虎知道，肯定會大吃一驚。

沈曈知道蘇藍氏是要感謝自己把食譜大方送給一品香，同時，也是想與她建立長期合作關係。

沈曈沒有推辭，接過錢袋也沒數，收下便朝蘇藍氏告辭。

陳大廚和小初聽見蘇藍氏的話後，已經跑出去搬菜筐了。一等清空牛車，沈曈飛快跳上去，趙大虎呼喝一聲，趕著牛車在集市上四處尋找。

與此同時，蘇藍氏也放心不下，派出了幾個夥計出去幫忙打聽。

日落西山，夜幕漸漸降臨，沈曈和趙大虎找了半個時辰，直找到集市人煙稀少處，才找到了沈修瑾。

景溪書院大門半閉半開，身穿書院服的年輕學子們陸續走出院門，避開院門口幾個正在打架鬥毆的年輕學子。在這群年輕學子中央，沈修瑾渾身是血地倒在地上，被拳打腳踢卻沒還手，滿臉倔強。

「給我狠狠地打！」

「一個傻乞丐還想進書院，你以為書院是什麼地方？」

「哈哈哈，就是，也不撒泡尿瞧瞧自己是什麼德行，想進書院，你認字嗎？」

沈曈一臉寒霜，一群讀書人欺負一個傻子，虧他們幹得出來。

沈曈跳下牛車，從牛車上抓起一把鋤頭，冷冷喝道：「住手，你們當街毆打良民，還有沒有王法？」

「哪裡來的小村姑，少來多管閒事，這裡沒妳的事，滾開！」

沈曈冷笑一聲。「你們毆打我哥哥，我怎麼可能袖手旁觀，我再說一遍，給我住手，不然別怪我不客氣！」

「喲，好大的口氣，小村姑，妳可知道我們是誰？」一個油頭粉面的學子譏誚道。

「我管你們是誰，左右不過是一群敗類罷了。」

沈曈懶得再與他們廢話，舉起鋤頭就打過去。

這時，趙大虎也抓著鐵鍬衝過來。

幾個學子沒想到他們竟真的敢動手，這些人之前敢欺負沈修瑾，不過是仗著人多，如今碰上沈曈和趙大虎，扛著鋤頭、鐵鍬不管不顧地亂揮，他們赤手空拳，連還手的機會都沒有，眨眼就有好幾個人掛了彩。

見狀，他們不敢再得罪沈曈，連忙一哄而散。

臨走前，那個油頭粉面的學子還不甘心地放狠話。「小賤蹄子，老子記住妳了，下回別落我手裡，我會讓妳求生不得、求死不能！」

「好啊，我等著。」沈曈冷笑。

沈曈並沒將他們的話放在心上，大盛朝的讀書人十分看重名聲，他們要真的敢報復，就是在自毀前程，到時候吃虧的只會是他們自己。

看人都走了，沈曈這才鬆開鋤頭，把沈修瑾扶了起來。

「我看看打傷了哪裡，嚴不嚴重。」

沈修瑾的身上全是腳印，臉和手都帶著血，神色木然，任由沈曈在他的身上四處檢查，問他疼不疼也不應。

沈曈嘆了口氣。傻子還知道疼呢，更何況，他原本是裝的，可現在卻不聲不響的，該不會真的被打傻了吧？

她剛才看見了，那個油頭粉面的學子，每一腳都是朝著他的腦袋踢下來的。

「曈曈，西街有一間藥店，坐堂大夫醫術不錯，咱們先把他帶過去，看看傷得重不重。」趙大虎看著沈修瑾的模樣，也嘆了口氣，看來曈曈剛賺到手的錢又要沒了，這小乞丐惹誰不好，怎麼敢惹書院的學子？曈曈今天得罪了這些人，不知道以後還會鬧出什麼事端來。

好在沈修瑾的底子不錯，沒傷到什麼要害，最後只敷了些藥就沒事了。

回家的路上遇見蘇藍氏派出來幫忙找人的夥計，沈瞳道了聲謝，表示明天一定會再去一品香，隨後，牛車緩緩朝著桃塢村的方向駛去。

去時頂著斜陽，回時披星戴月。

遠遠望見小院子的矮牆映入眼中，沈瞳鬆了口氣。

牛車停在小院子門前，沈瞳打開院門，趙大虎扶著一言不發的沈修瑾走進院子。

「今日多虧了大虎哥。」沈瞳說道：「留下吃一頓晚飯再走吧？」

趙大虎下意識想拒絕，但是想起昨天吃的那頓午飯，口水忍不住直流，連忙改口答應。

沈瞳朝沈修瑾喚了一聲。「哥哥，你先自己換一身衣服，我爹的舊衣服都放在你的床旁邊，自己挑著喜歡的穿，好好歇著，一會兒吃飯我再叫你。」

沈修瑾抬頭看了沈瞳一眼，沒說話，也沒像平時一樣傻笑，一雙鳳眼沈靜如水，輕輕點了點頭。

沈瞳見狀，忍不住挑了挑眉，挨了一頓打，竟然不再裝傻了？

第二天一早，天濛濛亮，沈瞳就帶著沈修瑾去了村子裡的小菜場買菜。因為沈修瑾的樣貌實在是太出眾，村子裡的婦人一直盯著他瞧。

「他就是那小乞丐？」

「這麼俊的小野子，竟然是個傻子，可惜了這張臉。」

沈修瑾靜靜地幫沈瞳提著菜籃子，彷彿沒聽見那些婦人的議論。

「哥哥，你昨日去書院做什麼？」

兩人一前一後地走著，沈瞳冷不丁地開口問道。原本她以為沈修瑾既然不打算繼續裝傻，肯定會跟自己攤牌，結果他昨夜到現在一句話都沒說過。

沈修瑾抬頭看了她一眼，小姑娘的身材很纖弱，頭髮由於營養不良而顯得枯黃粗糙，長長地垂在身後，她不似村中的小姑娘一樣用簪子挽起來，而是用一條淺綠色的長布條隨意束著，鬆鬆垮垮地垂在身後，隨著晨風吹拂，輕輕地晃來晃去，看起來反而更顯靈動。

她此時背對著他，步子輕快，沒有回頭，彷彿剛才說的話，只是隨口一言。

想起昨天的事情，沈修瑾面上閃過一絲黯然，低聲道：「我在書院門口，好像想起了一些事情。」

「嗯？」沈瞳停下腳步，回頭看他。

沈修瑾望著她，說道：「我不記得以前的事情了，但是昨日在書院門口，腦子裡突然閃過一些畫面。」

失憶？

沈瞳挑眉，看他的樣子，並不像說謊。

「你的意思是，你以前很有可能是景溪書院的學子？」沈瞳打量了沈修瑾一眼，他看起來只比自己大了一、兩歲左右，五年前出現在桃塢村的時候，已經是個傻子了，也就是說在他十歲或者更小的時候，他是景溪書院的學子。

想了想，沈瞳搖頭。「不對，我聽說景溪書院招的學子必須滿十二歲，你當時肯定不符合條件。」

聞言，沈修瑾眼中的光芒黯淡下來。他知道自己和沈瞳並非親兄妹，所以十分迫切地想知道自己的身分，或許到時候，等他找到自己的家，就不用沈瞳養他，而是他養沈瞳了。

沈瞳若有所思。

如果沈修瑾失憶前當真是讀書人，或許報名讓他去書院讀書，會是個不錯的選擇，他這白白嫩嫩的模樣，讓他跟著自己種田也不實際。

沈瞳正琢磨著找個時間去景溪書院瞭解一下情況，而景溪鎮上的一品香，卻因為她昨天提供的幾個食譜，迎來了開店以來生意最好的一天。

夥計們飛快地在後廚和大堂、包廂間來回穿梭，忙得腳不沾地。

此時，一品香三樓靠街邊的一間華麗包廂內。

窗戶朝著街邊打開，繁華街道盡收眼底，幾名身穿錦衣的年輕公子吊兒郎當地坐著。桌上擺滿了各色美味菜餚，他們卻看都沒看一眼。

「小侯爺，您方才說的，究竟是什麼意思？太子當真還活著？」

裴銳歪歪斜斜地坐在黃花梨木椅上，嘴裡叼著一根筷子，斜睨了說話的人一眼，丰神俊美的眉眼帶著一股邪氣。「要不我家老爺子會閒著沒事派我千里迢迢來這鬼地方？」

「難道不是上回咱們哥幾個去燕來樓，不小心被老侯爺抓個正著，您怕他老人家打死您，才連夜收拾包袱，滾到這鬼地方來的？」好友不怕死地道。

裴銳吐出嘴裡的筷子。「呸，老子是那種怕死的人嗎？」

眾人面面相覷，看著他霸道的神情，默默地吞下了一個「是」。

裴銳坐直身子，突然變得嚴肅起來。「大家都是兄弟，你們既然都知道我來景溪鎮的目的，那便不能置身事外了，辛苦哥幾個幫我找一下太子殿下，若是有什麼消息，一定跟我說，等回了京裡，我在姑姑面前一定不會忘了替哥幾個美言幾句。」

幾位公子哥兒和裴銳一樣，基本都是勛貴世家出來的世子爺，在京裡或許都是一等一的紈袴敗家子，但在正經事上，卻都不是糊塗的，見他這般嚴肅，也意識到了事情的嚴重性。

「都是兄弟，有什麼吩咐您就直說，這麼見外做什麼。」

裴銳笑了笑。「沒辦法，我那太子表哥失蹤好幾年了，皇后姑姑找他都要找瘋了，卻連一點眉目都沒有，偏偏老晉王的兒子長得和陛下越發相像，這兩年來陛下是越來越倚重他了，再加上朝中大臣們都在議論著皇儲之事，若是再不將太子表哥找回來，只怕……」

他搖了搖頭。

包廂內一片寂靜，當今陛下子嗣艱難，皇子們都不出眾，皇室中唯一拿得出手的便只有老晉王的兒子，只是往年陛下身子康健，沒人會將目光放在他的身上，如今隨著太子失蹤日久，近幾年朝中形勢變得越發詭異。

難怪老爺子管得他們越來越嚴了，往日裡若是偷溜出門必定被打得幾天出不了門不可，這一回他們跟著裴小侯爺偷溜出京城，老爺子們卻睜隻眼、閉隻眼，彷彿巴不得他們離京城遠些才好。

如今想來，是怕他們在這當口惹出不必要的事端來啊！

眾人沈默了一陣，有人終於意識到了什麼，看向裴銳。「等等，您的意思是說，太子殿下極有可能在景溪鎮？」

裴銳沒吭聲，目光落在面前的素菜上，眉宇微動。「這菜……」

「昨兒您還吃過的，掌櫃的說這道菜叫蟾宮玉樹。」一人說道。

裴銳也想起昨天吃的那素菜，哪怕是在京城，他也沒吃過這麼好的素菜，沒想到景溪鎮竟然有這麼厲害的廚子，吃得他連筷子都捨不得擱下。

他輕笑一聲。「昨兒還叫白灼菜心，今兒就改成蟾宮玉樹了，哈哈。」

拿起筷子挾起晶瑩翠綠的菜薹，只吃了一口，便皺著眉頭放下了。

「和昨兒吃的不一樣。」他在吃食上十分挑剔，只要有一絲不對勁都能嚐得出來。

旁邊的人笑著道：「那是自然，昨兒下廚的不是一品香的廚子，而是個小姑娘，她廚藝了得，送給一品香好幾個食譜，還教會了這裡的廚子，您吃的這個，就是一品香的廚子做的，和那小姑娘做的肯定不同。」

「哦？還有這事？」

裴銳饒有興致地看向說話的那人。對方名叫郭興言，是景溪鎮本地人士，由於郭老爺子在沒落前與裴老侯爺曾是至交好友，因此，裴銳來景溪鎮的時候，就被老侯爺勒令住在了郭家。

郭興言很喜歡這位沒有架子的小侯爺，笑著說道：「昨日你們搶菜的時候，我偷偷去後廚瞧了一眼，認出那小姑娘正是附近桃塢村的孤女，身世很是可憐，如果小侯爺喜歡她做的菜，回頭我便叫人去請她回來做廚娘。」

聞言，裴銳哪裡還顧得上吃眼前這一大桌的菜，迫不及待地拉著郭興言。「走，帶小爺去請人。」

然而郭興言與其他的好友卻不理他，埋頭挑著昨日吃過的那幾道菜吃完了以後，一抹嘴，叫來夥計，又點了好幾份。

裴銳氣笑了，在每個人頭上狠狠地拍了一下。「吃吃吃，就知道吃！和那小姑娘做的菜相比，這些算什麼，等把人請到小爺府上去做廚娘，你們還怕沒好東西吃嗎？」

其他人不好意思了，嘿嘿地笑著，跟他一道離開了一品香。

鴻鼎樓。

往日裡座無虛席的大廳，如今空了大半的位置。

秦掌櫃臉色陰沈地站在門口，望著對面的一品香，不僅裡面坐得滿滿當當，門外還排著長長的隊伍，與自家的冷清形成了鮮明的對比。

夥計在秦掌櫃面前低頭稟報。「掌櫃的，打聽清楚了，聽說是昨兒個傍晚，桃塢村的趙大虎和沈曈去一品香賣菜薹，因菜薹太多，怕一品香賣不完，那沈曈便送了陳大廚幾道食譜，還親手教會了他。這幾道菜只是沈曈拿手的家常菜罷了，應該不足為慮。」

「不足為慮？那你說為什麼客人都跑一品香去了？」秦掌櫃臉色鐵青。「區區山野村姑的幾道家常小菜，就讓一品香把咱們大半的客人都搶走了，若她再露幾手，咱們鴻鼎樓豈不是要倒閉了?!」

夥計冷汗直冒，低著頭不敢吭聲。

昨晚將沈曈和趙大虎趕走的李喜貴，聽見夥計的話，頓時渾身一僵，臉色煞白。

關於一品香的陳大廚得了食譜，如今在一品香十分風光的事情，李喜貴早就聽說了，當時又羨慕、又嫉妒，如今知道那食譜是沈曈送的，頓時不知道是該懊悔、還是該恐懼，若是秦掌櫃知道是他把沈曈推向一品香的，那他就完了。

一旁的大廚卻道：「趙大虎？掌櫃的，如果我沒記錯的話，趙大虎好像婚期將至，想請我上門去掌勺辦喜宴，不過我先前拒絕了他。咱們不妨用他的喜宴作為條件，讓他將沈曈的食譜也送一份給咱們，以我的廚藝和多年的經驗，只要看過食譜，一定能琢磨出更好的菜式出來，一品香想壓在咱們鴻鼎樓頭上，怕是打錯了主意。」

秦掌櫃轉怒為喜。「好，就這麼辦，你去找趙大虎商量一下，必要的時候，哪怕是用搶的，也要將此事辦成。」

「掌櫃的放心，這事包在我的身上。」

鴻鼎樓的大廚挺著大肚子，晃晃悠悠地去了桃塢村。

村長一家沒料到大廚會親自前來，受寵若驚地接待了他。

村長媳婦忙前忙後地燒水泡茶，村長和趙大虎則在一旁陪著笑。

趙大虎的婚期就在七天後，因為未婚妻是鎮上書香世家的丫鬟出身，樣貌好，脾氣也好，十分受主家的重視，所以這樁婚事，村長一家都十分滿意，打定主意要辦得漂漂亮亮的，所以才想請鴻鼎樓的大廚來掌勺。

前幾天被拒絕，趙大虎十分沮喪，本來打算今日再去鎮上找其他大酒樓碰一下運氣，誰知道鴻鼎樓的大廚竟然親自上門來了。

村長和趙大虎相視一眼，都看到了對方眼中的驚喜。

胖胖的大廚坐在椅子上，掃了一眼趙家廳堂內的裝置，眼中閃過一絲不屑。村長媳婦端過來一盞茶，他喝了一口，面色變了變，沒忍住把茶水吐了出來。

「這什麼茶，怎麼這麼難喝？」

農家人沒有喝茶的習慣，畢竟茶比米糧貴得多了，更何況，他們哪裡懂得品茶，平時只是囫圇喝白開水罷了。

這一小塊茶磚，還是早些年別人送給村長的，每逢有客人到的時候，村長都會泡上一壺來待客，但凡喝過的都說好，也就這大廚倨傲，才會一點面子都不給村長留，直言說難喝。

# 第六章

村長的臉色微微有些僵，他不是傻子，大廚如此輕慢的態度，想來是瞧不上趙家，今日特地登門，未必是改變主意，極有可能另有企圖。

果然，大廚張嘴說出了此行的目的。

「只要你們幫我拿到沈曈的食譜，我便答應幫你們辦喜宴。」

「沈曈的食譜？」村長皺眉，這事怎麼和沈曈搭上關係了？

這時，趙大虎想起昨日的經歷，立即明白是怎麼回事了，肯定是沈曈給一品香的食譜，讓鴻鼎樓的生意受到了影響，鴻鼎樓坐不住了，這是來強搶食譜的。

趙大虎繃起臉色，大聲道：「大廚還是回去吧，我們不知道什麼食譜，這婚宴，我不需要大廚來辦了。」

趙大虎話才剛說完，就被一旁的村長媳婦拉住了，村長媳婦討好地對大廚說道：「大廚別生氣，這孩子平時就這牛脾氣，說話不好聽，只是，您要沈曈的食譜，這是個什麼說法？難不成沈曈那小蹄子偷了您的食譜？」

「娘！」趙大虎沒想到自己的娘竟然會如此說，氣得臉色鐵青，就連村長也覺得當著外人的面，自家媳婦實在太丟人了。

村長媳婦才不管他們如何生氣，反正他們氣歸氣，總不可能為了一個外人和她鬧。

大廚卻是眼睛亮了亮，他怎麼沒想到這招，若是這食譜原本就是他的，那沈瞳就算是不給，也必須給。

大廚暗讚村長媳婦上道，說道：「是啊，那沈瞳不知從哪裡偷來的食譜，竟和我師父傳下來的食譜一模一樣，若不是這兩日見到一品香推出的新菜眼熟，我特地讓人去查了一下，還不知道師父傳下來的食譜竟落在了外人手裡。」

「大廚，瞳瞳手裡沒有你的食譜。」趙大虎聽不下去了，沈瞳根本就沒有什麼食譜，昨兒給一品香的食譜還是她現寫的。

這大廚也是個臭不要臉的，把別人的食譜說成是自己的，竟還面不改色，如果他真有這麼厲害的食譜，怎麼可能不在鴻鼎樓賣，反而現在要來搶食譜。

「豈有此理，沈瞳竟然會做出如此丟人現眼的事情，簡直把咱們桃塢村的臉都丟盡了。」村長媳婦罵了沈瞳一句，對胖大廚說道：「大廚放心，我這便讓她把食譜還回來。」

小廚房裡。

鍋裡咕嚕、咕嚕地燉著火腿鮮筍湯，濃香瀰漫，沈修瑾坐在小板凳上，往火灶裡塞柴火，時不時轉頭望沈瞳一眼。

沈瞳正挽著袖子在灶臺前忙碌，醃製過的豬小排裹上一層薄薄的蒜蓉，用慢火煎炸成淡淡的金黃色，濃郁的醬香、肉香、蒜香混合，充斥在小廚房窄小的空間內，勾得一旁的沈修瑾連柴火都忘了顧，忍不住探頭往鍋裡瞧了又瞧。

沈曈將豬小排撈起來擺盤，挾起一塊送到他嘴邊，笑著道：「哥哥，來嚐嚐。」

微焦的豬小排往外不停地滲出油脂，噴香撲鼻，沈修瑾張嘴咬下一口，濃郁燙熱的鹹香肉汁掠過舌尖，肉質外脆裡嫩。

沈修瑾兩三下便啃完了，雙眼發亮地盯著沈曈，還想要更多。

沈曈卻笑道：「不急，還有這麼多呢，沒人和你搶，先把這個端去飯桌上，你在外面坐著等我，很快就可以開飯了。」

沈修瑾老老實實地端著火腿鮮筍湯和豬小排去了外面，飯桌已經在小院子裡擺好了。

秋風送爽，陽光並不強烈，他坐在那裡，面對著小廚房的窗口，盯著沈曈忙碌的身影出神。

當沈曈炒好一碟青翠欲滴的素菜端出來，才在沈修瑾的對面坐下，小院子外面就傳來了敲門聲。

「沈曈，沈曈，快開門。」

沈曈一下子就聽出來這聲音的主人是村長媳婦，而且聽起來語氣不太對。

沈曈直覺可能是村長或者趙大虎出了什麼事，放下飯碗，連忙去開門。

誰料到一開門，村長媳婦第一句話便是讓她交出食譜。

「沈瞳，我不管妳是從哪裡偷了人家的食譜，這事是妳不對，趕緊把食譜還給人家，不然這事若是傳出去，咱們桃塢村的名聲都被妳敗壞了，也會連累得我家大虎娶不上媳婦。」

沈瞳聽著就納悶了。「什麼食譜，我拿了誰的食譜？」而且，這事和趙大虎娶媳婦有什麼關係？

村長媳婦冷著臉道：「別裝傻了，大夥都是同村的，妳爹娘生前會些什麼本事，鄉親們都知道，妳會些什麼，咱們也一清二楚，憑妳還拿不出能開酒樓的食譜，若不是偷的，總不能是妳家祖上傳下來的吧？」

「娘，您別鬧了，食譜是瞳瞳自己的，關那鴻鼎樓的胖大廚什麼事。」

趙大虎追上來，無奈地拉住村長媳婦，朝沈瞳遞了個愧疚的眼神。

沈瞳眼神一凝。「鴻鼎樓的胖大廚？大虎哥，發生了什麼事？」

趙大虎嘆了口氣，將胖大廚來趙家說的那番話告訴沈瞳。

「瞳瞳，這事妳不用管，那胖大廚臭不要臉，想搶妳的食譜，不可能！我已經回絕了他，反正鎮上還有那麼多家酒樓，又不是只有他會做菜。我看一品香就很好，他們家掌櫃的那麼溫柔和氣，大廚和夥計也不像鴻鼎樓那樣眼高於頂，要不我待會兒去一品香碰碰運氣好了。」

沈瞳並不在意胖大廚搶食譜的事，畢竟她壓根兒就沒什麼食譜，她有的是一身的手藝，只要她不願意交出去，沒人能逼得了她。

她對趙大虎說道：「大虎哥，你如果不嫌棄的話，喜宴的事情就交給我來辦吧，保證不會讓你失望的。」

趙大虎聞言，原本愁眉苦臉的神色突然就笑開了。「對啊，我怎麼沒想到，妳做的菜可比鎮上的酒樓大廚做的好吃多了，若是妳來辦喜宴，肯定差不了。」

村長媳婦卻不贊同地道：「大虎，你別瞎搗亂，她懂做什麼菜，別到時候壞了你的事。」說完，她瞪著沈瞳。「趕緊把食譜交出來。」

「娘，您就消停會兒吧，瞳瞳做的菜可比鴻鼎樓的胖大廚做的好吃得多了，就連一品香的大廚也自愧弗如，若非如此，那胖大廚怎麼會無端端地跑來搶食譜？有她幫咱們家辦喜宴，到時候肯定辦得漂漂亮亮的，您老面上也有光，再說了，鴻鼎樓的大廚本來就瞧不起咱們鄉下人，就算答應幫咱們辦，肯定也不會盡心盡力，他收錢又貴，咱們還是不吃那虧了。」趙大虎無奈地拉住了自己的娘。

說到錢，鴻鼎樓收費確實貴，村長媳婦終於被趙大虎說動了，眼珠子轉了轉，突然鼻子動了動，問道：「什麼味道，怎麼這麼香？」

這股香味，從剛才她來到小院子附近就聞到了，實在是太香了，讓人想忽略都難。

她不客氣地推開沈瞳，彷彿在自己家一樣，循著香味飄來的方向走進小院子。

沈瞳被推到一旁，踉蹌地後退了兩步，要不是趙大虎眼明手快扶了她一把，她便往後摔倒了。她皺著眉頭，村長媳婦這般無禮，若非看在村長和趙大虎的面上，她早就把人趕出去了。

沈曈深吸口氣，眉宇間的微惱散去，招呼著趙大虎進小院子。

「我剛做好午飯，大虎哥如果不嫌棄，可以一起用飯。」

趙大虎沒能攔住自己的娘，已經很愧疚了，哪裡還好意思留在這裡吃飯，聞著飄滿院子的香味，他堅決搖頭。「不用了，你們慢慢吃，我和我娘就先……」

他話沒說完，就見村長媳婦不知何時已經徒手抓起一塊豬小排在吃了，一邊吃、還一邊瞪著沈曈。「好香的排骨，妳還說沒偷人家的食譜，就憑妳，怎麼做得出這般好吃的菜。」

沈曈臉上勉力維持的客氣徹底淡下來，冷冷地道：「嬸子，妳做不出這麼好吃的飯菜，並不代表別人不行。」

村長媳婦啃完豬小排，意猶未盡地舔了舔手指，聞言下意識想嘲諷幾句，但舌尖殘留的絕頂美味提醒著她，沈曈或許並不是在吹牛。

不過，讓她承認沈曈的廚藝好，這是不可能的，村長媳婦翻了個白眼，冷哼道：「食譜的事就算了，這幾天妳好好準備一下，七天後來我家辦喜宴，最好不要偷奸耍滑糊弄我們，不然別怪我對妳不客氣。」

沈曈已經對村長媳婦失去了所有的耐心，對方說的話，她基本就當是個屁，左耳進、右耳出。

她轉身看向趙大虎，說道：「大虎哥，你的喜宴我一定會盡力辦好，不會讓你失望，不過這幾天的準備工作，需要你的全力配合。」

喜宴不同於尋常的聚餐，不能馬虎，更何況，以沈曈的脾氣，她也絕不容許自己隨便應付。

喜宴上要用到的吉祥喜慶的盤子、瓷碟等，必須要特別訂做，否則擺盤的美觀程度會大打折扣，調味料和醬汁等要沈曈親手調製，食材也必須要經過精挑細選，每一樣都不能忽視。

然而如今只剩下七天的時間來讓她準備，時間實在是太緊了。

沈曈顧不上吃飯，吩咐沈修瑾留一些飯菜給她，然後跟著趙大虎去了趙家，與村長商定了趙大虎成親當日的細節後，擬出了一張喜宴的菜單。

她前世曾受委託辦過幾次喜宴，對喜宴上的各種講究都很清楚，寫出來的菜單寓意吉祥，村長看了一眼便笑得合不攏嘴。

單看這張菜單，他就能確定，趙大虎的喜宴絕對能辦得體體面面的。

「曈曈啊，既然妳已經有主意了，那大虎的喜宴就全靠妳了。妳放心，妳交代的這些，我一定會辦好，妳那邊若是遇到什麼困難儘管說，保證給妳辦得妥妥當當。」村長將一大袋銀子遞給沈曈。「這些是採買的銀子，妳先拿著，若是不夠再跟我要。」

趙家家底兒豐厚，更何況辦喜宴關乎村長一家的體面，不能太省，所以村長十分大方。

採買、置辦需要的花費不少，沈曈就算想幫村長出也無能為力，畢竟她現在是窮人一個。她也不扭捏，把錢袋收好，等敲定了所有細節，便告別村長和趙大虎，回了小院子。

「她倒是不客氣，拿著那麼多銀子就走了。」村長媳婦在一旁看著，忍不住咕噥了一句。

村長板起臉瞪了她一眼。「妳少說幾句成不成，人家幫妳兒子辦喜宴，難不成還要出錢給妳採買食材和醬料？這點錢都不夠請鴻鼎樓的大廚，若人家真想貪妳這點錢，倒不如去鎮上的大酒樓當廚子，每月有那麼多工錢，還不用看妳的白眼。」

村長媳婦被他罵得心虛，不敢回嘴。

沈瞳回了小院子，原本以為沈修瑾已經吃過飯了，沒料到他竟然還老老實實地坐在飯桌前等著，飯菜都涼了，他卻沒動筷子。

見她回來，沈修瑾張著一雙漂亮的鳳眼，直直地望著她，也不說話。

乖巧得像個小孩子，偏偏又俊美得不像話。

饑腸轆轆的沈瞳突然覺得不那麼餓了，望著他亮晶晶的鳳眼心軟成了一團。

前世她沒有親人，從來不知道有一個人在家裡等著她吃飯的感覺是怎樣的，如今穿越到了人生地不熟的時代，竟然意外地體會到了這種溫暖的感覺。

沈瞳摸了摸沈修瑾的腦袋，在他的身旁坐下。「哥哥怎麼不吃飯，是在等我嗎？」

她的動作和語氣太過自然，像是在摸一隻乖巧的寵物，沈修瑾皺了皺眉，但沒說什麼，只是點了點頭，拿起碗幫她盛了一碗飯，輕輕放在她的面前。

沈曈很樂意享受他的服務，雖然飯菜都涼了，但是心裡暖融融的，就著微涼的飯菜入口，吃得比以往任何時候都美味。

吃完午飯，收拾好碗筷，沈曈便帶著沈修瑾去找趙大虎，乘著他的牛車去了鎮上。

沈曈和沈修瑾同行，專門去找調味料，而趙大虎則帶著她畫的餐具樣式去瓷器坊訂做餐具。

此時，裴銳和郭興言等人恰好到了桃塢村。

一行騎著高頭大馬的錦衣貴公子緩緩進入落後、淳樸的桃塢村，彷彿高貴冷豔的白鶴混入雞圈中一般，一舉一動都十分惹眼，瞬間就引來了整個村子的矚目。

裴銳這群人在京中是出了名的紈袴敗家子，什麼樣的大場面沒見過，被整個村子的村民們當猴子似地圍觀，絲毫不覺得有什麼不妥，反而覺得新鮮，騎在高高的馬背上左看看、右瞧瞧，跟村民們搭話，打聽沈曈的情況。

雖然他們舉手投足都透著一股高門子弟特有的高貴，村民們都不敢接近，但架不住他們出手大方，幾句話的工夫，村民們都爭先恐後地圍了過來，片刻間，沈曈的祖宗十八代都被他們打聽清楚了。

裴銳將一錠碎銀子扔給一個村民，讓他帶路去沈曈家。

結果到了小院子外面，看著矮矮的土牆和緊閉的院門，一時無言。

「好像不在家。」

裴銳皺著眉頭，他午飯都沒用就過來了，原想著過來先讓她露一手，讓他飽腹一頓再把人客客氣氣地請回去當廚娘，誰能想到，餓著肚子勞師動眾地上門請人，卻吃了個閉門羹。

郭興言幸災樂禍地取笑道：「好在我們來之前都用了些素菜，這才不至於餓肚子，只是從未體會過饑餓是何滋味的裴小侯爺，不太好受吧？要不咱們先回一品香，等晚些時候再來？」

裴銳沒好氣地道：「小爺才不走，就在這裡等到她回來。」

「請問，你們是找沈曈的嗎？」一道怯生生的脆響傳來，沈香茹目光直直地望著幾人中容貌與氣質都最出色的裴銳，面頰微微一紅。

沈香茹聽見村裡的人議論沈曈家來了幾位尊貴的公子哥兒，以為是沈曈在鎮上得罪了什麼人，特地跑來看熱鬧，在一旁觀察了許久，終於大著膽子上前。

裴銳打量了一眼站在面前的少女，她低著頭，身材瘦小，面頰微紅，帶著少女特有的羞澀和稚嫩，但她眼中一閃而過的算計卻逃不過他的眼睛。

勛貴世家養出來的孩子，沒有哪個是真正單純的，裴銳雖是京中出了名的紈袴，但他經歷過的算計並不少，早已養成一雙火眼金睛，沈香茹這種段數的人想在他面前耍小心眼，簡直是不知死活。

裴銳內心冷笑一聲，面上卻不動聲色，饒有興致地指著小院子問道：「妳認識這家人？」

裴銳的聲音很好聽，清朗溫和，樣貌又生得好，舉手投足帶著與生俱來的尊貴。

沈香茹忍住內心的激動和羞澀，壓低嗓子回道：「這家住的是我的堂妹沈曈，不過她自從父母去世後，就與我家斷絕關係，搬出了沈家。看來她如今不在家，公子如果想找她，不妨到我家去暫歇一會兒，等她回來了，再來此處找她就好。」

裴銳聽見她說和沈曈已斷絕了關係，態度便有些冷淡了，再聽見她主動相邀，頓時挑眉，意味深長地看著她。「去妳家？」

沈香茹的心幾乎都要跳出來了，故作淡定地道：「我家離這裡不遠，我聽說沈曈剛去了鎮上，估計要很久才能回來，公子與其站在這路邊等著，倒不如去我家稍坐片刻。農家的茶飯或許不合貴人的胃口，但勉強能果腹，像公子這等身分的貴人，若是餓壞了反倒不好。」

還挺會說話。

裴銳掃了她一眼，將她的緊張看在眼裡，一旁的郭興言等人朝著他擠眉弄眼，彷彿在取笑他豔福不淺。

裴銳瞪了他們一眼，扔了一錠銀子給沈香茹，冷淡地道：「不必了，多謝姑娘好意，我們就在此處等她即可。」

說完便轉身站在小院子外面，不再理會沈香茹。

# 第七章

沈香茹愣愣地望著手中的銀子，不過是和他說了兩句話罷了，出手就是十兩銀子，如此豪氣，難怪方才那些鄉親們會爭先恐後地圍著他們。

如此看來，這位公子的身分比她想像中的還要高。

而且，經過兩、三句話的工夫，她已經看出來了，這些人根本就不是來找沈瞳算帳的，瞧那樣子，倒更像是有事相求，不然憑他們的身分、地位，哪裡用得著紆尊降貴地站在門口等沈瞳？

沈香茹想到這裡，頓時憤憤不平起來，沈瞳憑什麼認識這樣尊貴的人物？

她看向裴銳，還想說些什麼，但見他一副拒人於千里之外的姿態，頓時知道若是再糾纏下去，對方該要不耐煩了，於是只好放棄，依依不捨地離開了。

但她並沒有立即回家，而是找來幾個鄉親打探了一下情況，從他們嘴裡套出了裴銳來找沈瞳的目的。

村民們你一言、我一語，沈香茹很快便將事情弄明白了。

難怪沈瞳最近突然像變了個人一樣，整日裡在自己的面前做出高高在上的姿態，原來是偷了別人的食譜，以為憑著這個就能翻身。

沈香茹不屑地冷笑一聲，心裡卻算計起來。

那本食譜定然不簡單，竟能驚動鴻鼎樓的大廚，而且，連方才那位尊貴的公子也被吸引過來，若是食譜落在自己的手裡……

沈香茹唇角微微一勾。

不過現在最重要的是讓沈曈偷食譜的事情傳出去，讓那位貴公子免受沈曈的欺騙，等到自己將食譜拿到手裡，就可以借此接近貴公子了，到時候……

想到這裡，沈香茹去找了村裡幾個無所事事的年輕小夥子。

不一會兒，幾個年輕小夥子「路過」沈曈的小院子。

「聽說沈曈那丫頭片子偷了沈家祖傳的食譜，死不悔改，這才被沈家老太太逐出了家門。」

幾個年輕小夥子刻意說得那麼大聲，裴銳等人自然是聽得一清二楚，眾人相視一眼，默契地圍住幾個年輕小夥子，把他們帶到了裴銳的面前。

「把你們方才說的話再說一遍。」裴銳瞇起眼睛。

幾個年輕小夥子都不是善類，在村裡除了偷雞摸狗，還在外面幹些見不得人的勾當，剛才收了沈香茹的銀子說幾句不利於沈曈的壞話，原本還打算晚上找個時間摸黑進沈曈的小院子看看有沒有好東西可以順手牽羊，誰料到這幾個公子哥兒瞧著文文弱弱的，竟然這麼不好惹，上來兩三下就將他們按倒了。

為首的年輕小夥子目光一轉，把沈香茹的吩咐都交代了。

郭興言皺著眉頭道：「小侯爺，這傢伙瞧著不像在說謊，方才我們也聽村裡的人說過，沈瞳不像是會做菜的廚子，難道她真的偷了沈家的食譜？」

裴銳想起那天傍晚在一品香吃過的幾道素菜，絕妙的美味至今難忘。

他搖頭道：「那幾道菜，就算有食譜，沒有十幾年廚藝的歷練，未必能做出她那樣的水準，說她不會做菜，實在是太可笑，一品香大廚照著她的食譜做出的菜，你們不是吃過了嗎，差得太遠了。」

聞言，郭興言也覺得自己想得太簡單了。「確實如此，如果她什麼都不會，僅憑偷來的食譜混吃混喝，怎麼捨得將食譜送給一品香？如此看來，她的依仗不是食譜，而是她自己的廚藝，她壓根兒就不怕自己的手藝被人學了去。」

裴銳冷笑。「若我猜得沒錯，她或許是因為什麼緣故，以前一直隱藏著自己的廚藝，近日才在人前展現出來，而某些人卻以為她能有如此巨大的轉變，都是因為食譜的關係。」

郭興言捏著下巴，點頭道：「看來這些人盯上了她的食譜，想要強搶，不過，他們為何要派人在我們面前散播對沈瞳不利的言辭？」

裴銳踢了一腳趴在面前的幾個小流氓，立即就得到了想要的答案。

「是沈香茹，沈香茹讓我們來的，求求您，別殺我，放了我！」

小流氓聽見郭興言方才叫裴銳為小侯爺，已經嚇尿了，他們哪裡招惹得起這樣的貴人，不敢隱瞞，一五一十地將事情都說了出來。

「滾吧！」裴銳聽完了自己想知道的訊息，不耐煩地擺手讓他們滾。

小流氓如蒙大赦，屁滾尿流地滾了。

裴銳上馬，調轉馬頭。「走吧，回去。」

郭興言問道：「上哪兒去，咱不等了？」方才不是還說要等到人回來嗎？

「回去好好歇著，晚上過來抓賊。」

沈曈不知道在自己家門口上演了一場大戲，和沈修瑾、趙大虎在鎮上蹓躂了一圈，買了不少東西，直到傍晚時分，才晃晃悠悠地坐著牛車來到一品香門口。

蘇藍氏一聽說沈曈來了，連忙跑到大門口迎接。

「沈姑娘，妳總算是來了。」

昨天沈曈留下的幾道食譜，有些地方大廚們琢磨不透，硬著頭皮做出來的菜雖然也很不錯，但還是覺得不對，急了一整天。

如今沈曈終於來了，蘇藍氏彷彿遇到救星一般，抓著她的手便拉著她去後廚。

見她如此急切，沈曈笑道：「掌櫃的放心，我人都到這裡了，跑不了，今日一定幫太廚們把問題都解決了。」

聞言，蘇藍氏也覺得有些不好意思，人家免費送了幾道這麼好的食譜，她竟還不滿足，還要人家親手幫忙調教大廚，世上哪有這麼好的事情。

好在她早就有所準備，從袖子裡掏出一個沈甸甸的錢袋，鄭重其事地說道：「沈姑娘，有句話我昨日便想說了，只是妳走得急，我沒機會說。妳這麼好的廚藝，在小小的桃塢村裡實在是太屈才了，雖然我們一品香也不算什麼大酒樓，但是我自認給出來的待遇不差，想請妳來一品香擔任後廚主廚，一個月給妳一百兩銀子的工錢，妳看如何？」

一百兩銀子，確實是相當不錯的待遇了，據沈曈所知，鎮上一般的酒樓給大廚一個月的工錢有十兩銀子就很厚道了。

蘇藍氏竟然一開口就是一百兩，可見對沈曈相當看重。

沈曈驚訝地看著蘇藍氏，其實她並不意外蘇藍氏會請自己來一品香擔任主廚，她意外的是，蘇藍氏竟然會給出這麼豐厚的報酬，兩人才認識兩天，接觸的時間加起來不到一個時辰，她卻如此信任自己。

蘇藍氏見她不說話，連忙道：「沈姑娘，如果妳覺得一百兩太低了，咱們還可以再商量。」

沈曈搖頭。「掌櫃的誤會了，我不是嫌少。」

「那妳是同意了？」蘇藍氏面上一喜。

沈曈再次搖頭，對上蘇藍氏略微失望的神色，她認真地說道：「我打算自己開一家店，做自己想做的料理。」

蘇藍氏聞言，雖然有些遺憾，但也真心為她感到高興。「原來妳自己已經有了主意，妳有如此好的廚藝，自己開店定然生意紅火，我先提前祝賀了，到時候若有什麼需要幫助的地方，儘管說，不用和我客氣。」

開店的事情沈曈倒是不著急，她現在還沒存到足夠的銀子，但是蘇藍氏沒有因為自己的拒絕而生氣，反而為她感到高興，讓沈曈心裡微暖。

她斟酌了一下，才說道：「其實我今日過來，是想向掌櫃的借一個人。」

雖然她一個人足以搞定整個婚宴的料理，但如果事事都要她親自動手，哪怕是一個健壯的青年都未必能扛得住，更何況她這弱不禁風的小身板。

所以，趙大虎的婚宴，她必須提前找幾個幫手，於是就想到了一品香。

其實如果可以，她是想將整個一品香後廚的大廚和幫廚都借走的，但是一品香還要做生意，就算掌櫃的再好心，也不可能放著自己的生意不做，讓自己手下的人都跑出去接外快。

更何況，就目前沈曈的積蓄，也請不起那麼多大廚。

然而，蘇藍氏聽完沈曈的話後，竟然毫不猶豫地道：「沒問題，不僅陳大廚，整個後廚的人妳都帶走吧！」

蘇藍氏這麼大方，沈曈有些受寵若驚了，她請不起那麼多人啊！「不、不用了，只要陳大廚一個人就行了，太多了我也……」

蘇藍氏笑著道：「不用擔心，不收錢，到那天一品香停業一日，我也可以歇一天。」

聞言，沈曈更加不好意思了，蘇藍氏這明擺著是為了幫自己才這麼做的。

蘇藍氏拍拍她的肩膀。「不用覺得不好意思，其實該慚愧的是我才對，妳有這般好的廚藝，他們能跟著妳幹一天活，肯定能學到許多東西，這是我占了妳的便宜。」

蘇藍氏堅持如此，沈曈只好領了她的好意，但是心底暗暗打定主意，有機會一定要回報蘇藍氏對自己的幫助。

夜色漸濃，小院子矮牆外悄悄蹲著好幾個人影，伸長脖子望著村口的方向。

「小侯爺，咱真要在這兒蹲一晚上？萬一沒有賊來怎麼辦？」最重要的是，萬一沈曈也沒回來怎麼辦，那他們豈不是白等了。

郭興言一句話剛說完，就被裴銳不客氣地踢了一腳。

「小爺說的話什麼時候錯過了？」

夜色下，村口有一輛慢悠悠地駛過來的破牛車，裴銳指了指。「喏，這不是回來了。」

郭興言深呼一口氣，總算是回來了。

耳畔傳來嗡嗡嗡的聲音，他煩躁地拍了一下蚊子，都深秋了，怎麼還有這麼多蚊子，他都被叮得滿臉包了。

「噓，別出聲。」裴銳又踢了他一腳，示意他安靜。

這時，三道黑影鬼鬼祟祟地從村尾跑過來，東張西望了一會兒，在離他們只有幾公尺遠的矮牆外面，翻牆進了小院子。

賊終於來了。

幾人在黑暗中相視一眼，多年的默契讓他們同時靜下來，緊盯著那三個小賊的動靜。

三個小賊直奔沈曈的房間，撬開房門，摸黑進去四處翻找。

「還真來偷食譜，這群蠢貨，又蠢又貪。」裴銳不屑冷笑。

郭興言和其他人早就按捺不住了，摩拳擦掌。「咱現在上嗎？」

「上個屁，再等會兒。」裴銳望著路口的牛車，說道。

沈曈還沒回到家，他們抓賊抓給誰看，別到時候被當成是這三個小賊的同夥了。

牛車在路上走了足足有一刻鍾的時間，才總算來到了小院子的大門前。

沈曈還沒察覺到不對勁，坐在她身旁的沈修瑾卻突然坐直了身子，渾身警惕。

沈曈疑惑地看著他。「哥哥，怎麼了？」

「家裡有人。」沈修瑾說道。

「咦，這小子還挺警覺。」郭興言嘀咕了一句，說完這句話，也不知是不是他的錯覺，他感覺沈修瑾似乎朝他的方向望了一眼。

裴銳不滿地踢了他一腳，郭興言以為是讓他閉嘴，連忙不敢吭聲了。

然而下一秒，他卻見裴銳從牆頭上跳下來，拐了個彎跑到另一個路口，做出繞道追人的架勢朝小院子大門的方向奔去，一邊跑、一邊喊。「抓賊！」

郭興言頓時無語。

不是，堂堂京城小霸王裴小侯爺，大盛朝第一紈袴敗家子，為了騙一個小農女回去當廚娘，用得著演得這麼真情實意嗎？大半夜爬牆頭守株待兔也就算了，為了不引起懷疑，竟然還特意繞幾條路再跑回來裝俠士。

郭興言真覺得開眼界了，早就聽說裴小侯爺是個貪吃的，沒想到竟這麼能豁得出去，京城的人都這麼會玩嗎？

裴銳跳下矮牆的那一刻，沈曈就發現他的存在了。

她的反應極快，迅速地從牛車底下抽出一把鋤頭，躲在院門後。

在裴銳衝進來的那一刻，沈曈果斷出手，手起鋤頭落，狠狠地敲在裴銳的後腦勺上。

裴銳剛意識到不對勁，就感覺到後腦勺傳來一陣劇痛，隨即兩眼一黑，軟軟地倒在地上。

在他昏倒以後，外面的動靜驚動了屋裡的三個小賊。

咯噹一聲響，三個小賊不知撞倒了什麼，從屋裡飛快衝出來，在門口的眾人大眼瞪小眼的時候，翻牆跑了。

沈曈看向沈修瑾，嘴角微微抽搐。「你沒告訴我，屋裡有人。」

沈修瑾一臉無辜地望著她，他也沒想到她會以為自己說的是外面的這個。

兩人茫然對視時，郭興言等人手忙腳亂地跑過來。

「哎呀，妳怎麼這麼暴力？該打的不打，倒把不該打的打了，這回可闖了大禍了。小侯爺，小侯爺，您感覺怎麼樣？」

裴小侯爺沒應他，因為他此時正暈著呢！

「小侯爺？」

沈瞳捕捉到郭興言對裴銳的稱呼，掃視一眼他們這群大呼小叫的公子哥兒，穿著打扮非富即貴，偏偏大晚上爬牆頭不幹正事，世家子弟都是這麼閒的嗎？

不過最重要的不是這個，而是地上躺著的小侯爺，這人身分不一般，萬一有個好歹，她就要揹上謀殺勛貴的罪名了，那是要殺頭的。

沈瞳連忙檢查了一下小侯爺的狀況。

好在她力氣小，只在裴銳的後腦勺留下了一個大大的腫包，連一滴血都沒流，應該問題不大。

沈瞳鬆了口氣，朝郭興言說道：「沒什麼事，只是昏迷了，你們把他扶到我哥哥的床上去，給他弄點藥搽一下。」

郭興言聞言，連忙把人扶起來。

在他給裴銳搽藥的時候，沈瞳和趙大虎、沈修瑾把牛車上載著的各種調味料搬下來，剩下的食材和器具則讓趙大虎運回趙家。

裴銳眼皮一動，悄悄地睜開眼睛，把郭興言嚇了一跳。

「小侯爺，您什麼時候……」

「噓。」裴銳讓他不要出聲，壓低嗓音道：「一會兒不管用什麼法子，總之一定要讓她當場做幾道菜，而且還要做咱們在一品香沒吃過的。如果她能做出來，就說明她是有真本事的人，至於那勞什子食譜，還有鴻鼎樓和沈家人，這些麻煩事壓根兒就不叫事，小爺一句話就能替她搞定。」

郭興言也是哭笑不得，他剛才就覺得奇怪，裴小侯爺可是跟著老侯爺上過戰場的人，怎麼會被一個弱不禁風的小農女打量，敢情都是裝的，虧他剛才那麼擔心。

為了一口吃的，他也是真是拚命了。

裴銳懶得理他，瞪了一眼站在旁邊目瞪口呆的其他幾人。「都愣著幹什麼，看見人家搬東西，不知道去幫忙？」

其他幾人這才回過神來，話不多說，連忙去幫沈曈和沈修瑾。

「什麼？你們蹲在這兒就是為了幫我抓賊？」

搬完調味料，沈曈終於有時間問郭興言等人，為何大半夜蹲在自己家院子外面鬼鬼祟祟的。

結果郭興言的回答卻讓她無言以對。

桃塢村誰人不知道，她如今家徒四壁，哪有什麼東西可以讓人偷？

不過，她究竟是不是窮鬼，只有她自己知道了，這幾天在一品香賺到的銀子，足夠讓人眼紅，只是這事沒外人知道，而且銀子她都隨身攜帶，小賊就算有心惦記，也偷不著。

郭興言撓著頭，把白天發生的事情說了出來。

沈曈聽完，哪裡還不知道這事是誰挑起的，沈香茹這朵黑心蓮，還真是不安分，三番兩次背後搞鬼，看來不給她狠狠地教訓一次，她都不知道痛字怎麼寫。

今日去買食材和調味料，沈曈還買了不少紙張，紅色喜慶的硬紙是用來給趙大虎寫喜帖的，剩下的一些白紙，是留著給沈修瑾用的，沈曈打算找個時間給他報名去書院讀書。

沈曈拿來幾張紙，看向郭興言。「郭大少，能幫我寫幾個字嗎？」

郭興言雖然不知道她要自己寫什麼，但還是接過紙筆。「寫什麼？」

「食譜。」沈曈微微一笑。

# 第八章

沈香茹既然想要食譜，那就給她食譜，她倒要看看，沈香茹得到這食譜以後，究竟能不能讓沈家翻身。

郭興言照著沈曈說的將食譜寫了下來，足足寫了二十張紙，不僅將菜名和菜的來源故事詳細記了下來，還有菜的烹飪方法也按照步驟一一寫在上面，寫得他手腕發痠。

郭興言掃視著紙張上的內容，不可思議地望著沈曈。「這上面都是豆腐的不同做法。」光是豆腐的做法，就有這麼多種，而且許多都是他從未聽說過的。

其中有一道叫做麻婆豆腐的菜，郭興言寫的時候簡直都忍不住要流口水了。

「紅白鮮明，其味麻、辣、酥、香、嫩、鮮、燙。」

還有一道叫做瑪瑙鮮乳滑的甜點。「細嫩如腦，軟柔鮮滑，入口即化，甜香撲鼻。」

「吸——」郭興言一邊讀，一邊流口水。

裴銳原本還躺著裝昏迷，方才沈曈唸食譜的時候他就有些忍不住了，這回聽郭興言又唸了一遍，導致他想裝死都裝不成了，忍無可忍地坐起來。

「別念了，小爺都快餓死了。」

沈曈早就發現他裝暈了，此時見他跳起來，似笑非笑地看了他一眼。

裴銳立即反應過來，雖然覺得自己堂堂小侯爺裝量說出去有些不光彩，但現在為了一口吃的，他也顧不得什麼形象了。

他自從來了這景溪鎮，就沒吃過一頓滿意的。

裴銳爬起來對沈曈說道：「沈姑娘，這幾道菜，妳可都會做？能否全都做出來讓我解解饞？銀子不是問題，小爺多的是。」

對於他們這種身分的人來說，銀子是最不值錢的。

沈曈笑著道：「小侯爺想吃我做的菜，是我的榮幸，不用什麼銀子，我免費給你們做。」

裴銳等人本來想跟著去小廚房見識一下她做菜的樣子，結果沒走兩步，沈修瑾就板著臉擋在他們面前。剛才他們擔心裴銳的安危，之後又被沈曈的食譜吸引，沒注意到沈修瑾，如今一瞧，頓時愣住了。

這小子明明是一個莊稼漢，怎麼生得倒比他們這些公子哥兒還要好看？

尤其是裴銳，直接就傻眼了。

「這晉王世子？」

眼前這個年輕的莊稼漢，雖然穿著一身灰撲撲的粗布麻衣，但是他身材修長，容貌俊逸，在昏暗的燭光下，與晉王世子幾乎一模一樣，導致裴銳瞬間失態了。

沈修瑾抬頭，直直地望著他。「你知道我是什麼人？」

郭興言等人也整齊地望向他，一臉茫然。「小侯爺，您是不是餓傻了，晉王世子如今說不定正忙著幫老晉王拉攏群臣呢，哪有工夫跑到這偏遠的山野來當農夫？」

裴銳這時也意識到自己的失態，很快就回過神來，但面上的神色卻突然凝重起來。

郭興言也反應過來了，他看向裴銳，喃喃道：「小侯爺，您之前說，晉王世子殿下近兩年與陛下越來越像。」

裴銳瞥了他一眼，警告他不要亂說話，幾人一時間都沈默了下來。

確實，眾人仔細盯著沈修瑾一瞧，見過晉王世子殿下和當今皇帝的人都發現了一件事，與其說沈修瑾與晉王世子殿下容貌相像，倒不如說他與當今皇帝更像一些。

眾人心中不由得冒出一個大膽的念頭。

裴銳沒急著將自己的猜測說出來，因為他發現一件事——沈修瑾並不記得自己是誰。他繞著沈修瑾走了好幾圈，神色嚴肅地問了他幾個問題，沈修瑾都一一耐心地回答了。

裴銳問完以後，沈默了片刻，才說道：「應該是我認錯人了，我並不認識你。」

沈修瑾聞言，也沒有表現出太大的失望，畢竟他沒有記憶，從未見過的親人對他來說還比不上沈曈來得親切，如今他過得挺好，他已經很滿足了，說不定他的親人也早就忘了他，否則這麼多年若是有心要找，怎麼會找不到？

沈修瑾本來就不是個話多的人，聽完裴銳的話後，就不再與他們交談，轉身去小廚房幫沈曈燒火。

裴銳看著他的背影，神色複雜。

郭興言跑到他旁邊低聲道：「小侯爺，真的不是太子殿下？這小子的樣貌，一看就和陛下像足了啊！」

裴銳瞪了他一眼。「你說話給我客氣點，什麼這小子、那小子的，腦袋不想要了是吧？」

郭興言頓時覺得脖子涼颼颼的，縮了縮腦袋。「您方才不是說他不是嗎？」

裴銳淡淡地道：「他失蹤這麼多年，又沒了記憶，若是此時回到宮裡，無異於羊入虎口；再說了，他當年失蹤的原因還沒查明白，若是輕舉妄動，只怕會打草驚蛇，倒不如讓他暫時在這小山村裡待著，等時機成熟了再回京。」

「哥兒幾個把嘴巴都閉緊點，這裡的事半個字都不許往京裡提，否則別怪我不念兄弟情分。」

他的語氣雖然沒什麼變化，但事關重大，幾人哪裡敢到處亂說，連忙表示會守口如瓶。

夜色正濃，小院子裡飄出濃濃的香味，沈修瑾把圓桌擺在院子正中，幫忙沈曈把一道又一道的菜餚端出來。

這些菜幾乎都與豆腐有關。

白嫩嫩，金燦燦，紅澄澄，各種不同做法展示出來的成果，看得人眼花繚亂。

裴銳等人不好在一旁乾等，流著口水跑進小廚房幫忙端菜。

不一會兒，眾人一起圍著坐了下來。

「沈姑娘，妳真有一手，光是豆腐的不同吃法，妳就能做出這麼一大桌。」

裴銳朝沈曈豎起一根大拇指，郭興言等人也連連點頭，將沈曈誇了一通。

這種誇讚，沈曈前世不知聽了多少，甚至還有比他們說得更誇張的，她一臉淡定地看了一眼天色，說道：「天色不早了，你們吃完就趕緊走吧，夜裡山路不好走。」

裴銳倒是想吃來著，但是他不敢，太子都沒動筷呢，他哪敢先動筷，又不是嫌命長了。

雖然這個太子已經失去記憶，看起來沒什麼威懾力，但他還是不敢掉以輕心，誰知道以後他恢復記憶會不會跟自己算帳。

裴銳抓著筷子，眼角餘光關注著沈修瑾的動作。

郭興言等人見他沒動，也都老老實實地坐著，但是嘴角早就淌出可疑的晶瑩液體。

沈修瑾一直都不怎麼在意裴銳等人的一舉一動，彷彿當他們是透明人一般，一雙眼睛只是來回地跟著沈曈轉，沈曈去哪裡，他的目光就落在哪裡。

等沈曈忙完坐在他旁邊，他才拿著她的碗，挾了滿滿一大碗的菜遞給她，乖巧得不行。

沈曈看著他滿眼期待的樣子，笑著接過碗筷。

她挾起一塊釀豆腐放進沈修瑾的碗裡，說道：「哥哥，這道釀豆腐鮮嫩滑潤，鹹香可口，你嚐嚐看，如果喜歡，以後我常做給你吃。」

兩人的舉動，把裴銳都驚呆了，之前他沒留意，以為太子只是失去了記憶，可是現在這一看，不得了了，好像不只是失去了記憶這麼簡單。

這一舉一動，彷彿沒戒奶的小孩子黏著娘親一樣，而且他的目光淳樸得壓根兒就不像是宮裡出來的孩子，雖然在別人面前瞧不出哪裡不對勁，但是一到了沈瞳面前，他的表情就十分豐富，喜怒全都表現在臉上。

宮裡的孩子，如果喜怒形於色，那就說明離死不遠了，沒有點心計的孩子在權力傾軋下是絕對活不長的。裴銳皺起眉頭，這樣的太子，真的適合回到吃人不吐骨頭的皇宮嗎？

裴銳正心事重重，旁邊的人踢了他一腳。

「小侯爺，沈姑娘在和您說話。」郭興言悄聲說道。

裴銳回過神來，抬頭看向沈瞳。

「小侯爺是不滿意我做的菜嗎？怎麼都不動筷？」

沈瞳剛才已經從交談中套出這群人的來歷了，此時她正看著裴銳，不只是他，還有他身邊的這一溜人，都沒動筷。

裴銳輕咳一聲。「沈姑娘說笑了，妳做的菜如此美味，我怎會不滿意，只是我方才想事情，一時失神罷了。」

他看了一眼桌上的菜餚，招呼著眾人一塊兒吃。釀豆腐滑嫩鮮香，入口即化，醬汁醇厚，層次分明，裴銳原本漫不經心的神色突然一頓，眼睛亮了亮。

郭興言等人也同時發出一聲驚嘆。
「好吃！」
「沒想到豆腐竟然還有如此美味的做法。」
眾人一頓狼吞虎嚥，如餓死鬼投胎一般，一掃而光。
沈修瑾見狀，連忙飛快地挾菜進沈曈的碗裡，生怕遲一會兒就被搶光了。
裴銳這時也顧不上觀察他的舉動了，埋頭狂吃，連一點形象都不顧了。
很快地，滿滿的一桌飯菜只剩下了最後一勺麻婆豆腐。
這時候，誰的手快，誰就能吃到最後一口美味。
裴銳、郭興言等人互相戒備地盯著對方，右手筷子，左手勺子，圍繞著僅剩的那一勺麻婆豆腐蓄勢待發。
裴銳瞇起眼睛，目光銳利地掃視一遍自己的好友們，指著自己後腦勺已經消腫的地方，面不改色地道：「今兒個小爺受了傷，需要好好補補，這最後一勺，理應是小爺的。」
裴銳伸長手臂，把勺子探向麻婆豆腐。
然而，下一刻，他的手臂被人按住。
郭興言笑咪咪地道：「小侯爺，您既是受了傷，就不該吃那麼多辛辣之物，否則不利於養傷，還是我來幫您解決吧！」
其他人也不甘示弱地按住了郭興言的手。

「郭大少爺不是向來不吃辣的嗎？我看還是別勉強了，否則若是讓郭夫人知道，定會怪我們帶壞了你。」

「哥兒幾個別搶了，再好吃它也不過就是一勺豆腐罷了，怎麼能因為它影響咱們哥幾個的兄弟情分？來來來，要不咱們打個賭，贏的人吃。」

沈曈無語地看著這群世家子弟，為了一勺麻婆豆腐劍拔弩張地都快要打起來了。這都是一群什麼絕世塑料兄弟情啊？眼看著都要反目成仇了吧，平時沒吃過好東西嗎？

這時，沈修瑾突然拿起勺子，無視眾人的爭吵，淡定地將最後一勺麻婆豆腐舀過來，放進沈曈面前的碗裡。

「曈曈，妳吃。」

眾人傻眼。

得，不用搶了，鷸蚌相爭，漁翁得利，太子親自動的手，誰還敢跟沈曈搶啊！

眾人面面相覷，整理好凌亂的衣裳，一本正經地坐回原位，彷彿剛才的事情沒有發生過一樣，一點都不尷尬。

沈曈失笑地搖頭，低頭吃完碗裡的飯菜，然後淡定地指使著這群公子哥兒幫忙收拾碗筷、擦桌子、洗碗。

「郭大少，煩勞收一下碗筷，幾位公子一起幫忙把碗筷洗了。」

「小侯爺，煩勞擦一下桌子，這是抹布，記得擦乾淨些，不能留下油污。」

裴銳猝不及防地被塞過來一塊濕答答的抹布，險些跳起來。

他堂堂京城第一敗家子，除了家裡那位老爺子和當今皇帝敢指使他幹活，沒人敢用這麼理所當然的語氣使喚他。

這小農女莫不是吃了熊心豹子膽？

他正想把抹布朝著沈曈的臉扔回去，結果抬頭就見沈修瑾手裡拿著空碗筷寸步不離地跟在沈曈的身後，一同進了小廚房。

太子都親自動手幹活了，他這小侯爺還敢有什麼意見？

裴銳頓時沒脾氣了，抓著抹布回到飯桌前有一搭、沒一搭地擦著。

郭興言等人目瞪口呆地望著他，半晌無言。

裴銳被他們古怪的眼神瞧得一陣煩躁，猛地一甩抹布，惱羞成怒地指著他們大聲道：「看什麼看，沒聽見沈姑娘方才說的？趕緊滾去洗碗，少在這兒礙手礙腳！」

一群浪蕩慣了的公子哥兒習慣了衣來伸手，飯來張口，頭一回幹家務活，片刻工夫就砸破好幾個碗，被沈曈板著臉訓斥了一頓，悻悻地滾出小廚房。

沈曈收拾好小廚房後，打開小院子的大門下逐客令。

「小侯爺和幾位公子也該回去了，民女就不送了，請慢走。」

裴銳吃完一頓豆腐宴，對沈曈的廚藝已經有所瞭解，原本想請她回去當廚娘，如今見她與沈修瑾關係非同尋常以後，便改變了主意。

太子如今的身分是沈曈的哥哥，若是沈曈成為廚娘，那就只能是奴僕，沈修瑾的身分也會隨之改變，這可不行；不管怎麼樣，都不能讓太子跟著吃苦，得想個法子，讓太子名正言順地得到名師的栽培才行，最好順便讓人治一下他失憶的毛病。

裴銳正愁著該怎麼不暴露目的地開口，沒想到沈曈卻突然問他。「不知小侯爺可否幫我一個忙，我想幫哥哥報名去景溪書院唸書，只是沒有門路。」

「想去景溪書院有何難，不用小侯爺開口，本少爺就能輕鬆幫妳搞定。」

郭興言湊了過來，笑著說道：「不過，沈姑娘，在這景溪鎮，還有一間比景溪書院要好得多的地方，背景和師資都相當雄厚，每年考上功名的人數比景溪書院多了一倍以上，與其讓妳哥哥去景溪書院，倒不如去那裡試試。」

裴銳讚賞地看了郭興言一眼，說道：「沈姑娘，景溪書院的學子大部分是貴族子弟，學風不正，烏煙瘴氣，妳哥哥若是去了那裡，以他的平民身分，絕對會被欺辱，壓根兒沒法子讀書，倒不如換個地方。」

沈曈之前打聽過，整個景溪鎮就只有景溪書院這麼一家書院，所以才會想著讓沈修瑾去景溪書院讀書，可是如今聽他們的意思，景溪鎮竟還有其他書院，不由得好奇起來。

「不知道小侯爺說的是哪家書院？怎麼我從來沒聽說過。」

裴銳指了指郭興言。「是他家的族學。」

原來大盛朝不只有類似景溪書院這樣的官學，還有各種民辦的私學，郭興言家裡開辦的郭家族學，便是景溪鎮最有名的私學。

郭家族學是郭家掌權人為了培養郭家後輩而斥資開辦的私學，請來的夫子都是既有名、又有才的讀書人，有些甚至是已致仕的官員，教出來的學生幾乎個個都是優秀的棟梁之才。

原本只收本族或者關係密切的世交子弟，後來學院漸漸發展壯大，為了不浪費名師資源，便開始對外招收優秀的學子。

學子經過入學前的考核，達到標準了才准許入學，因此生員的素質比起景溪書院要好得多，導致郭家族學的名氣越來越響，每一年都有大量的學子為了郭家族學的名額而擠得頭破血流。

郭興言笑著道：「今年新學員的考核就在昨日結束了，這兩日夫子們都在忙著批閱新學員們的考卷，一旦批閱結束，便能確定名單。沈姑娘若是想為令兄報名，我可以讓夫子給妳留一個名額出來。」

「那就有勞郭大少了。」

沈曈考慮了一下，景溪書院確實不太適合沈修瑾，更何況之前她還曾經與景溪書院的學子起過衝突；不過郭家族學對學子的要求這麼高，沈曈擔心沈修瑾走後門進去會被夫子和其他同窗們瞧不起，反而會對他不利。

郭興言彷彿看出了她的顧慮，說道：「沈姑娘放心，看在今日的豆腐宴如此美味的分上，我會吩咐夫子們多加照顧令兄，絕對不會讓他受旁人欺負的。」

若是讓老爺子知道太子進自家的學院讀書，老爺子肯定不會坐視不理，到時候別說沒人敢欺負太子，說不定那些夫子們還會搶著給他開小灶呢！

將沈修瑾就讀郭家族學的事情敲定，目送著裴銳等人離開後，沈曈伸了個懶腰，與沈修瑾各自回自己的房間睡下了。

# 第九章

萬籟俱寂。

三道黑影鬼鬼祟祟地貼著矮牆走，正要翻牆潛入小院子，卻被人從後面敲了悶棍，痛哼一聲倒了下去。

裴銳冷笑一聲，讓郭興言等人輕手輕腳地把這三人拖走。

半個時辰後，郭家。

「爺，我不敢了，求求您放了我，我再也不敢了！」

三個青年被五花大綁著倒在角落裡，正是白天被沈香茹買通要潛入沈曈家裡偷食譜的小賊。

裴銳斜躺在椅子上，懶懶地掃了他們一眼。「白天小爺教訓得還不夠是吧？晚上還敢來，還一連來兩次，你們可知私闖民宅是個什麼罪名？」

三個青年身上全是傷，恐懼地望著他，拚命求饒。

四周的牆壁上掛滿了刑具，有些刑具他們剛才已經體驗過了，簡直是求生不得、求死不能。

如今房子裡充斥著濃濃的血腥味，都是他們剛才流的血。

看著三個青年恐懼的神色，裴銳滿意地笑了笑，淡淡道：「今兒個小爺就先饒你們一條小命。」

「不過。」沒等三個青年高興，他緊接著又慢悠悠地道：「我這裡饒過你們，卻不能代表別人也能饒了你們。待會兒你們出去以後，自個兒到沈家去賠禮道歉，記得，禮要重，誠意要足，若是沈姑娘和她哥哥原諒了你們，那今兒這事咱就這麼過了，但若是他們不願原諒你們，那就怪不得小爺了。」

他說到最後一句話時，鳳眼微瞇，凌厲的殺意令三人忍不住瑟縮了一下。

「是是是，爺放心，我們一定備足重禮登門道歉。」三人如蒙大赦，痛哭流涕。

第二天一早。

沈瞳剛起床，就聽見院子外面傳來嘈雜的聲音，她皺著眉頭打開了院門。

門外站著三個青年，都是二十歲左右的年紀，眉眼相像，應該是三兄弟，身上和臉上都布滿了大大小小的傷疤，新傷、舊傷都有，觸目驚心，像是三個土匪頭子。

他們手裡都提著沈甸甸的東西，補品、雞鴨魚等，應有盡有。

見到沈瞳，三兄弟對視一眼，朝沈瞳恭恭敬敬地行了一個大禮，大聲喊道：「沈姑娘，請原諒我們。」

聲音洪亮，清晨安靜得只聽見雞鳴的桃塢村，彷彿都被震了一下。

沈曈一頭霧水，沒去接他們的禮品。「不是，我不認識你們啊！」

三兄弟撲通一聲跪下來，一起抱住沈曈的腿，哭喪著臉，就差哭爹喊娘了。

「沈姑娘，求求妳把這些東西收下，求求妳原諒我們吧！不然我們就死定了！」

沈曈更加迷糊了。「你們又沒得罪我。」

突然她腦中靈光一閃，瞇起眼睛道：「昨晚潛入我家偷東西的就是你們仨？」

見她神色冷淡下來，三兄弟哆嗦了一下，整齊道：「我們錯了，我們再也不敢了，求求妳原諒我們吧！」

原來真是他們仨。

沈曈大約猜到是怎麼回事了，一腳踢開他們。

目光在三兄弟身上的傷瞧了一眼，冷笑道：「昨晚被人教訓得不輕吧？」

沈曈睨了一眼如喪考妣的三兄弟，淡淡道：「要我原諒你們，也不是不行。」

三人期待地望著她。「沈姑娘儘管說，只要妳肯原諒我們，上刀山、下火海我們都願意。」

「不用那麼拚命。」沈曈說：「只需要你們仨簽上賣身契，從此以後給我賣命就行。」

剛剛以為能逃過一劫的三兄弟彼此大眼瞪小眼。

簽下賣身契，以後要殺要剮還不是她說了算？

七天後，趙大虎成親，趙家滿院喜慶，小小的院子裡擠滿了賓客。

一品香的大堂夥計們身穿印有喜字的褂子，在萬頭攢動的小院子裡來回穿梭。

「來了、來了，上菜了。」

「鸞鳳和鳴影仙池。」

「比翼雙飛會鵲橋。」

「花團錦簇並蒂蓮。」

喜慶的菜名一個接一個地報出來，相對應的菜餚也是色香味形俱全，甫一上桌，便被賓客們爭搶著嚐品嚐。

與此同時，各種濃郁的鮮香與奇香相互混合，從小院子外面的棚子裡瀰漫出來。

因為村長在桃塢村以及鄰近村子的人緣都不錯，今日來吃喜酒的客人太多，趙家小院子坐不下，外面還擺了好幾桌。

趙大虎一身喜服，比起平常俊朗了幾分，面帶笑容招待著賓客，村長和村長媳婦皆笑得合不攏嘴。

方才有不少賓客悄悄向他們打聽今日請來的是哪家大酒樓的大廚，做出這般體面的宴席，甚至有些見過世面的老人還誇讚，連鎮上的富貴人家辦喜宴時也沒有這般體面的。

萬萬沒想到，沈曈竟然能做出這般好的宴席來，村長在心裡暗暗驚嘆。

村長媳婦原先對沈曈的能力還有些懷疑，如今看見滿桌子從沒見過的美味佳餚，還有賓客們滿意又豔羨的神色，心中那點懷疑早就消失了。

與此同時，郭家。

裴銳看著面前擺滿一桌的菜餚，滿臉寫著「食不下嚥」。

郭興言一臉無奈，苦口婆心地勸著。

「您就吃一口吧，這些是我特地讓人去鴻鼎樓打包回來的，吃起來也不差。」

裴銳面無表情地看了他一眼。「小爺只要想到今兒個沈瞳在趙家辦喜宴，那些個村民可以盡情地享用那些我沒吃過的美味佳餚，我便一口都吃不下了。」

郭興言被他的話一堵，忍不住心酸。「誰說不是呢？沈姑娘做的菜真算得上是人間美味了，就連小侯爺您這樣挑剔的人都念念不忘。」

他也想去吃啊啊啊啊！可誰讓他們和趙家沒關係，拿不到人家的喜帖呢！

想到這裡，郭興言也沒心思再勸裴銳了，垂著腦袋坐在那裡發呆，也不知道在想什麼，嘴角隱隱淌出可疑的晶瑩液體。

「小侯爺，打聽到了。」

一個小廝跑進來，話沒說完，就被裴銳打斷了。「喜帖呢？」

裴銳緊盯著小廝，發現他手裡沒拿著自己想要的東西，臉色陰沈沈的。

他給了這小廝五十兩銀子，讓他無論如何都要把趙家喜宴的喜帖弄一張回來，結果這貨竟然空手而回。

小廝氣喘吁吁地道：「小侯爺，不是我沒用心辦，是那趙家壓根兒就沒發喜帖，聽說與趙家關係好的都可以去，不需要那麼多講究。

「不過，我打聽到了，和桃塢村趙家結親的是咱們郭府的大管家，他的大女兒就是今日出閣。」

裴銳猛地站起來，整個人彷彿活過來一般。「當真？」

見到小廝點頭，他轉身看向郭興言。

「興言，既然是和你家結親，那咱們去趙家吃喜酒，應該不失禮吧？」

郭興言滿臉問號。「不是，小侯爺，和趙大虎成親的是大管家的女兒，和我家沒關係，您可別亂說話，若是傳出去，別人還以為是我妹妹嫁給趙大虎了，到時候我妹妹的名聲可怎麼辦，她還要不要嫁人了？」

裴銳不耐煩地擺手。「放心吧，你郭家在這小小的景溪鎮足以隻手遮天，誰敢亂傳你們家的事，又不是活膩了。走，咱們去趙家吃喜酒。」

郭興言緊張地規勸。「小侯爺，您冷靜點，自古以來，我從沒聽說過，有哪家嫁女兒，自家主子也去吃喜酒的；更何況，您是堂堂小侯爺，身分何等尊貴，犯得著去跟那些村民同坐一席。」

裴銳不滿地瞪了他一眼。「小爺我與你兄弟情深，愛屋及烏，對你們郭家的奴僕也十分賞識，今兒聽說大管家嫁女，特地親自登門給郭氏送一些嫁妝和賀禮，這理由總可以了吧？」

「……」行行行，您是小侯爺，您說啥就是啥。

看郭興言依舊不情不願的樣子，裴銳朝小廝招了招手。「來，你給他說說，今兒個趙家喜宴的菜單如何。」

小廝頓時滿臉陶醉，口水流滿地。「小侯爺，還別說，那場面真不比咱鎮上哪家富戶辦得差，小的真正是開了眼界，滿桌的菜餚色、香、味、形俱全，菜名也好聽，什麼鸞鳳和鳴影仙池，比翼雙飛會鵲橋，天作之合心相印。」

說到這裡，小廝下意識地舔了舔嘴角。

裴銳沒好氣地踢了他一腳。「混帳東西，小爺我一看就知道這三道菜你吃過了。」

難怪他等了這麼久才回來。

小廝縮了縮腦袋。「我當時在瞧熱鬧，趙家的親戚招呼我過去吃了些，因急著向小侯爺回話，不敢多吃，就只吃了這三……」

「行了，少說沒用的。」郭興言對那三道菜十分好奇，問道：「你方才說的那三道菜，怎麼樣？」

小廝吸了一下口水。「那鸞鳳和鳴影仙池，是一種湯品，湯水濃香撲鼻，十分好喝，裡面的料鋪得滿滿的，小的大致數了一下，有十幾種那麼多，小的沒吃過好東西，認不得那些，但是聽旁邊的人說，這裡面有鮑魚、蹄筋、瑤柱、花菇、魚唇、鴿子、豬肚。」

「行了、行了，別說了，擦擦口水。」裴銳滿臉嫌棄，但一旁的郭興言聽得早就不停地流口水了。

「怎麼樣，去不去？」裴銳睨了他一眼。

「去！」郭興言毫不猶豫。

這時候，面子是什麼，規矩是什麼，能比得上美食重要嗎？

一刻鍾後，趙家迎來了兩位身分尊貴的客人。

這兩位客人穿著一身錦衣，唇紅齒白，風流倜儻，比新郎官趙大虎還要俊俏得多，身後的隨從抬著一個又一個大箱子，搬進院子裡。

村長和趙大虎看著這兩個陌生的少年，面面相覷，不敢上前。

沈曈忙碌間往那邊看了一眼，這父子倆滿臉都寫著「這兩人誰呀」的疑惑。

她搖了搖頭，還能是誰？蹭飯的！

似乎是看出村長父子倆的尷尬，裴銳笑著指了指郭興言。「這位是郭家大少爺，郭氏出閣前是他妹妹身邊的大丫鬟，而且，郭氏的父親是郭府的大管家，這麼多年他們父女兩人為郭家盡心盡力，郭二小姐知道郭氏今日成親，想給郭氏添些嫁妝，但是又不方便出面，只好讓我們倆來走一趟。」

郭氏，說的是今日的新娘子，趙大虎新入門的媳婦。

至於後面說的，什麼郭二小姐給郭氏添嫁妝什麼的，就是胡扯了。

別人信不信無所謂，反正裴銳和郭興言不是空手來的，蹭飯蹭得心安理得。

「原來是郭大少爺。」一圍觀的人都驚了。

村長與趙大虎受寵若驚，不知所措。

整個景溪鎮，誰人不知郭家？

原本趙大虎能娶郭家大管家的女兒，已經算是高攀了，如今得知郭家的主子們如此看重自家新進門的媳婦，竟然還親自上門來添嫁妝，頓時覺得這媳婦娶得太值了，今兒個的喜宴辦得再隆重都不為過。

村長一家在眾多鄉親們羨慕嫉妒的目光下，笑得合不攏嘴，滿面紅光地招待著裴銳和郭興言進了院子裡。

裴銳和郭興言一進院子就忍不住往席上瞧，為了不失禮，耐著性子與村長一家客套了幾句，然後在村長的安排下，兩人獨占一張大圓桌，埋頭大吃。

「這便是鸞鳳和鳴影仙池？」

裴銳和郭興言的面前各自放著一個擺盤精緻的弧形瓷碟，精細小巧的小瓷碟盛著幾樣小菜，擺放在雕得栩栩如生的鳳凰羽翅上，在鳳凰的羽翅下方，有一個湯盅。

看來這湯盅內的湯水，便是這道菜的重點了。

裴銳目露期待，輕輕地掀開湯盅的蓋子。

只掀開一條極細的縫隙，便有一股濃香伴隨著蒸騰的熱氣撲鼻而來，熱氣燙得他下意識地將頭往後仰，直到那股熱氣散了些，濃香瀰漫四周，他才迫不及待地看向湯盅。

湯面上蓋著一張荷葉，帶著淡淡的清香，輕輕掀開，便見裡面湯水呈褐色，醇濃誘人，堪堪沒過塞得滿滿的料。

果然如同那小廝說的一樣，裡面的料十分豐富。

只是這湯喝起來不知到底配不配得上這般好聽的菜名。

裴銳拿起調羹，正要舀起一勺嘗試一下，突然動作停頓了下來，凝視著湯面。

「咦？」

這時，旁邊的郭興言似乎也發現了什麼，發出一道驚訝的聲音。褐色的湯面平靜如鏡，倒映出瓷盤上擺放的鳳凰虛影，高貴華麗，美不勝收，湯中散發的熱氣緩緩上升，從視覺上看，襯得鳳凰虛影越發縹緲，彷彿隨時會絕塵而去。

「這便是『鸞鳳和鳴影仙池』菜名的由來吧！」

裴銳盯著欣賞了一會兒，擁有這般手藝，又有如此巧思，哪裡是一個普通的農女能做得到的，他對沈曈倒是越來越好奇了。

郭興言嘆了口氣。「我都不忍心喝了。」

裴銳瞥了他一眼。「你不喝，便放著，待會兒小爺幫你喝。」

「那怎麼成，喝還是要喝的。」郭興言警惕地護住湯盅。

美味當前，兩個人顧不得說笑，自顧自地喝起湯來。
「嗯！這湯……」
「太好喝了！」
沈香茹和沈老太太坐在趙家院子另一邊，嘴裡吃著美味的佳餚，耳邊全是賓客們對沈曈的稱讚，她的眼中盡是不甘。
憑什麼沈曈能做出這樣的菜餚，憑什麼她能出盡風頭？
如果沈曈的食譜落在自己手裡，自己定然不比她差。
可惜她讓林大他們去偷食譜，結果什麼都沒偷著，如今那三兄弟不知跑哪裡去了，許久都沒見著人。
如此想著，再美味的菜餚都變得味同嚼蠟，沈香茹洩憤似地丟下筷子。
沈香茹看著旁邊埋頭大吃的沈老太婆，拉了拉她的衣角。
「奶奶。」
沈老太婆不耐煩地甩開她的手。「少煩我。」
「奶奶，您別生氣，聽我說。」沈香茹目光一閃，壓低嗓子。「這些菜是沈曈做的，您若是想吃，以後還怕吃不著嗎？」
「什麼？是那個賠錢貨做的?!」沈老太婆筷子都掉了，驚愕的聲音引來無數的目光。
沈香茹連忙向眾人致歉，拉著沈老太婆穿過人群，指著廚房內正忙得熱火朝天的身影。

「您瞧，不是她又是誰？」沈香茹眼中閃過一絲嫉妒。「她如今可威風了，一手好廚藝贏得一品香掌櫃的賞識，成了一品香的大廚，一品香可是鎮上數一數二的大酒樓，掌櫃的又大方，連夥計們一個月也有十兩銀子的工錢，大廚肯定更多，夠咱們一家子嚼用好些年了。」

沈老太婆聽得目瞪口呆。「這、這不可能吧，這賠錢貨憑什麼拿那麼多工錢？」

「憑她的廚藝唄，奶奶，您忘了，您方才吃的那些菜，可都是她做的，這樣的好廚藝，我若是一品香的掌櫃，我也願意花大價錢請她。」

方才那些菜確實好吃，沈老太婆頓時吶吶。「那、那這小賤人如今豈不是發達了？」早知道她有今日，當初說什麼也不能把她趕出沈家。

「是啊，奶奶。」沈香茹瞧見沈老太婆眼中的貪婪和懊悔，撇了撇嘴角，故作疑惑地說：「沈瞳以前連廚房都沒進過，什麼時候會做菜的，我怎麼覺得有哪裡不對勁呢！對了，奶奶，咱們祖上不是傳下一本食譜嗎？怎麼從沒見您提過，難不成這食譜弄丟了？」

「妳瞎說什麼，咱們祖上哪來的……」

沈老太婆正後悔當初不該把沈瞳趕出家門，導致現在一點便宜都沒機會占，不耐煩地說著，突然反應過來。「是啊，咱們祖上確實有傳下來一本傳男不傳女的食譜，只是前些年找不著了，肯定是沈瞳這個小賤人偷了。」

片刻之後，沈老太婆氣勢洶洶地出現在沈瞳的面前。

「沈曈，妳好大的膽子，竟敢偷學咱們老沈家的食譜，難怪我怎麼找都找不著，原來是妳偷了，趕緊把食譜交出來，否則，別怪我不客氣！」

# 第十章

沈曈將紅蘿蔔雕成豔紅欲滴的玫瑰花，點綴在光潔如鏡的白瓷碟上，突然聽見這一句話，手裡的動作頓了一下。

她抬頭，看見沈老太婆扠著腰眉毛倒豎的模樣，不由笑出聲來。

「奶奶，您這說的是什麼意思，我怎麼聽不明白呢？」

沈曈讓夥計將擺盤好的糕點端出去，又讓陳大廚暫時接替自己的位置，這才離開灶臺，好整以暇地打量著沈老太婆與沈香茹。

沈老太婆在喜宴上應該吃了不少東西，明明氣勢洶洶，卻仍不停地打著嗝，嘴角全是油，原本凶巴巴的氣勢莫名減了幾分。

沈香茹躲在沈老太婆的後面，低著頭，看不清神色，但是沈曈知道，沈老太婆會跑過來要食譜，鐵定是受了她的慫恿。

「妳少給我在這裡裝傻，我告訴妳，沈曈，咱們老沈家祖傳的食譜，可是傳男不傳女的，再說了，妳如今與咱老沈家斷絕關係了，不是沈家的人，就更沒資格學這食譜了。」沈老太婆冷冷地說道。

原本就有不少人一直關注著沈曈這邊的動靜，如今見到沈老太婆來鬧事，不少人便圍過來瞧熱鬧了。

沈老太婆的潑辣是十里八村出了名的，圍觀的人都認得她，可是對於沈曈他們就不是很熟悉了，畢竟她是一個幾乎沒怎麼出過門的小丫頭。

如今一聽這小廚娘是沈老太婆攆出門的孫女，一手好廚藝竟是偷學沈家祖傳食譜得來的，這事倒是新鮮，誰聽說沈家啥時候出過廚子了？

「沈老太婆，妳別看人家小姑娘年紀小，就欺負人家，你們沈家要真有什麼祖傳食譜，早就發達了，用得著在這兒撒潑？」一個婆子看不過眼兒，刺了她一句。

其他人也忍不住指著她議論。

大喜的日子，這沈老太婆好好的酒席不吃，非得跑過來鬧事，這不是存心給人添堵嗎？真是又蠢又壞。

有幾個機靈的，已經悄悄跑去院子裡面請村長了。

沈香茹見狀不好，今兒個再怎麼說也是趙家辦喜事，奶奶要是真不管不顧地鬧起來，得罪了村長，以後沈家在桃塢村就不好過了。

只是，她又不甘心就這麼放過沈曈，沈曈今日已經出盡風頭了，不讓她出點醜怎麼成？

沈香茹拉了拉沈老太婆的衣服，小心「勸」道：「奶奶，咱們還是算了吧，曈曈雖然已經與咱們沈家斷絕關係，但她畢竟是二叔的血脈，是咱們沈家以前對不住她，她恨咱們也是應該的，那食譜她拿了便拿了，就當是咱們沈家對她的補償，反正咱們家也沒人有那個天分。」

「不行，那可是咱們老沈家的祖傳食譜，憑啥給她一個外人。」沈老太婆尖聲道。

沈曈冷笑，瞧這兩人一唱一和、一臉悲憤的模樣，不知道的還真有可能會被她們騙過去了。

「怎麼回事，沈婆子，今兒個是我家大虎的大喜日子，妳在這兒鬧事，是和我趙家過不去嗎？」村長沈著臉走過來。

沈老太婆冷哼一聲。「村長，不是我和你過不去，是這小賤蹄子和你過不去，若是她願意老老實實地把食譜交出來，我哪至於在這裡鬧起來？」

村長厭惡地皺了皺眉。「行了，沈婆子，妳家有沒有食譜，妳自個兒清楚，別當大夥都是傻的，妳若是還記著我是桃塢村的村長，就安靜一些，有什麼事等過了今日再好好說，若是不願意消停，非得在這樣的場合鬧起來，那妳走吧，我們趙家不歡迎妳！」

對於村長，沈老太婆還是有些怵的，但是一想到若是得到食譜，沈家就可以發大財，有數不盡的銀子可以花，她就覺得區區一個村長，也沒什麼了不起的。

她無視村長，抓住沈曈就往外拉扯。「妳走，回去把食譜給我拿出來！」

大庭廣眾之下，這沈老太婆竟然動起手來了，村長氣得臉色鐵青。

要是真讓她把沈曈帶走，傳出去讓他這張臉以後還往哪裡擱？

「沈婆子，妳給我住手！」

村長一聲怒喝，正要將沈曈從沈老太婆的手裡救回來，誰知沈曈卻突然不動聲色地拍開他的手，還朝他眨了眨眼。

村長疑惑地停下腳步。

下一秒，他瞧見從沈曈的袖子裡掉出一本薄薄的藍皮線裝書。

沈曈臉色一白，驚慌地蹲下去撿，沈老太婆目光一亮，伸手就搶。

「食譜！」

「還真有食譜啊！」

圍觀的人眼睛都瞪大了。

沈老太婆惡狠狠地瞪著沈曈。「放手，這是我老沈家的食譜。」

「這是我的，和你們沈家有什麼關係?! 妳才應該放手。」沈曈白著臉怒道，緊緊地抓著食譜的另一邊，打死都不願意放手。

沈老太婆心中雀躍，瞧小賤人緊張的模樣，這本書定是食譜無疑了。

她一腳踢向沈曈，用力把食譜拽過來。誰料，食譜被沈曈緊緊攥在手裡，兩人一左一右使勁一扯，「嗤」的一聲，食譜從中間撕開，一人還抓著一半。

沈老太婆飛快地把手裡的一半食譜藏起來，又要去搶沈曈手裡的另一半。

結果沈曈冷著臉後退幾步，甩手就將食譜扔進火爐裡去了。

火爐裡火正燒得旺，那一半食譜掉進去立即燒成了灰。

「妳、妳這個賠錢貨！妳賠我食譜！」沈老太婆氣得渾身顫抖，抬手就要揍沈瞳。

「希望妳要點臉。」沈瞳冷冷道：「這食譜是我師父傳給我的，和你們沈家沒有半毛關係！不過，妳既然想要，那我便當作是打發乞丐，把那一半食譜送給你們沈家了，只是以後，希望你們不要再來煩我，否則別怪我無情。」

沈瞳目光銳利，隱隱帶著一股殺意，在場的人莫名感覺渾身生出一股寒意。

沈老太婆被她的氣勢所懾，氣勢莫名地矮了半截，怵得往後退了幾步。

「那、那是我老沈家的食譜。」她不服氣地道。

沈瞳揚眉。「妳既是堅持將我師父的食譜說成妳的，就不要怪我無情了，我這便去告官，讓官府來調查此事，證明這食譜究竟是我師父的還是你們沈家的；只是，一旦真相大白，這一半的食譜我也不會再給妳了，妳可要好好想清楚。」

她話剛說完，一轉身就見沈老太婆已經抓著那一半的食譜，跑得沒影了。

沈瞳原本就是故意嚇她的，見她跑了，一點都不意外。

村長這時候也反應過來了，等看熱鬧的人群都散了以後，他才低聲問：「那食譜是假的？」

沈瞳一臉神秘地笑道：「是真的，也是假的。」

什麼叫是真的、也是假的？村長聽得一頭霧水，不過他見沈瞳神色淡定，應該心裡有別的打算，不好多過問。

村長家的喜宴辦得既熱鬧、又體面，沈曈這個主廚的名聲在賓客中傳揚開來，還得了個小神廚的稱號。

宴後，賓客們滿意地離開了。

裴銳和郭興言打著飽嗝扶牆走出來，見到沈曈在收拾廚房，不由得走了過去。

「沈曈，妳的廚藝實在是太好了，小爺我活了二十年，第一次吃得這麼飽。」裴銳感慨了一句。

這貨和郭興言撐得都直不起腰來了，讓隨從扶著，時不時發出似痛苦又似滿足的感嘆。

沈曈失笑道：「吃太飽對腸胃不好，小侯爺和郭大少以後還是要注意些。」

「只怪妳做的菜太美味了。」裴銳道：「我聽說妳打算自己開店，可定下什麼時候開業了？」

「還有許多準備的工作沒做，怕是還要再等一段時間。」

沈曈搖頭，開業哪有那麼簡單，許多事情都要準備好，不是三、兩天便可以搞定的。

「什麼，還要再等一段時間？」

裴銳和郭興言苦著臉，吃過沈曈做的飯菜，別的東西他們都吃不下了，再等一段時間，只怕他們要餓成柴了。

沈曈剛回到小院子，便見林大等在裡面了。

「姑娘，桃山上的雜草，我們哥仨已經清乾淨了，您什麼時候去瞧瞧？」

林大三兄弟簽下賣身契以後，就被沈曈打發去桃山上清雜草開荒了。

桃山是座名副其實的荒山，但整理起來不難，三兄弟才用了幾天就清理乾淨了。

沈曈當初跟村長要了這座山，是想種點東西，再養些家禽、家畜，當作開店後的食材供應，如今山上的雜物清理乾淨，接下來就得圍牆、建院子了。

「辛苦了，接下來還有不少活要拜託你們。」沈曈點頭，拿出桃山的地形圖，她指著其中的幾處，一一跟林大說了自己的安排。

說完，她把一袋銀子遞給林大。「這是建院子的經費，若是不夠，再來找我要。」

林大哪裡拿過這麼多銀子，神色既緊張、又感激。「姑、姑娘，您不怕我拿了銀子跑了？」

沈曈淡淡地道：「你是個聰明人，這幾日的生活和你以前過的生活對比如何，你自己心裡應該有數，路是你自己走的，若是你選錯了，那便是你的損失。」

林大嘿嘿笑道：「姑娘說得對，這幾日的生活確實比我們以前好得多，您放心吧，我們一定會將您吩咐的事情辦好，絕對不會跑的。」

頓了頓，他又小聲說：「對了，姑娘，我聽說沈家把那半本食譜賣給鴻鼎樓了，得了五百兩，沈江陽還進了鴻鼎樓當廚子，每個月可以領十兩工錢，如今沈家個個穿金戴銀的，不知道多威風。」

「不用理他們，他們得意不了多久。」沈曈淡淡地道。

自從那日沈曈讓裴銳和郭興言幫忙讓沈修瑾入郭氏族學以後，第二日裴銳就從郭家派了郭夫子過來，說是為了讓沈修瑾可以盡快跟上郭氏族學其他生員的學習進度，抓緊時間給沈修瑾補課。

只是沒想到郭夫子對沈修瑾考校一番後，發現沈修瑾竟記得從前學過的知識，且他的聰慧比夫子教過的學生更勝一籌，於是夫子驚喜之下，更加用心地教導沈修瑾。

剛開始，郭夫子是每日分上、下午來兩趟，午間回去用膳休息，第二天再過來。

誰知道在吃過沈曈做的飯菜以後，他從此每日午間不回家了，賴在這裡吃午飯，傍晚也不急著走，硬要拖到天色漸黑，蹭了晚飯過後，再踏著夜色慢悠悠地回去。

沈曈提著食盒走進沈修瑾的房間，就見郭夫子捧著書不停地往外瞧，而沈修瑾則在伏案寫字。

郭夫子見沈曈來了，嘴角不可抑制地勾了勾，又連忙壓下，裝作沒瞧見她，深沈嚴肅地看書。

沈曈看著他一本正經的模樣，嘴角抽了抽。「夫子，您的書拿反了。」

郭夫子輕咳一聲，把書隨手放在桌上，面上一點尷尬都沒有，朝沈曈手裡的食盒看去。

「今兒吃什麼？」

這小姑娘的廚藝實在是好，他如今每日最盼著的就是吃飯了。

沈修瑾本來認認真真地寫著字，壓根兒沒發現沈曈進來了，聽見郭夫子說話，連忙抬頭看過來。

郭夫子瞪了他一眼。「專心寫你的，不許分神。」

沈曈也笑著道：「哥哥別著急，等寫完了再說。」

沈修瑾聞言，握著狼毫筆，在紙上大揮幾筆，然後丟下筆，朝郭夫子道：「寫完了。」

如此敷衍的態度，就連沈曈都覺得不妥當，更何況是郭夫子。

郭夫子氣得吹鬍子瞪眼。「老夫倒要瞧瞧你寫的是什麼東西，若是寫得不好，今日你便……」

聲音戛然而止。

郭夫子盯著沈修瑾遞過來的紙張，目光落在最後幾個字上，雙眼發直，半天回不過神來。

「這是你寫的？」

沈修瑾點頭。

郭夫子眼中閃過一絲感慨和驚豔。

沈曈在一旁看得莫名其妙，湊過去看了一眼。

紙張上寫的是一篇策論，具體寫的什麼沈曈並未細看，畢竟她也看不懂，她的目光被最後的幾行字吸引了。

這幾行字與前面整篇文章的風格截然不同，畫風突變，筆走龍蛇，狂放凌厲，與前面中規中矩的小楷相比顯得相當突兀。

沈曈不懂書法，都能看得出這幾行字的不凡之處，更何況是郭夫子。

沒想到沈修瑾竟然能寫出這麼好的字，他從前絕對受過名師指點，而且讀書必定十分刻苦，否則不會在失憶後還下意識地保留著從前學過的知識。

郭夫子捧著這篇策論看了又看，神色複雜，久久不語。

時候不早了，沈曈見他沈浸在自己的思維中，沒有出聲提醒他，而是輕輕地打開食盒的蓋子。

一股濃香突然飄出，瀰漫了整個房間。

郭夫子恍然回過神來，吸了吸鼻子，成功被香味吸引過來。「什麼這麼香？」

沈曈把一個湯盅送到他手邊。「這湯名叫福壽全，夫子快來嚐嚐。」

其實這湯在後世還有一個更廣為人知的名字——「佛跳牆」。

由於佛跳牆的烹飪工序複雜，時間又長，再加上部分食材緊缺，不可能大批量供應，於是沈曈便自己想法子改動了一下，縮減食材和烹飪工序，做成了家常版的佛跳牆。

「壇啟葷香飄四鄰，佛聞棄禪跳牆來」，簡易版的佛跳牆，無論是嗅覺、還是味覺上給人的驚喜都大大降低，當然不能再稱之為佛跳牆，沈曈便退而求其次，稱它為福壽全，反正佛跳牆也有別名叫福壽全，不算委屈它。

當然，在村長家的喜宴菜單上，它又換了一個名字——鸞鳳和鳴影仙池。

這個湯算是出盡了風頭，想必以後她的私房菜館開張以後，肯定有不少人會沖著這個來光顧，今兒個幫村長辦喜宴，也算是提前為自己打廣告了。

想起宴席結束時眾多賓客的讚不絕口，沈曈對今日的廣告效果十分滿意。

食盒內有沈曈特意做的保溫水袋，湯還溫熱著，郭夫子都顧不上坐下來，接過湯盅就迫不及待地捧著喝了一勺。

湯汁濃郁醇厚，不油不膩。

郭夫子只嚐了一口就停不下來了，調羹碰撞在湯盅壁上，發出清脆的聲響，片刻的工夫，便吃得乾乾淨淨。

「這是老夫喝過最美味的湯。」放下空湯盅，他感嘆了一聲。

這時沈曈已經將其他飯菜都擺在食案上了，沈修瑾端坐在平時的位置上，動作緩慢而優雅地吃著。

見他如此淡定，想到自己方才的吃相，竟還比不上一個十幾歲的少年，郭夫子忍不住老臉一紅，咳了一聲，走到沈修瑾的對面坐下。

為了舒緩尷尬，郭夫子對沈修瑾說道：「你的基礎扎實，足有資格進入郭氏族學，明日你便去郭氏族學正式入學吧，老夫也該收拾收拾，明日開始就不再來了，往後咱們在族學裡面就能見著面。」

沈修瑾沒說話，抬頭看向沈曈。

這幾日經過郭夫子的教導，沈修瑾的變化極大，但是在沈曈的面前卻依然像個黏人的小孩子一樣。

沈曈一看他的眼神，就知道他不願意這麼快就離開自己。

沈修瑾一旦正式成為郭氏族學的生員，就意味著他不能再待在家裡了，因為郭氏族學的生員必須住在族學裡面，每逢休假或者年節才有機會回家。

郭夫子其實也不想讓沈修瑾這麼快就進族學，畢竟他還捨不得沈曈的廚藝，但他更不願意看到沈修瑾因為延遲入學的時間而耽誤他的前程。

他說道：「族學雖然有規定生員不准無事外出，但並未禁止生員家屬探望，小姑娘若是想見修瑾，也可以隨時去探望他。」

「咳，還有……」他用拳頭抵唇咳了咳，厚著臉皮道：「若是妳帶了什麼新鮮吃食給他，莫要忘了給老夫也捎上一份。」

# 第十一章

第二日，沈曈與沈修瑾一大早便去了郭氏族學。

郭氏族學雖然是景溪鎮讀書人擠破頭也要進去的讀書聖地，但其實並沒有想像中那麼大。

沈曈站在門前，看著面前這扇比沈修瑾還矮幾分的大門，以及上面掛著的歪歪斜斜的牌匾，有些難以置信。

郭興言之前跟她吹得郭氏族學天上有、地上無的樣子，她還以為多輝煌大氣，沒想到只是一座小小的院子，也就比姜奶奶家的那個小院子大上兩、三倍罷了，整體面積連景溪書院的四分之一都不到。

沈修瑾對這樣的環境似乎一點都不在意，郭興言則站在一旁解釋。「我爹說讀書人就必須能吃苦，太好的環境會讓他們耽溺玩樂，所以……」

「不過你放心，我們郭氏族學每年金榜題名的比例都十分可觀。」

裴銳也是現在才發現郭氏族學竟然如此簡陋，若非事關太子，他可能也會贊同郭老爺子的想法，但如今太子既然進了郭氏族學，就不能繼續如此了。

他皺著眉頭，想著回頭要找郭老爺子談談才行。

今兒是郭氏族學揭曉新生員通過考核的日子，門口來往的行人很多，都伸長脖子等著裡面開門。

有些人是天沒亮就來了的，等了這麼久都不見人出來，便有些急躁。

「怎麼還沒出來，這都什麼時辰了，往年都是辰時正便出來的。」

也有一點都不急，彷彿成竹在胸的，譬如姍姍來遲的李明良，他每年都會參加郭氏族學的新生考核，但都沒中，只好退而求其次，去了景溪書院。

今年暗中買通郭氏族學的一個夫子，事先得到了考題，自認為必定能通過，於是今日沒去景溪書院，反而來了郭氏族學。

他跟在幾位錦衣公子的身後，大搖大擺地走過來。

其中一個油頭粉面的少年低聲說道：「郭家老爺子致仕前便是朝中一品大員，曾經教導過當今陛下，與京中裴老侯爺的關係親密，至今還有書信往來。聽我爹說，裴小侯爺如今就在郭府，說不定是京中有什麼風向，郭家又要起復了。郭老爺子當年在士林中的地位本就不一般，起復的契機極有可能就在今年科舉，咱們今年若是真能進入郭氏族學，便能近水樓臺先得月。」

李明良討好地道：「誰說不是呢？郭氏族學好歹也是郭老爺子的心血，若是他能露出一些口風，咱們就受益無窮，當然了，幾位公子都是有才之人，就算沒有郭老爺子的指點，也絕對能金榜題名。」

油頭粉面的少年看了他一眼，笑著道：「這次能拿到郭氏族學招新的考題，全靠你小子，你放心，本少爺不會忘了你的功勞。」

因為李明良只是個什麼都沒有的窮酸秀才，往日無論如何都巴結不上這幾個富家少爺，如今得了考題，他終於順利勾搭上這幾人，少年既然能說出這話，就意味著這群富家少爺開始接受自己了。

李明良興奮得幾乎要跳起來。

「蘇少爺，您放心，待會兒名單貼出來，您定是今日的頭名……」李明良話沒說完，就見郭氏族學的大門打開，兩名夫子拿著名單走出來，張貼在院門口的木板架子上。

「出來了、出來了。」

四周的人圍了過去。

「讓一讓，讓一讓。」李明良不甘示弱，一把推開前面的人，為蘇少爺等人開道。「蘇少爺，各位少爺請。」

然而前面擁擠不堪，並沒有人理會他，反而將他們擠到了最邊緣。

李明良氣得臉色鐵青。

蘇少爺不滿地掃了他一眼，似乎在怪他辦事不力，反而讓自己被人擠得衣衫凌亂，形象受損。

「曈曈，妳不用著急，修瑾的答案我已經交給郭夫子批閱過了，有郭夫子在，不會有問題的。」裴銳笑著和沈曈說，實際上卻是在安撫沈修瑾。

然而沈修瑾卻一個眼神都沒給他，一直跟在沈曈的身後，揪著她的衣角。

被無視的裴銳只能無語。

郭興言悄悄湊過來，低聲道：「小侯爺，太子殿下小時候是不是特黏人？」

裴銳面無表情地瞥了他一眼。「敢打聽太子的事情，活膩了？」

郭興言連忙摀住嘴巴，表示並不想英年早逝。

在郭氏族學的門口，其他人都在瘋狂地擠著去看名單，反而這四個人一副事不關己的模樣悠閒地站在一處，十分引人注目。

心情正極度不好的李明良，恰巧就注意到了他們。

「呵，原來是熟人。」李明良看到沈曈和沈修瑾，頓時笑了起來。

蘇少爺正琢磨著那四個人怎麼瞧著那麼眼熟，聞言看了他一眼。「你認識那幾個人？」

既是李明良認識的人，想必不是什麼有身分的人物，蘇少爺眼中閃過一絲鄙夷。

李明良說道：「蘇少爺，您不知道，那兩人，一個是傻子，一個是煞星，不知怎地，湊在一起，今兒來這裡，說不定也是想進郭氏族學的，我聽他們旁邊那人的口氣，好像郭氏族學是他們家開的一樣，說已經打點好了，傻子一定能進郭氏族學，這不是開玩笑嗎？若是傻子真進了郭氏族學，那咱們以後豈不是要和傻子同窗了？」

蘇少爺大笑。「作夢吧，郭氏族學若是當真連傻子都收，就不可能成為景溪鎮第一私學了。」

幾人哄笑了一陣，朝沈曈那邊走去。

等走近了，蘇少爺眯著眼盯著沈曈，終於認出她來了。「原來是妳，那日在書院門口打了本少爺，如今竟還敢出現在本少爺的面前。」

他往旁邊看了一眼，裴銳他不認識，郭興言看著倒是眼熟，卻是一點都想不起來究竟在哪裡見過，不過兩人身上的衣服料子十分不俗，如果看過去，絕對會認為他們是身分高貴的世家子弟，然而這兩人卻偏偏和兩個土裡土氣的山野村民湊在一塊兒。

蘇少爺撇嘴，想必不是什麼有來頭的人物，應該是為了進郭氏族學，特意穿上最好的衣服來打腫臉充胖子，他最瞧不起的就是這種貨色。

沈曈抬頭見幾個少年向這邊走來，瞧那架勢，頗有種來者不善的意味。

其中那李明良和原主曾經有過婚約，後來被他找上門來退了親，而走在他旁邊油頭粉面的少年以及他身後那些書生，當初曾圍毆過沈修瑾，後來被她和趙大虎用鋤頭、鐵鍬打跑了。

沒想到今日竟然這麼巧，在這裡遇上了。

不過，他們不是景溪書院的學生嗎？怎麼跑到郭氏族學來了？

蘇少爺走到他們面前，指著沈修瑾問李明良。「就是這個傻子要和咱們做同窗？」

當著面就罵人傻子，實在是太過無禮。

沈曈皺起眉頭，沈修瑾神色不善，裴銳和郭興言更是瞬間沈下臉來。

李明良點頭，陰陽怪氣地咧嘴笑道：「是啊，這小子原本是個乞丐，後來與這不要臉的小娼婦私通，險些被桃塢村的人沈塘，誰知道小娼婦竟然說這小子是她爹生前在外面養的私生子，硬是騙得桃塢村那些傻蛋信了她的鬼話，不但洗清了私通的罪名，還給他上了戶籍，如今兩人孤男寡女同吃同住，不知多快活呢！」

蘇少爺鄙夷地道：「一個寡廉鮮恥的傻子，竟然妄想進入郭氏族學，真是天大的笑話。」

他指了指沈曈。「小村姑，本少爺記得上回我就警告過你們了，千萬別落在我的手裡，妳還真是不怕死啊，這麼快就把我的話給忘了。不過，今兒個算妳運氣好，本少爺馬上要成為郭氏族學的生員了，不想壞了心情，先放你們一馬，我數三聲，你們馬上滾出本少爺的視線。」

沈曈挑眉。「如果我沒記錯的話，這裡是郭氏族學，不是你的地盤，你憑什麼讓我們走？」

蘇少爺冷笑。「還挺硬氣，不滾也行，那就別怪我不客氣了。」

「把他們先抓起來，等本少爺回去再慢慢收拾他們。」

隨著蘇少爺一聲令下，不知從哪裡跑出來十幾個小廝，將沈曈四人圍了起來。

「妹妹，小心。」

沈修瑾飛快地擋在沈曈面前。

沈曈心中一暖，只見沈修瑾護住她，不斷地抬腿踢向衝過來的小廝。

沈曈站在他的身後，視線被他高大的身軀擋住，看不見戰況，卻能通過那些小廝不斷發出的慘叫聲判斷得出，他的身手竟然出乎意料地好。

直到四周安靜了下來，沈修瑾鬆開她的手，她才有機會看到蘇家小廝們躺在地上的慘狀，也明白了方才被擋住的真相。

沈修瑾方才在混亂中四處踢人，其實壓根兒就沒傷到對手，反而自己的腿不小心被撞傷了，從破了個洞的褲腿可以清楚地看見膝蓋上正往外滲血。

真正打傷這些小廝的人是裴銳，此時他正一腳踩在蘇少爺的背上，眼中帶著一股令人心驚的殺意，沈沈地道：「你好大的膽子，竟敢在小爺面前動手。」

蘇少爺的後背發出喀嚓的聲響，彷彿骨頭被踩斷了，痛得他眼淚直飆。「你、你是何人，報上名來，敢傷了本少爺，我讓你吃不了兜著走！」

「好啊，小爺行不更名，坐不改姓，裴銳，你想怎麼讓小爺吃不了兜著走，我都等著。」

這一句話落下，蘇少爺臉上的憤怒僵住了，怒罵聲戛然而止。

「你、你你你是裴小侯爺?!」

「是我，怎麼，你想好怎麼對付小爺了嗎？」裴銳淡淡地道。

「不不不、不敢，小侯爺恕罪，小的有眼不識泰山。」

蘇少爺悔得腸子都青了，早知道他就是裴小侯爺，他哪敢對這群人動手啊！他想進郭氏族學的目的，除了想提前討好郭家，最主要的就是盯著暫住在郭府的裴小侯爺，沒想到這回不僅沒巴結上，反而先把人得罪了。

裴銳沒理他，看向沈曈。「曈曈，這小子妳想怎麼處置？」

實際上，他更想問的是太子，不過如今太子唯沈曈馬首是瞻，沈曈的意思便相當於他的意思，他問沈曈更快一些。

蘇少爺意識到，這時候能救他的只有沈曈了，連忙朝沈曈求饒。「姑娘饒命！」

「我不要你的命。」沈曈想了想，說道：「蘇家在景溪鎮的產業應該有不少吧？你騰出一間靠近郭氏族學的店面出來，低價租給我就好，今兒這事就算是結了。」

原以為要送命或者要挨一頓狠揍的蘇少爺，不由鬆了口氣。「沈姑娘放心，蘇家別的不多，店面多得數不完，我馬上就讓人去騰出最好的店面來給您。」

裴銳皺眉。「就這麼輕易放過他？」

沈曈低聲道：「蘇家畢竟是景溪鎮的地頭蛇，更何況，我聽說他本家在京城的勢力比起你家並不弱，教訓一下，讓他以後不要再生事就好，沒必要得罪得太狠了，這樣對我和哥哥沒好處。」

裴銳意外地看了她一眼，沒想到區區小農女竟然也有如此見識。

蘇家在京中確實勢大，近幾年蘇閣老越發得陛下的寵信，若非裴家有裴皇后在，恐怕也會被壓上一頭。

而這位蘇少爺是蘇家嫡支所出，雖遠在景溪鎮，表面上似乎已經被蘇閣老放棄了，實際上每年年節都會有京城運過來的大量賞賜和禮品，只怕往年冷落這邊，是蘇閣老有意為之。

若是今兒真得罪狠了，裴銳倒是無所謂，蘇家還不敢動裴家，但只要裴銳一離開景溪鎮，沈瞳和沈修瑾就會第一個被蘇家清算。

沈瞳能看清這點，沒被一時的利益得失衝昏頭腦，十分難得。

不愧是太子看中的人。

裴銳收回神思，銳利的眼神掃向蘇少爺。「記得挑最好的店面，不是租，是送，還有，店面的裝潢也由你們蘇家的人全權負責。」

「是，是，裴小侯爺放心，這事包在我的身上。」蘇少爺連聲稱是，恨不得將沈瞳當祖宗一樣供起來。他算是看明白了，這小農女雖然長得不怎麼樣，但是與裴小侯爺的關係絕對不一般，往後還是少得罪這位吧！

裴銳擺手。「滾吧！」

蘇少爺如蒙大赦，連忙帶著自己的僕從和好友們離開。

而李明良早就嚇懵了。

站在沈瞳旁邊的那少年竟是小侯爺，貴人為了幫她出氣，竟然還教訓了蘇少爺！沈瞳是什麼身分，他再清楚不過，她究竟是憑什麼勾搭上這樣的貴人？

李明良越想越迷糊，但此時他不敢貿然得罪對方，連忙跟上蘇少爺等人離開，不過他們沒忘了今日前來郭氏族學的目的，躲在沒人的角落裡等結果。

之前被派去看名單的小廝終於從人群中擠出來，跑回蘇少爺耳畔低聲說了一句話。

「少爺，名單上沒有您和幾位少爺的名字。」

蘇少爺的臉色一變，陰沈沈地看了李明良一眼。

「李明良，你竟敢耍本少爺！」

幾個小廝從後面將李明良圍了起來。

李明良內心咯噔一聲。「蘇少爺，您、您是怎麼了，我巴結您還來不及呢，怎麼敢耍您呢，您是不是誤會了什麼。」

李明良慌亂地看向蘇少爺，始終沒想明白自己究竟做錯了什麼，竟讓蘇少爺突然變臉。

莫非是關於沈瞳的事情？

蘇少爺怒道：「你小子給我們的考題是假的，名單上壓根兒就沒有我們的名字。」

如果僅僅如此就算了，但在來之前，李明良信誓旦旦地說他們今日絕對能進郭氏族學，慫恿著他們先將景溪書院的學籍退了。

他們退學的時候可是當眾誇下海口說要進郭氏族學的，如今郭氏族學進不得了，就只能回景溪書院，費心費力不說，估計還得被人背後笑話。

這回丟臉丟大了，更重要的是，他們還得罪了裴小侯爺。

蘇少爺殺死李明良的心都有了。

李明良難以置信。「這不可能！」

他衝向身後，擠開人群，目光掃向木板架子上的名單。

郭氏族學每年只錄用極少的生員，一般有十到二十個左右，今年卻比往年還少，只有九個。

李明良一眼望去，沒有他，也沒有與他一同前來的蘇少爺等人，而在名單第一名的位置，白紙黑字寫著一個熟悉的名字——沈修瑾。

這就有點諷刺了。

方才他們還嘲諷沈修瑾是一個傻子，不配進入郭氏族學，不配與他們做同窗，如今人家以第一名的成績被選入郭氏族學，而他們卻連題名的資格都沒有。

他們輸給了一個傻子。

「你不是說人家是個傻子嗎？」蘇少爺將李明良踢倒在地上。「人家是裴小侯爺的朋友，又憑實力考上了第一名，這哪裡是傻子能做得到的事？我看你才是傻子！」

蘇少爺懊惱，若是沒聽李明良的慫恿，他今兒就不會來郭氏族學，也不至於得罪了裴小侯爺；憑他蘇家在景溪鎮的權勢，想要結識裴小侯爺有的是機會，但是今兒個卻全都毀了。

李明良慌忙道：「蘇少爺，您別生氣，咱們還有機會，聽說郭家大少爺最喜歡美食，經常光顧一品香，正巧，近幾日附近幾個村子都在傳桃塢村出了個手藝非常厲害的廚娘，咱們可以把那廚娘請回來，再邀請郭大少爺，想必只要事情辦得妥當，郭大少爺定然會幫咱們在郭老爺子面前說幾句好話，到時候咱們想進郭氏族學，還不是輕而易舉的事嗎？」

# 第十二章

這時，恰巧幾個郭氏族學的學生從他們身邊經過。

「聽說郭大少爺申請搬進宿舍了，真是奇了、怪了，往年郭家大少爺都不屑與咱們同住，今兒怎麼突然改了性子。」

「不只如此，今兒他還一大清早便來族學裡面了，真是稀罕事。」

李明良眼睛一亮，連忙攔住他們，詢問了幾句關於郭家大少爺的事情。

郭家大少爺為人低調，在景溪鎮也算是個神秘人物，只有郭家以及郭氏族學裡面的人才知道他長什麼樣。

李明良打聽郭家大少爺的事情，幾位學生並不覺得有什麼，畢竟他們都司空見慣了。其中一人指著大門前的一道身影，說道：「那便是郭家大少爺郭興言。」

李明良等人看去，頓時呆住了。

「他、他就是郭興言？」那不是方才站在裴小侯爺身邊的少年嗎？

這回完了，得罪了郭大少爺，他們再想通過非常手段進入郭氏族學，是絕無可能了。

「你個廢物！」

蘇少爺氣得又踹了李明良一腳，如果可以，他現在就想掐死他。

李明良還想垂死掙扎。「蘇少爺，我覺得咱們還有最後一條路，只要咱們找到那個廚娘，再小心給郭大少爺賠罪，為了美食，他肯定不會拒絕的。」

趙家辦喜宴的時候，李明良正忙著巴結蘇少爺，再加上他原本就瞧不上趙家，於是並未應邀去趙家吃喜酒，只是後來聽人提起幫趙家辦喜宴的大廚是個年輕姑娘，廚藝相當好，做得比鎮上的大酒樓還好吃。

他並不知道這個廚娘就是沈曈，只聽說對方是桃塢村的人，而且和桃塢村的村長關係極好，如今在一品香當大廚。

這時，旁邊又經過幾個路人。

「咦，郭大少爺身邊那女子怎麼瞧著這麼眼熟？」

「好像前幾天在一品香見過，對了，一品香的陳大廚背地裡還管她叫師父呢！一品香近幾日的菜是越來越美味了，該不會她就是一品香新來的大廚吧？難怪郭大少爺巴巴地趕過來，原來是為她而來。」

李明良這下懵了。

他好像知道那個廚娘是誰了，竟然是不久前被他退了親，剛才又被他嘲諷過的沈曈。

彷彿一道晴天霹靂從天而降，李明良頓時欲哭無淚。

沈修瑾居然考了個第一，這是沈曈始料未及的。

她看著名單上排在第一的名字，沈默了片刻，看向裴銳和郭興言。「兩位該不會是故意放水了吧？」

裴銳是一個為了美食而毫無原則的人，郭興言雖然沒他那麼誇張，但也差不多，有鑒於他們兩人曾經有為了請自己回府做廚娘而深夜爬牆頭假扮抓賊俠士的前科，沈瞳嚴重懷疑，他們這回是不是為了討好自己，利用權勢故意讓沈修瑾得了個第一。

兩人面對沈瞳懷疑的眼神，有些無語。

裴銳挑眉。「沈姑娘覺得，小爺若是想讓令兄進入郭氏族學，需要耍這等小手段嗎？小爺是這種人？」

「是，你就是這種人，不用懷疑。」沈瞳毫不猶豫地道。

裴銳瞪大了眼。

郭興言摀嘴偷笑，在裴銳丟過來一個白眼之後，才幫忙解釋。「瞳瞳，我可以證明，小侯爺雖然很想這麼做，但郭氏族學是我家老爺子的心血，小侯爺想插手幾乎沒有任何可能；別說他了，就連我也不行，就連小侯爺想讓他派一個夫子給修瑾補課，他都堅決不同意，我們兩人磨破了嘴皮子，我家老爺子也沒改變主意。」

沈瞳疑惑。「既然你爹沒同意，那郭夫子怎麼會親自上門給我哥哥補課？」

郭興言笑得像個小狐狸。

裴銳淡淡地掃了他一眼，問道：「你不覺得郭夫子與這小子有些像嗎？」

這麼一說，沈曈腦中靈光一閃，突然明白了。

那位嘴饞的郭夫子，竟然就是郭氏族學的主人，郭興言的老爹。這位固執的郭老爺子，為了嚴格遵守郭氏族學的規矩，哪怕在自個兒子和小侯爺的輪流請求下，都沒有鬆口讓沈修瑾走後門。

後來裴銳和郭興言想了個法子，與他打了個賭，逼得他親自出山，給沈修瑾補課。

沈曈好奇。「你們打了什麼賭，竟然能讓老爺子親自壞了自己定下的規矩？」

裴銳笑而不語，郭興言得意洋洋地道：「自然是拿妳的廚藝來賭。」

「我的廚藝？」

「是啊！」郭興言笑著道：「這還要感謝妳那天晚上的豆腐宴，我們跟老爺子打賭，說這景溪鎮有人能做出二十種以上不同花樣的豆腐料理，老爺子不信，說宮中御廚都沒這本事，便與我們打賭。

「後來我與小侯爺說出妳做的豆腐宴後，他還是不信，我便當場默寫出妳叫我寫的那些食譜，讓家裡的廚子照著做了出來，老爺子這才信了。

「妳沒瞧見，他當時那狼吞虎嚥的模樣，那天撐壞了胃，整天都躺著直哼哼。

「但我家那廚子做出來的豆腐宴，都比不上妳手藝的一半。原本我們是想讓他派族學裡面最厲害的一個夫子來給修瑾補課，沒料到老爺子吃過豆腐宴以後，突然改了主意，說不能讓夫子壞了規矩，這規矩是他定下的，就讓他來破。他以為我不知道，嘿嘿，他不就是饞了，想來嚐嚐妳的手藝嗎？」

郭興言笑得惡意滿滿，壓根兒沒意識到他吐槽的對象是自個兒的親爹。

沈曈看著他的身後，默默地替他點了根蠟燭。

「臭小子，竟敢在背後議論老子。」

一道沈穩的聲音從後面傳來，郭鴻遠踹了郭興言一腳。

他踹的力道不重，郭興言象徵性地「哎喲」一聲，躲在裴銳的身後，委屈地道：「爹，在外面這麼多人，您還是別踹了，給我留一點臉面唄。」

郭鴻遠哼了一聲，沒理他，欣慰地拍了拍沈修瑾的肩膀。「小傢伙，你寫的策論老夫看過了，寫得還不錯，這成績是你憑實力考出來的，不必有什麼顧慮，從今天開始你便是郭氏族學的一員了，往後可不能偷懶，要勤學苦練，給自己掙出個前程來，這才不辜負小姑娘的一番苦心。」

沈修瑾聞言，鬆開沈曈的衣角，轉瞬間彷彿從一個黏人的孩童變成了沈穩的大人。「夫子請放心，我定會努力，不會讓妹妹的苦心白費的。」

沈曈疑惑地在兩人之間來回打量，不知道是不是她的錯覺，總感覺這兩人似乎話中有話。

難道在她不知道的時候，這兩人之間發生了什麼？

書院不准女子進入，沈曈在門口與沈修瑾說了會兒話，便在沈修瑾不捨的目光中離開郭氏族學，去了一品香。

村長家的喜宴結束後，她和蘇藍氏約定好，在她正式開店前，可以幫忙培訓一品香的大廚們，而蘇藍氏則運用一品香的人手和管道，幫沈曈四下搜羅她想要的稀罕食材和香料。

蘇藍氏背後的來歷似乎不一般，手底下有一批神通廣大的能人，沈曈想要的稀罕食材和香料，如果單憑自己的本事是絕對找不到的，但是借用蘇藍氏的力量，想必很快就能找到。

這是一樁十分划算的交易。

沈曈到時，一品香比起以往冷清了不少，後廚也亂作一團，廚子們眉頭緊鎖，夥計們垂頭喪氣。

蘇藍氏倒是神色如常，訓斥了幾句，聽小初說沈曈來了，便急忙出來迎接。

「曈曈，怎麼樣，妳哥哥的事情順利嗎？」蘇藍氏問道。

沈曈點頭。「我哥已經進了郭氏族學。對了，今兒怎麼這麼冷清？」

蘇藍氏這才嘆了口氣，語氣沈重地道：「鴻鼎樓新推出了一席豆腐宴，據說一桌有十幾種不同做法的豆腐，既賞心悅目，又香嫩鮮滑，客人們都喜歡新鮮，全都跑那兒去了。」

也不知鴻鼎樓那位新大廚是打哪裡請來的，她怎麼從沒聽說過景溪鎮有這麼厲害的大廚？

聞言，沈曈立即明白是怎麼回事了。

不得不說，沈家人窮是注定的，蠢成這樣，他們不窮真是沒天理了。

若是目光長遠一些的，有了這麼好的食譜，留著自己做點什麼不好，夠他們一家在景溪鎮混出樣來了，他們卻為了眼前一點蠅頭小利，將食譜賣給了別人，鴻鼎樓那胖大廚可不是什麼省油的燈，以後沈老太婆鐵定會後悔。

蘇藍氏還在擔憂鴻鼎樓新大廚會不會再出什麼新花樣，打擊得一品香再也起不來，沈瞳卻笑著道：「藍姨不必擔心，他們家就只有這一席豆腐宴，想要打壓一品香，還差得遠呢！」

蘇藍氏瞬間便聽出一點意思來了。「難不成，那鴻鼎樓的豆腐宴是妳的？」

她突然想起當日在喜宴上，沈老太婆似乎從沈瞳的手裡搶了半本食譜，這事當時在場的人都親眼看見了，看來鴻鼎樓的豆腐宴，就是從那半本食譜而來。

沈瞳說道：「那豆腐宴的食譜，是我故意給她的。」

蘇藍氏有些不明白，那天在喜宴上看到沈老太婆搶走一半食譜，沈瞳又燒掉了另一半，她已經覺得十分可惜了，沒想到，這竟然是她自己故意給出去的。

如果給的是假食譜，那就算了，但鴻鼎樓如今的大半客人都是衝著豆腐宴去的，這就說明沈瞳給的是真食譜。沈瞳的廚藝她可是看在眼裡，從她手裡拿出來的食譜，絕對不是普通的好東西，她竟然捨得給沈家。

難道她對沈家還有感情？

面對蘇藍氏疑惑的眼神，沈瞳拿出幾張紙，笑咪咪地遞給她。「藍姨，我今兒就是來給你們送好東西的，您來看看這個。」

蘇藍氏接過去看了一眼，頓時雙眼瞪大。「這、這是豆腐宴的食譜？」

「嗯，不過這個和鴻鼎樓推出的豆腐宴不同，比他們的要高上一個等級。」沈瞳笑著說道：「咱們也弄個豆腐宴，和他們比比，究竟是誰的會更受客人們的歡迎。」

蘇藍氏眼睛一亮，立即明白了沈瞳的意思。

一聽說沈瞳帶來了更高等級的豆腐宴，原本死氣沈沈的後廚，瞬間活了過來。

「小初，怎麼樣，師父和掌櫃的商量得怎麼樣了，什麼時候來教我們做豆腐宴？」

陳大廚拉著小初在一旁咬耳朵，他原本只是個小小的幫廚，經過沈瞳親手指導過幾次，如今廚藝已經大有進步，也成為後廚不可或缺的一名大廚，背地裡早就將沈瞳當作自己的師父。

其他人的心情並不比陳大廚平靜，也悄悄豎起耳朵偷聽。

眾人正急不可耐地等待著，蘇藍氏終於帶著沈瞳來了後廚。

見他們假裝認真地幹著手裡的活，蘇藍氏說道：「行了，都別裝了，大夥都過來，今兒瞳瞳要教你們做豆腐宴，都認真學著點，誰若是躲懶沒學會，到時候可別嫉妒別人多拿工錢。」

眾人連忙歡呼一聲，興奮地圍了過來。

沈曈挽起袖子，站在大廚們騰出來的一個灶臺前，給他們示範豆腐宴的做法。

包括冷碟、熱菜、甜點等在內，沈曈做了大半天，共有將近兩百多種，將後廚中央那張又長又寬的案桌擺得滿滿當當的。

一眼望過去，五顏六色，令人眼花繚亂，眾人看得都驚呆了。

「這、這些全都是用豆腐做的嗎？」

原本他們以為沈曈所謂的豆腐宴，最多比鴻鼎樓的那十八道豆腐菜多出兩、三道而已，可是如今看到擺滿整間後廚的菜餚，直接傻眼了。

因為做的豆腐料理太多，一品香後廚儲存的所有豆腐都被用完了，蘇藍氏只好讓人出去買了不少，這才夠用。

最後，沈曈活動了一下痠軟的手腕，指著一大桌的菜餚，對眾人淡淡地說道：「這才是真正的豆腐宴，鴻鼎樓那些，不過都是小玩意兒罷了。」

豆腐宴是魯菜的特色名宴，沈曈前世在學廚前所瞭解到的，便有一百五十多種，再加上她後來開私房菜館後，每年定時閉店外出遊玩交流所得，知道的其他豆腐做法，林林總總加起來共有將近兩百種。

其中在後世較為有名的一品豆腐、佛手豆腐、芙蓉豆腐、八仙瑤池聚會、人參豆腐等等，更是令人驚豔不已。

不過，大盛朝的美食發展並未像後世那般發達，還有許多食材和香料未被廚師們發掘，再加上一品香倉促之下，未能準備時令性強或者相對稀罕的食材，因此，有一部分工序複雜的菜餚，沈瞳無法完整做出來，只能改變一下食譜，做成簡易版的。

但這一桌子的菜餚，已經足夠壓倒鴻鼎樓推出的那一席豆腐宴了。

沈瞳故意讓沈老太婆搶走的食譜中，寫出來的都是相對普通的菜式，甚至她還刪減了一些工序和調味料，卻已經在景溪鎮掀起熱潮，讓鴻鼎樓吸引無數客人，銀子如流水一般地賺得盆滿缽滿。

若是面前的這些全都推出去，可想而知會引起多大的轟動。

蘇藍氏繞著長桌看了許久，滿臉不可思議。「瞳瞳，這也太多了，咱們一品香的菜單都寫不下。」

沈瞳取笑道：「藍姨，您未免太貪心了，這將近兩百多種與豆腐有關的菜式，一品香若都要做，豈不是成專門賣豆腐的了？您以後還要不要做別的菜了？再說，客人們也不可能頓頓都吃豆腐，他們只不過是想吃個新鮮罷了，等時間長了，再好吃都膩味了。」

蘇藍氏聞言也有些不好意思。「妳說得對，我一時高興，險些忘了這點。咱們一品香若是什麼菜都做，就沒有自個兒的特色了。」

兩人湊在一起商量了一會兒，最終決定，選出其中十道菜，作為一品香的特色豆腐宴。

「這個八仙瑤池聚會，荷花豆腐，佛手豆腐，還有那個。」蘇藍氏喜歡觀賞性強的菜餚，每一樣菜都嚐了一口後，終於確定了豆腐宴的新菜單，她的眼光極好，挑的都是後世名菜。

確定下來後，沈曈便將這十道菜的做法重新再對大廚們詳細解說了一遍。

時間過得飛快，由於一品香後廚常年點著亮堂堂的油燈，眾人絲毫沒發現天色已經黑了。

等回過神來，已經戌時末了。

沈曈連忙結束今天的指導。「今兒就先到這裡，你們將我說過的這些要點記下來，明日咱們再繼續。對了，咱們即將推出豆腐宴的事情，暫時不要對外透露，尤其是不能讓鴻鼎樓的人知道，咱們要打他們個措手不及，這才有意思。」

接連十幾日，一品香果然沒開門營業，彷彿因為鴻鼎樓的打擊而突然沈寂了下去。

而鴻鼎樓的生意則越來越紅火，豆腐宴俘虜了無數人的味蕾，再加上胖大廚通過研究豆腐宴的食譜，學到了許多新鮮的烹飪技巧，舉一反三，琢磨出了不少新菜式，吸引了許多新、舊顧客，甚至連一品香的忠實老顧客，也被拉去了不少。

鴻鼎樓的秦掌櫃如今走路都帶風，日日故意從一品香門前經過，想要嘲諷蘇藍氏這個老對手，卻因為一品香沒開門，沒人看他表演，只能自討沒趣地消停下來。

短短十幾日的時間，鴻鼎樓的口碑在整個景溪鎮更上一層樓，不少人提起，都稱是當之無愧的景溪鎮第一大酒樓。

就在人們都在猜一品香是不是要永遠關門的時候，這一天，一品香終於打開了大門，開始恢復營業了。

「今兒個，是咱們一品香將鴻鼎樓徹底壓倒的日子，大夥可要打起精神來，不許出任何差錯。」

# 第十三章

眾人站成一排，蘇藍氏嚴肅地訓話，整個一品香大堂靜得落針可聞。

沈瞳站在蘇藍氏後面看著穿戴整齊的眾人，嘴角含笑。她按照前世對餐飲業的經驗和瞭解，將一品香整體改造了一番，相信客人們見到這樣煥然一新的一品香，絕對會被震撼到。

「咦，一品香竟然開門了！」

長期在一品香附近擺攤的攤販們，第一時間就發現了一品香的動靜，紛紛好奇地將目光投了過來。

「總算等到一品香恢復營業了，老夫還是不習慣鴻鼎樓的口味，只吃過一回便沒再去了，這幾日盼著一品香趕緊開門，險些把我餓壞了。」

老顧客和各家酒樓派來打探消息的探子，以及好奇的路人等等，被夥計們面帶笑容地迎進了一品香。

進了門，眾人才發現一品香內部的裝潢大變樣了。

大廳四周擺放著各式各樣的可愛木雕，有人物，有動物，神情各異，形態動作不一，還塗上了鮮豔的色彩，趣味十足。

大盛朝的人們沒見過如此可愛的小玩意兒，瞧著新鮮，一下子就被吸引了目光。

更新奇的是，這些東西都是糕點，散發著香甜的氣味。

有人大著膽子拿了一顆放進嘴裡，軟滑香甜，味道和口感都出奇地好。

「這些都是什麼糕點？」

所有人都驚了，一品香只閉店十幾天，竟然做出這麼多前所未見的新鮮玩意兒。

這些糕點，隨便拿出一樣，都能令整個景溪鎮的人們瘋狂，尤其是女人和孩子們，最喜歡這種又精緻、又好吃的糕點。一品香有這樣的好東西，哪怕只做這些，也足以賺得盆滿缽滿了。

「瞧我發現了什麼！」有人翻閱著全新的菜單，驚呼一聲。「這個八仙瑤池聚會席，竟全都是以豆腐為主的菜色，這不就是豆腐宴嗎？難不成一品香是想和鴻鼎樓打擂臺？咦，連價格都比鴻鼎樓低了一倍。」

「哈哈，那我倒要好好嚐嚐了。」

由於一品香的大動作，吸引了不少客人，導致此時的鴻鼎樓，比起前些日子莫名少了許多客人。

夥計擔憂地向秦掌櫃彙報。「掌櫃的，今兒少了好多客人，我聽說一品香那邊……」

「有事去找胖大廚，別來煩我。」秦掌櫃不耐煩，如今鴻鼎樓已經成為景溪鎮第一大酒樓，一品香原本就比不上鴻鼎樓，又沈默了大半個月，如今就算恢復營業，又能如何？客人早就都被鴻鼎樓搶走了。

秦掌櫃壓根兒就沒將一品香放在眼裡。

夥計只能去找胖大廚。

胖大廚挺著大肚子，笑咪咪地在後廚轉悠，聽了夥計的話以後，笑著拍拍他的肩膀。

「不用擔心，一品香如今已經翻不起什麼風浪了，就算他們推出一模一樣的豆腐宴，也搶不走咱們的客人。」

「可是，您忘了，那沈曈不只會做豆腐宴，她做宴席的手藝可是一絕，若是她在一品香推出那些華麗的宴席，那咱們……」

胖大廚嗤笑一聲。「不可能，我早就打聽過了，那小丫頭不願意去一品香當大廚，她志不在此，而一品香的那些個廚子比我還差得遠，他們想壓下鴻鼎樓的風頭，簡直是癡心妄想。」

他回頭朝後廚裡吩咐了一句。「沈江陽，昨兒的豆腐不錯，今兒再多做一些，越多越好，客人們點豆腐宴的單越來越多了，咱們不怕賣不完。」

沈江陽來了這麼多天，壓根兒就沒學會做豆腐宴，因為胖大廚明著說是答應了讓他學廚，卻連灶臺都沒讓他靠近過，只是把他打發去做豆腐。

原本他以為對方是真心實意教自己做豆腐宴，打算從做豆腐開始教起，然而沒想到都做了那麼多天了，他還是在做豆腐。

他現在看見豆腐就想吐。

聽見胖大廚還讓他做豆腐，他卻不敢提出異議，只能照做。

大量的豆腐做出來後，堆滿了後廚，大廚們熱火朝天地做著豆腐料理，提前準備，生怕一會兒客人到了會來不及做；然而到了飯點，原本坐在大堂內的客人，不知聽了外面傳的什麼話，竟連上菜都等不及就跑了出去。

夥計們攔都攔不住，眨眼的工夫，整個鴻鼎樓的大堂就空盪盪的了。

秦掌櫃哼著小曲走出來，見狀臉色陰沈，怒喝道：「怎麼回事？客人都哪兒去了！」

夥計連忙說道：「好像都去了一品香。」

「不可能！」秦掌櫃不相信，隔了大半個月才開門，一品香不倒閉就不錯了，怎麼可能吸引這麼多人。他怒斥了夥計幾句，走出大堂，看向一品香的方向，只見一品香門口人山人海，擁擠不堪，與鴻鼎樓這邊的冷清形成了鮮明的對比。

秦掌櫃頓時驚了，一品香究竟做了什麼？

「來人，趕緊去打探一下。」他大聲道。

夥計急急忙忙地跑出去，許久才回來。

「掌櫃的，是一品香在發糖果，聽說他們還做了什麼冰淇淋，很是美味，可惜限量供應，我去的時候已經賣完了。」他手裡抓著一把用各色彩紙包好的糖果，嘴裡還塞了好幾顆，臉頰鼓鼓的，說話間，有一股甜香溢出來。

「糖果？冰淇淋又是什麼東西？」秦掌櫃一把搶過他手裡的糖果，自己嚐了一顆。

綿軟甜香，是顆軟糖，確實好吃，最重要的是，甜而不膩，讓人吃了還想吃。

秦掌櫃臉色一沈。

這樣好的東西，若是拿來賣，鐵定賺翻了，一品香竟然捨得免費送人？而且那邊人多得都擠不下了，就算每人送一顆，也已經夠多了，他們竟然是一大把、一大把地送，不怕虧本嗎？

秦掌櫃莫名地覺得有點心慌，讓夥計去將胖大廚叫了過來。

胖大廚看見空盪盪的大堂時，心中已經有種不妙的預感，如今嚐到秦掌櫃遞過來的糖果，額上的汗水立即如雨一般滴落。

「掌櫃的，這糖果一定是沈曈做的，一定是她。」他抹了一把汗，整個人都不好了。「沈曈若是當真做了一品香的大廚，咱們鴻鼎樓恐怕……」

不用他說，秦掌櫃已經想到了後果。

沈曈雖然只是個十四歲的小丫頭，但她每次出手都必定讓人驚豔，鴻鼎樓一開始卻沒將她放在眼裡。

那時候無論是秦掌櫃、還是胖大廚都不相信沈曈有多大的本事，直到她在趙家喜宴上顯露出來的驚人手藝，才引起了他們的注意；後來打聽得知沈曈連一品香都拒絕了，似乎沒有心思做什麼大廚，他們才放下心來。

誰能想到，才過了十幾日，她竟然改變了主意。

這個消息，無異於是晴天霹靂。

「快，去請蘇少爺。

「還有，郭夫人那邊也遞張帖子。」

秦掌櫃畢竟是商人，慌神片刻就回過神來，立即想出了補救的法子。

景溪鎮的兩大巨頭——蘇家和郭家，只要他們兩家有人來鴻鼎樓，那就不用擔心沒客人光顧。

整個鎮上不知有多少人天天盼著抱上蘇家和郭家的大腿呢，若是聽說他們來光顧鴻鼎樓了，鐵定會趨之若鶩地湧過來，就算菜色比不上一品香又如何？

如此想著，秦掌櫃冷靜下來。

然而，就在秦掌櫃派人去向郭家和蘇家遞帖子的時候，蘇藍氏的帖子也同樣送去了這兩家。

不同的是，秦掌櫃送帖子的對象是郭夫人和蘇少爺，而蘇藍氏邀請的卻是裴銳和郭興言，以及蘇夫人。

郭夫人梳妝打扮妥當，拿著秦掌櫃的帖子正要出門，「恰巧」在門口遇見了從郭氏族學休假回來的郭興言和裴銳。

郭興言挽著郭夫人的手撒嬌。「娘，您今兒個真漂亮，一眼看去，我還以為是見到二妹妹了呢，不知您這是要上哪兒玩去？」

郭夫人噗哧一聲，樂得瞋了他一眼。「臭小子，竟拿娘開玩笑，娘都一把年紀了，怎麼能和你二妹妹比？我呀，是要去鴻……」

郭興言看了一眼她手裡的帖子，朝裴銳不動聲色地貶了貶眼，不等她說完，就打斷道：「娘，您兒子這大半個月在族學裡面都沒吃過一頓好的，您瞧，都餓瘦了，我聽說今兒個一品香恢復營業，推出了不少新菜，要不咱們今兒的午飯就去那兒吃吧！」

郭夫人向來把郭興言寵得跟孩子似的，見他這麼說，連忙摸著他的臉頰。「讓娘看看，哎喲，確實瘦了，既然你想去一品香，那咱就去看看。」

她順手把秦掌櫃的帖子丟給一旁的丫鬟，跟著郭興言去了一品香。

原本跟在後面的鴻鼎樓夥計直接被丟在了一邊，只能站在原地，傻眼地看著他們離開。

另一邊，蘇家。

蘇夫人正打算用午膳，丫鬟拿了一張帖子進來。

「夫人，一品香送了帖子過來，說是今兒恢復營業，請您過去撐撐場面。」

「哦？快拿來給我瞧瞧。」蘇夫人見到帖子上秀氣的簪花小楷，唇角溢出一抹笑意。「許久沒收到大嫂的帖子了，時隔這麼多年，她的字越發好了。」

「傳話下去，今兒午膳不在府裡吃，讓他們不用做了。」

「是，夫人。」

蘇夫人想了想，又道：「大嫂來景溪鎮這麼多年，不管過得多艱難，都沒主動向我們求助過，今兒難得開口，我可得好好幫她一把。去，將老爺和少爺找回來，讓他們和我一塊兒去；還有，拿我的帖子去請一下張家、李家、錢家，反正和咱們家有往來的妳都送去，就說今兒我請客，讓她們去一品香聚一聚。」

蘇夫人手忙腳亂地吩咐完以後，又開始梳妝打扮，等到終於能出門了，才見自家的老爺和兒子姍姍來遲。

蘇少爺拿著鴻鼎樓的帖子，都快走到鴻鼎樓門口了，結果聽見自己母親派人來讓他回家，於是只好原路返回。

「星華，來，娘今兒帶你去一品香吃一頓好的，聽說他們家的大廚做的飯菜可好了，你一定會喜歡的。」蘇夫人拉著蘇星華，自家老爺在後面跟著，讓小廝出去備馬車。

蘇星華聞言，皺著眉頭道：「娘，我不去什麼一品香。」

他前幾日因為去郭氏族學，擅自退了景溪書院的學籍，結果沒能進郭氏族學，只能灰溜溜地回了景溪書院，還被爹娘罵了一頓，鬧了好大的一個笑話。

但是這些都不要緊，最要緊的是他得罪了裴小侯爺，裴小侯爺讓他給沈曈送一間最好的店面來賠罪，他當時答應得爽快，然而回到家裡才發現，蘇家的產業都是娘親在打理，他壓根兒就沒法子插手，根本就不知道自家在景溪鎮有哪些店面，更不知道最好的店面是哪家。

這段時間他愁得頭髮都快掉光了，不知道該怎麼跟自己的娘親說，怕到時候說了遭殃，挨一頓揍還是輕的，只怕連腿都能給打斷。
正好鴻鼎樓的秦掌櫃送來帖子，說能幫他解決這個問題，他尋思著看看秦掌櫃有什麼辦法，沒想到被自己娘親派人給抓了回來。
只是，他如今哪有什麼心情去吃飯？
「好了，別鬧脾氣。」蘇夫人沈下臉。「今兒難得娘心情好，你又正好休假在家，就不能好好陪娘吃一頓飯嗎？你手裡拿的是哪個狐朋狗友送來的帖子，又想瞞著娘出去胡混？」
蘇夫人脾氣火辣，若是當真生起氣來，蘇家沒人敢招惹。
蘇星華平時最怕她生氣，一見她變臉，下意識就抖了一下，把帖子隨手扔了。
「沒啊，娘，您想多了，這帖子就是一個不認識的人送來的，我正想讓人回了。您想去一品香，咱們就去一品香吧，正好我也餓了。」
蘇星華哄了好久才讓蘇夫人臉色陰雨轉晴。
蘇、郭兩家帶著一群親友光顧一品香，使得原本就座無虛席的一品香更是賓客盈門。
這兩家身為景溪鎮兩大巨頭，無論有什麼動向，都會成為景溪鎮所有官商矚目的對象。
一時間，一品香所有的包廂都被各家貴人包了下來。
一個又一個衣著光鮮的貴人被請進包廂，熱鬧喧囂。
與此同時，空盪盪的鴻鼎樓氣氛陰沈僵滯。
派往郭家和蘇家的兩個夥計相繼無功而返。

「什麼，郭夫人和蘇少爺都去了一品香?!」

秦掌櫃手裡的茶杯摔在地上，滾燙的茶水濺在身上卻渾然不覺，死死地盯著兩個回話的夥計。

夥計硬著頭皮道：「不只如此，他們還請了鎮上有名有姓的富戶人家，如今整個景溪鎮，幾乎大半的人家都在議論一品香。」

秦掌櫃額頭青筋直跳，那個沈曈究竟是何方神聖，不過是區區一介農女，怎麼有這麼大的能耐，一出手就讓整個景溪鎮都為之瘋狂。

鴻鼎樓難道真要輸給一品香了？

「去，把胖大廚給我叫來。」秦掌櫃心煩意亂地道。

這時候，也只能寄希望於胖大廚能想出好辦法了。

只要能做出比沈曈更好的菜，就不用怕一品香，然而此時胖大廚正在後廚大發雷霆。

「廢物，你也不瞧瞧今兒個咱們家酒樓來了多少客人，你做這麼多豆腐想幹什麼，豆子不用錢是嗎？」

胖大廚拿著大勺，一下一下地往沈江陽的身上打，氣得滿臉鐵青。

沈江陽抱著腦袋躲閃著，心裡又驚又怒，小聲反駁。「明明是你讓我能做多少就做多少。」

「我讓你做你就做，我讓你去死，你怎麼不去！」胖大廚氣得肺都要炸了，直接把大勺砸向他的腦袋。

沈江陽嚇得屁滾尿流地滾出了後廚。

一品香今日新推出的八仙瑤池聚會席、各種口味的糖果、糕點，以及水果風味的冰淇淋，征服了大盛朝眾多吃貨的味蕾。

今日光顧一品香的客人大呼過癮，撐得扶牆出去，回去的路上，不停地與人談論一品香的新菜。

於是，一品香瞬間成為景溪鎮家喻戶曉的大酒樓，每日來光顧的客人絡繹不絕，甚至提前訂位都訂不到。

而鴻鼎樓由於各方面的菜式都比一品香低了一個層次，價格卻比一品香高好幾倍，裝潢更是沒法子與之相提並論，短短幾日下來，流失了大量顧客，甚至連許多忠實的老顧客也轉向一品香了。

風水輪流轉，半個月前鴻鼎樓還逼得一品香閉店修整，如今雙方的立場卻出現了巨大的逆轉。

一品香蒸蒸日上，鴻鼎樓門可羅雀。

成也豆腐宴，敗也豆腐宴。

秦掌櫃看著堆滿後廚的豆腐，頭都快氣炸了，他有氣無力地道：「去，把這些都給我搬出去，我不想見到這些東西。」

如今景溪鎮的人們要吃豆腐宴，第一個想到的便是一品香的八仙瑤池聚會席，哪裡有鴻鼎樓什麼事？

胖大廚踢了沈江陽一腳。「你去，把這些豆腐都拉出去賣了，不賣完不准回來。」

沈江陽如今已經成了鴻鼎樓的罪人，受盡了白眼和欺辱，之前賣食譜給鴻鼎樓的風光與得意已經消失了，整個人彷彿老了十幾歲。他拉著一大車的豆腐在街市上賣，結果也不知道怎麼回事，根本就乏人問津。

他哭喪著臉想拉去扔掉，被一個婆子攔住了。

「欸，你這些豆腐我全都要了，五兩銀子賣不賣？」

原本若是能做出豆腐宴，這些豆腐該是價值幾千、上萬兩銀子的，如今卻只能賣五兩銀子，當真是諷刺。

然而有總比沒有強，沈江陽突然來了精神。「賣，當然賣。」

沈江陽連同車子都送給了婆子，揣著五兩銀子就跑回了沈家。

鴻鼎樓壓根兒就不打算教他廚藝，天天讓他幹最重、最累的活，動輒打罵，這月還不發工錢，他才不想再回去受氣。

沈江陽急著回沈家，因此沒發現，買了他那一大車豆腐的婆子在他走後，叫來了好幾個守在附近的健壯漢子，拉著一大車的豆腐徑直進了一品香的後廚。

# 第十四章

「師父，豆腐買回來了。」陳大廚把豆腐搬進後廚，說道：「不過，您要這麼多豆腐做什麼，鴻鼎樓做的豆腐，哪裡比得上咱們做的，好像放了很久，都快臭了。」

沈曈笑著道：「要的就是它臭。」

這些豆腐當然還沒臭，因為都是當日做出來的，沈江陽保存得很好，還十分新鮮呢！

陳大廚嫌棄它臭，只是因為一品香也有做豆腐，不理解沈曈為什麼會願意花錢買鴻鼎樓的豆腐，雖然五兩銀子買這麼多看似是自家賺了，但不管怎樣，他都不願意看見鴻鼎樓得意。

再說了，萬一這些豆腐有問題，賣不完怎麼辦？

「放心吧，不會有問題的。」

這麼一大車的豆腐，只用五兩銀子買回來，簡直就是賺翻了。

沈曈喜孜孜地想著，這些豆腐可以用來做毛豆腐、豆腐乳、臭豆腐、海綿豆腐、香乾等等，這些都是可以長時間保存的，就算再來十大車她都敢買回來。

不知道如果鴻鼎樓知道了，會不會氣得吐血？

「來，你們把這些豆腐搬下去，我寫了幾份食譜，你們就按照這個來處理。」沈曈笑咪咪地把幾份食譜遞給陳大廚。

陳大廚看了一眼就呆住了。「師父，這樣做出來的豆腐，真的能吃嗎，不會吃死人吧？」

尤其是那個毛豆腐和臭豆腐。

沈曈從角落裡搬出自己半個月前就製好的鹵水，放在他的面前。「不僅能吃，還十分美味，只怕你們到時候嚐過便上癮了。這是做臭豆腐用的，你們自己照著食譜做後面的步驟。」

「原來師父您早就準備好了，難道您早就猜到鴻鼎樓會剩這麼多豆腐？」陳大廚敬佩地道。

從沈曈故意將食譜給沈老太婆的時候，便差不多能猜到最後的結果了。

沈家人貪得無厭，但又沒有遠見，就算是把發財的點子送到他們面前，他們也能神奇地錯過它。

沈曈嘲諷地笑了笑，由儉入奢易，由奢入儉難，沈家人的富貴夢只做了半個月，如今驟然夢碎，恐怕家裡亂成一團了吧？想要算計她，就要做好被反擊的準備，她沈曈可不是誰都能欺辱的。

沈曈猜得沒錯，如今沈家已經亂成了一團。

「什麼，你在鴻鼎樓什麼都沒學會?!」

尖銳的聲音響徹沈家，沈老太婆難以置信地瞪著沈江陽，整個人搖搖欲墜。

沈香茹和江氏也臉色發白，感覺眼前一陣天搖地動般的暈眩。

自從賣食譜得了五百兩銀子，再加上沈江陽去鴻鼎樓幹活，沈家人就過上了穿金戴銀的奢侈生活，整天幻想著等沈江陽從鴻鼎樓學會了他們的菜，就自己開一家比鴻鼎樓還要氣派的酒樓，到時候沈家就能過上更好的日子。

從此，地裡的莊稼也不管了，丟著長草，沈老太婆和沈香茹祖孫倆整日在家裡閒著，時不時地四處串門子，手裡和口袋裡總揣著不少零嘴，吃個不停，還見人就分。

往日沈老太婆捨不得花的積蓄，瘋狂地揮霍，不到十天便揮霍光了。

從五天前起，沈老太婆每天買菜都拿不出錢，全都是借錢或者賒帳。

村裡的人都知道沈家這段時間風光得很，也不擔心他們以後還不起錢，很是爽快地借錢。因此短短五天的時間，沈家就欠下了一筆鉅款，幾乎十里八村的人都是他們家的債主。

如今若是讓他們知道沈江陽沒能學會廚藝，也丟了鴻鼎樓的活兒，只怕一個個馬上就會跑來要錢。

沈江陽知道事情的嚴重性，縮著腦袋，吶吶地道：「娘，我也沒辦法啊，他們連灶臺都不讓我靠近，我怎麼學啊！」

沈老太婆氣不打一處來。「當初不是說得好好的嗎？他們怎麼可以反悔，不行，你不能回來，你現在就回鴻鼎樓，讓他們教你，不然就把咱們家的食譜拿回來。」

只要還有食譜，老沈家就還有機會發財。

沈江陽才不肯回去受胖大廚的氣。「娘，食譜要是拿回來，咱們就得給人家退錢，五百兩銀子，咱們都花光了，拿什麼退給人家？再說了，那食譜已經被胖大廚研究個透澈，若是真退錢、退貨，虧的不還是咱們自個兒？那上面的菜已經成了鴻鼎樓的招牌菜了，咱們就算也做出一席豆腐宴，也得有人買才行啊！」

總之，這虧沈家是吃定了。

整個沈家陷入死一般的寂靜。

過了片刻，沈老太婆抬頭又問：「那、那你這半個月在鴻鼎樓幹活的工錢，他們發了沒？」

沈江陽搖頭。

沈老太婆捶地痛罵。「那些個殺千刀的玩意兒，怎麼可以這樣欺負人。」

「娘，小聲點兒，您是想讓別人笑話咱們家嗎？」沈江陽低聲道。

都這時候了，沈老太婆哪裡還顧得上什麼面子不面子的，她指著沈江陽罵得狗血淋頭。「當初就不應該把食譜賣出去，你若是爭氣一點，咱們家現在早就發達了，哪裡會被人把食譜騙走了，你個敗家子！」

沈老太婆作勢要打沈江陽，院子的門突然被踢開。

張屠戶滿臉橫肉地走了進來，冷笑一聲。「你們沈家賒欠我的五十兩豬肉錢，趕緊還回來，不然別怪我不客氣！」

然而，沈家如今哪有錢，連下一頓吃什麼都不知道，他們上哪兒拿銀子來還？

「我不管，你們若是拿不出來，我就把你們一家子都剁了拿去賣。」張屠戶拎著殺豬刀，意味深長的目光在沈香茹的身上掃了一眼。

沈香茹哆嗦了一下，躲在沈老太婆的身後。

沈老太婆眼睛一亮，把她推出來。「張屠戶，我這孫女白白淨淨的，模樣也好，要不我把她嫁給你當媳婦，這五十兩銀子，就當是聘禮了，你看如何？」

張屠戶是隔壁張家村的，已經娶過四個媳婦，但都死了，聽說是被活活搓揉死的。

沈香茹臉色發白，渾身顫抖，沒想到沈老太婆竟然會為了還債而把她嫁給這麼狠的一個人。以往沈老太婆可是天天都想著讓她嫁個富貴人家當少夫人，帶著整個沈家一起享福的。

沈香茹心高氣傲，連李家村那個據說十分有望能考上狀元的李明良都不太瞧得上，怎麼可能願意嫁給一個又老、又凶殘的屠戶？

正當她絕望之際，腦筋一轉，突然想到了沈瞳。

「奶奶，誰說咱們家沒錢？咱們家有的是錢。」

沈香茹彷彿活過來了一般，緊緊抓著沈老太婆的手臂，看向張屠戶。「你聽說過一品香吧？那可是咱們景溪鎮有名的大酒樓，比鴻鼎樓一點兒都不差。我妹妹如今就是一品香的大廚，工錢可高了，你想要錢，就去找她吧，保證不會讓你失望的。」

「來，你把這魚去骨挑刺，魚肉剁成泥，按照我方才教你的方法做成丸子。」沈曈從缸裡撈出一條魚，動作俐落地處理了一下，遞給一旁的陳大廚。

「好咧，師父。」陳大廚興奮地道。

其他的廚子也跟著做同樣的動作。

如今還沒到飯點，沒客人，後廚便跟著沈曈學廚，做出來的那些菜，不能吃的便倒掉賣給農家餵豬、餵雞，能吃的便留著給他們當伙食。

不得不說，這段時間因為沈曈的關係，一品香後廚的伙食是越來越好了，一個個都吃胖了十斤、八斤。

沈曈看著眾人如此認真又興奮，忍不住笑了笑，走出後廚。

「阿嚏——」她突然打了個噴嚏。

「這是怎麼了，著涼了？」蘇藍氏急忙拿著一件厚外套披在她身上。「天氣漸涼，可不能再穿得這麼單薄了。」

「藍姨放心吧，我沒事，我猜應該是有人惦記我了。」沈曈聽著蘇藍氏絮絮叨叨的，心中一暖，笑著道。

「妳呀！」蘇藍氏無奈地嘆了口氣，這小姑娘表面看起來是個沈穩的，可事情若是涉及到自己，卻總是不上心。

「這陣子妳忙前忙後的，都沒怎麼休息，今兒就先回去歇一下吧，若是一個不好，病倒了怎麼辦？」

蘇藍氏不顧沈曈的拒絕，強硬地讓小初把她送回了桃塢村。

這段時間，蘇藍氏幾乎將沈曈當作了自個兒的親女兒一樣照顧，不僅給她重新裝修了小院子，還置備了一應家具和馬車。

這會兒小初趕著馬車，將沈曈送回桃塢村。

沈家人帶著張屠戶到了小院子的門口，正好與沈曈的馬車面對面遇上。

沈曈下了馬車，就見沈家人氣勢洶洶地站在自家院子門前。

在他們的身後，健壯得像一頭牛的張屠戶提著殺豬刀，一雙眼睛盯著她從頭打量到腳，那目光就跟瞧待宰的豬似的，讓人心頭忍不住發寒。

小初一看這陣勢，就知道來者不善，連忙護在沈曈的身前。「姑娘，小心。」

沈曈神色自若，拍了拍他的肩膀。「沒事，放心吧，他們不敢對我怎麼樣。」

自己前後兩世好歹活了快三十年，遇到過的極品和奇葩數不勝數，區區沈家人還不至於嚇著她。

反倒是小初如今才十幾歲，若是放在現代，還是個中學生，沒想到對上張屠戶這麼凶殘的目光，竟然半點也不怵，怪不得能讓藍姨這麼賞識。

「小初，你幫忙將馬車上的東西都搬進院子裡，這些人就交給我來應付。」
「好吧，姑娘，那妳自個兒小心些，若是有什麼不對，一定要叫我。」
沈瞳旁若無人地打開小院子的門，吩咐小初將自個兒從鎮上帶回來的東西都搬進家裡，彷彿旁邊站著的幾個人都是透明的。
沈家人和張屠戶雙眼發光地盯著小初手裡面的東西，那些東西都用最精美的禮盒包裝著，一看就知道價格不菲。
直到小初進了小院子，他們才戀戀不捨地收回目光，看向沈瞳。
沈老太婆哼了一聲，陰陽怪氣地道：「我是妳親奶奶，見了也不問一聲好，還讓我這一大把年紀的人站在門口吹冷風，妳娘就是這麼教妳對長輩的嗎？一點禮數都沒有。」
沈瞳這才朝她笑了笑。「沒法子，畢竟這小院子是姜奶奶的，她今兒不在家，我不好沒經她的允許就將外人帶進去，這不合規矩，讓妳老人家在外面吹了這麼久的冷風，我也很過意不去，如果妳沒別的事，還是早些回去歇著吧，省得凍壞了身子，倒成我的不是了。」
「妳、妳。」沈老太婆被她一噎，氣得臉色脹紅。
沈香茹連忙拉了拉沈老太婆，如今情勢不由人，可不是和沈瞳鬧翻的時候，總得等銀子拿到手了再說。
然而，沈老太婆在沈瞳的面前威風慣了，哪裡拉得下臉來低頭？從前她對沈瞳打罵可是家常便飯，就算這死丫頭如今發達了，那又如何，自己是她親奶奶，她敢跟自己過不去？

「鬆手，別拉著我！」沈老太婆一把推開沈香茹，上前一步就要給沈瞳一耳光。

然而，她這一耳光沒能甩到沈瞳的臉上，反而被沈瞳緊緊扣住手腕，動彈不得。

隨後，一旁突然冒出一個高大修長的身影，手起掌落，重重地搧在沈老太婆布滿皺紋的臉頰上。

「啪！」

沈老太婆被這一巴掌搧得滿眼金星，頭暈乎乎的，臉頰肉眼可見地腫了起來。她吃痛地嚎了一聲，抬頭正要罵人，突然一怔，被面前的人冰冷的目光嚇得雙腿一軟，直接癱坐在地上。

「哥哥？」

沈瞳鬆開沈老太婆的手，驚訝地看著站在面前的俊美男子。

半個月不見，沈修瑾的變化大得險些讓她認不出來了。

他穿著一身月白色的長袍，，腰間環著樸素的玉帶，墜著一塊不起眼的玉珮，隨著他的動作細微地晃動，寬肩窄腰，原本就高身兆的身量又往上長了幾公分，顯得越發修長了。

沈瞳已經算是女子中高的了，與他站在一起，竟然才到他的胸前。

他的五官也越發精緻，薄唇依舊緊抿著，眉眼卻不再如半個月前那般帶著一絲溫潤的感覺，反而鋒利了些，整個人的氣質如同脫胎換骨一般，只站在那裡，一句話不說，就足以讓人望而生畏。

此刻，他護在沈曈的面前，鳳眼銳利地看著沈老太婆。

「你、你你你是誰，想幹麼？」沈老太婆沒認出這是半個月前與沈曈「私通」的小乞丐，面對他駭人的目光，忍不住心生寒意。

沈修瑾收回目光，鳳眼中寒意瞬間退去，溫柔地望著沈曈。「曈曈，妳先回家裡等著，這裡我來應付就好。」

這句話剛才沈曈才對小初說過，沒想到現在聽這話的人倒變成她了。

看著沈修瑾溫柔的神情，沈曈總覺得哪裡怪怪的。

「放心吧，我能搞定。」沈修瑾說道。

「好吧，你自己小心些。」

直到回了小院子，沈曈才終於反應過來，究竟是哪裡不對勁了。

沈修瑾從前叫她都是叫妹妹，如今卻再沒叫過妹妹，而是直呼她曈曈了；而且，他從前像個跟屁蟲跟在自己的身後，不管什麼主意都聽自己的，方才卻表現得頗為強勢。

沈曈在他那樣的目光注視下竟壓根兒興不起反抗的心思。

沈修瑾看著沈曈進了小院子，才收回目光，面無表情地看向面前的三個人。

沈老太婆慣是欺軟怕硬，方才在沈曈面前還氣勢洶洶，如今在沈修瑾的面前卻連屁都不敢放一個。

沈香茹此刻緊盯著沈修瑾，半晌都移不了眼。

方才她可是聽見沈曈喚這男子一聲哥哥的，沈曈的底細她最清楚，她哪有什麼哥哥，這男子想必就是之前被沈曈撿回去當哥哥的傻子小乞丐，沒想到他竟生得如此好看。

瞧他這模樣，傻病肯定是治好了，聽說還進了鎮上的私學，也不知讀書的本事比起李家村的李明良如何；但不管怎麼樣，這般好看的男子竟護著沈曈那個小賤人，讓她心裡莫名地不舒服。

沈香茹眼中閃過一絲嫉妒，隨後眼含春水，臉頰微紅地望著沈修瑾，嬌怯怯地道：「你是瑾哥哥嗎？我和奶奶沒有惡意的，今兒過來，是另有要事和曈曈商量。」

說完，她不動聲色地拽了一下沈老太婆的衣袖。

沈老太婆這時也反應過來了，沈曈已經不再是以前那個可以任她打罵的傻丫頭了，若是今兒再如以往那般對她，只怕一個銅板也得不到。

她連忙擠出一抹笑容，點頭道：「是啊、是啊！」

沈香茹一直小心觀察著沈修瑾的神色，見他依舊面無表情，心裡沒底兒，又笑著道：「瑾哥哥，其實你方才誤會了，奶奶不是要打曈曈。」

沈修瑾皺眉。「哥哥不是妳該叫的，我與你們沈家一點關係都沒有。」

沈香茹臉色一僵。「都是一家人，你既是曈曈的哥哥，那便是我……」

「容我提醒一句，曈曈已經被你們沈家除族了，她如今雖仍姓沈，卻與你們沈家沒有任何關係，你們若是想打什麼主意，最好趁早打消念頭，否則莫要怪我不客氣。」

接連幾次，沈香茹都沒能從沈修瑾這裡討到好，又委屈、又鬱悶，險些咬破嘴唇。

沈曈站在木門後，聽著外面的交談，險些忍不住笑出聲。

沈香茹還想再掙扎一下，指著張屠戶朝沈修瑾說道：「這位是張家村的張屠戶，他家賣的豬肉和羊肉是最新鮮的，鎮上許多酒樓都喜歡進他家的貨，曈曈若是願意幫他和一品香牽線，讓一品香從他家進貨，他可以算便宜些。」

# 第十五章

張屠戶適時地上前一步，拍拍胸脯道：「不是我吹牛，我家的肉……」

話沒說完，只聽沈修瑾淡淡道：「你家的肉既然這樣好，那便不用瞳瞳牽線，你自個兒找一品香的掌櫃自薦即可，一品香的地址不必我說，你應該知道吧？」

張屠戶被噎得說不出話。他家的肉若當真那麼好，他哪裡還需要在這小山旮旯子裡面賣給這些一年到頭沒吃過幾兩肉的農家，早就去鎮上自個兒開個肉鋪了。

張屠戶不明白了，這小子究竟是個什麼來路，人家沈家的事情，他一個外人憑啥來插手，竟還一副理所當然的模樣。

他登時提起屠刀朝沈修瑾比劃，冷笑著道：「臭小子，若是識相的，你便滾開，不要管我們的閒事，否則，我手上這把刀可不好說話。」

「好啊，你儘管動手，若是你這刀碰到我哥哥一根汗毛，我立即就報官，今兒見到你們來我這裡的人可不少，我相信多的是人願意幫我作證。哦，對了，順便還可以讓官府查一下，你張屠戶家裡賣的那些個豬肉和羊肉是從什麼管道得來的，怎麼沒人見過你們家養豬、養羊，也沒人見過你去外面進貨，你們家卻每每都能拿得出那麼多肉來賣。」

沈瞳淡定地走出院門，面上帶著冷笑。

自家人知道自家事，張屠戶平日裡賣的那些肉，確實來路不正，他頓時氣焰全無，卻仍嘴硬道：「妳、妳胡說什麼，我們家的肉自然都是新鮮的。」

「新不新鮮，你自個兒心裡清楚。」

唯一能指望的張屠戶也在沈曈冷淡的目光中敗下陣來。

沈曈和沈修瑾都是油鹽不進的主兒，饒是沈香茹心裡面再多陰謀詭計，也無法施展。

因為沈曈抓住了他們的死穴。

沈曈只淡淡地說了句。「村裡面的叔伯、嬸子們都知道，我與你們沈家已經一點關係都沒有了，他們就算從你們身上追不回欠款，也不會來我這兒要，你們若再打我的主意，便不要怪我將大伯在鎮上待不下去的事說出去，我相信到時候沈家一定會很熱鬧。」

沈香茹與沈老太婆臉色大變，又驚又怒，卻不敢再招惹沈曈，灰溜溜地跑了。

小廚房裡面飄出濃郁的醬香，鍋裡的開水發出咕嚕、咕嚕的聲響，沈曈將調製好的醬料均勻地抹在宰殺乾淨的鴨子上，給鴨子輕輕按摩。

沈修瑾就如同以前那樣，坐在小凳子上，往灶裡加柴火。

火光明滅，他鋒利的眉眼在煙火中添了一抹溫情，少了幾分凌厲。

但不知為何，沈曈隱隱感覺到，這極有可能只是表象。

「哥哥，今兒不是休假的日子，你怎麼這時候回來了？」沈曈一邊給鴨子按摩，一邊偷偷觀察沈修瑾的神色。

說實在的，她當初把這傢伙撿回來，雖說是認他做哥哥，但自己好歹曾經也是個二十幾歲的人了，怎麼可能認一個毛都沒長齊的小屁孩當哥哥，她那是將他當弟弟來養的。

然而沒想到，他去讀了半個月的書，回來就變了個人，這讓沈曈心裡十分複雜。

「我說許久沒回家，想妹妹了，郭夫子便給我准了假。」沈修瑾抬頭，朝她傻傻地笑著，那笑容和半個月前一樣，彷彿方才在外面與沈家人對峙的冷漠少年與他不是同一個人。

沈曈被他俊逸的笑臉晃得失神，開始懷疑之前看到的或許都是錯覺，哪有人只隔了半個月就變化這麼大的。

她斟酌片刻，問道：「這半個月在族學裡面過得還習慣嗎，有沒有想起以前的記憶？」

沈修瑾搖頭，一板一眼地答道：「不習慣，食堂的飯菜沒有妹妹做的好吃，以前的記憶也沒有想起來。」

「方才在外面說的那一番話，誰教你的？」

「是小侯爺教我的，他說沈家人這回倒大楣了，肯定會來咱家找麻煩，便教了我那一番話，說只要照他說得做，沈家人便不敢再打妳的主意了。」沈修瑾覷著她的神情，起身像從前一樣拉著她的衣角，小心翼翼地問道：「妹妹，妳是不是生氣了？」

沈曈鬆了口氣，原來是這樣，若方才的那番表現是裴銳教的，倒說得過去。

她險些還以為……

醬醃過兩、三個時辰的鴨子，用鐵籤穿過，掏空的腹腔內還塞了一些香料，架在燒得正旺的炭火上烤，鴨皮被烤得色澤鮮亮，微微發紅，滋滋滋地往外冒油，滴落在下方的炭火上，引起一陣陣的熱氣。

沈曈用自製的竹籤將切成一段段的鴨腸串成一大把，給沈修瑾遞過去。「哥哥，這個你拿著，就放在上面烤，注意翻動，不要烤焦了。」

她自己又串了好些時鮮蔬菜和蘑菇之類的菜，與五花肉一塊兒烤。

儘管已經儘量控制著火候，頻繁給它們翻面，但還是有幾串焦得沒法子吃。

「如果有烤箱就好了。」沈曈看著手上的烤串，輕聲說道。

如果有烤箱，她不僅可以大量做燒烤，還能做烘焙，餅乾、蛋糕什麼的，好久沒吃了。

「烤箱是什麼？」沈修瑾將目光從香噴噴的烤鴨上移過來，好奇地問道。

「烤箱就是……」沈曈剛要解釋，驟然對上一雙被明亮的火光照得亮灼灼的鳳眼，不由得神色一怔。

沈修瑾正等著她解釋呢，見她愣在那裡，連忙關切地問了一句。「妹妹，妳怎麼了？」

沈曈忙回過神來。「哦，沒什麼。烤鴨熟了，來，幫我把烤鴨拿下來，小心些。」

被烤得色澤紅豔的烤鴨，皮脆肉嫩，肥而不膩，沈曈用小刀削了一小片送進嘴裡，滿意地點了點頭。

抬頭見一旁的沈修瑾眼巴巴地盯著她，不由得笑了。「別急，很快就可以吃了。」

她動作飛快，片刻工夫，就將一整隻烤鴨削得只剩下一個完整的骨架，薄薄的一片片鴨肉連著脆皮，整整齊齊地擺在乾淨的瓷碟上，十分賞心悅目。

之後，她又調了兩小碟的醬料，分別撒上熟芝麻、花生碎和辣椒粉。

「現在可以吃了。」她笑著將烤鴨和醬料擺上桌子。

桌上還有之前兩人一邊烤、一邊吃的烤鴨腸和時蔬五花肉烤串，剩下了一堆沒能吃完。

濃郁的香味瀰漫，飄出小小的院子。

這時天色已經漸漸暗了下來，家家戶戶都升起了裊裊炊煙，沈瞳和沈修瑾坐在小院子中央，吃著美味的燒烤，氣氛十分溫馨。

偏偏有人不識趣，打破了這難得的寧靜。

「小侯爺快點，我聞到香味了，瞳瞳鐵定又在做好吃的。」

「這還用你說，小爺又不是沒鼻子，修瑾難得回家一趟，瞳瞳怎麼可能不給他做點好吃的，就是不知今兒會做什麼。」

「咦，院門是關著的，怎麼大白天的還關門，防賊呢？要不咱翻牆進去，嚇他們一下？」

沈瞳聽著外面兩個逗趣的對話，默默地看了一會兒天，都快天黑了，哪裡叫大白天？再說了，你嗓門這麼大，怕是連村西頭的聾婆子都聽見了，還指望誰被你嚇著？

她默默地站起身，去開門，而沈修瑾卻在她起身之後，默默地走到一處牆腳下等著。

裴銳翻牆翻到一半，猝不及防看見站在牆腳下目光不善地盯著他的沈修瑾，不由得停頓了一下。

郭興言不明就裡，問道：「怎麼了？快翻啊，再不快點，連舔盤子的機會都沒了，您又不是不知道曈曈那手藝，修瑾在族學裡面餓了這半個月，這時候鐵定是跟餓狼一樣，咱們能搶到一丁點就不錯了。」

然而，裴銳飛快地將目光從沈修瑾的身上收回，在昏暗的天色中，語氣如常地道：「小爺乃堂堂世家子弟，怎麼能做這種半夜爬牆的勾當，若是傳出去，小爺的臉面還要不要了，侯府的名聲還要不要了？放我下去，你要爬就爬，別拉上我。」

他說得異常正義凜然，半個月前爬牆等沈曈的事情儼然已經被他選擇性地遺忘了。

「您就得了吧，誰不知道裴小侯爺在京中是出了名的紈袴敗家子，除了姦淫擄掠這種惡事沒幹過，其他混帳事情您沒少做，爬牆算得了什麼？算了，您不爬就不爬，我先進去，待會兒給您開門，等著啊！」

郭興言此刻已經被烤鴨的香味勾得口水直流，壓根兒就沒察覺到裴銳的不對，朝他做了一個鄙夷的手勢。「今兒讓您堂堂京中小霸王瞧瞧，翻牆不是您方才那樣做的，得像我這樣，學著點。」

說完，他右腳用力蹬在牆面上，輕輕一躍，身手矯捷地躍過牆頭。

「您瞧，就是這麼……」

在空中，郭興言還沒得意完，眼角餘光瞥到牆腳下不知何時搬過來的三只雞籠。

郭興言先是納悶上回來的時候雞籠還不是放這裡的，怎麼今兒擺在這裡，下一秒，突然反應過來。

「不要啊！」

下一刻，郭興言直直墜下，摔在雞籠上。

雞籠是用竹篾編製而成的，被他這一摔，直接就斷裂崩塌成了碎片。

一時間，雞飛蛋打，雞屎亂飛，郭興言整個人都崩潰了。

這麼大動靜，自然不可能不驚動沈曈。

沈曈正要回去看看是什麼情況，裴銳適時地在院門外喚了一聲。「曈曈，他沒事，不用理他，先給我開門。」

郭興言怎麼可能沒事？

他坐碎了雞籠也就算了，那些竹篾還刺得他屁股生疼，還有，雞籠裡還沒來得及撿回去的雞蛋也被他坐碎了，衣服上、手上、身上，除了蛋液就是雞屎，黏膩噁心，臭氣熏天。

更可惡的是，那些母雞追著他瘋狂地啄來啄去，他滿院子地逃，又疼、又狼狽。

「啊啊啊，別過來！我警告你們，不許過來，否則，本少爺宰了你們燉湯！

「不許過來！

「放肆，本少爺也是你們能傷的嗎！我要宰了你們。」

裴銳腳步悠閒地走進小院子，見到他這副模樣，默默地同情了幾秒鐘，慶幸自己剛才沒有作死。

然後默默移開目光，看向另外一個淡定地坐在桌邊的身影。

沈修瑾——這起可怕事故的始作俑者，沒有受到滿院子尖叫和鬧騰的影響，面色如常地吃著皮脆肉嫩的烤鴨。

裴銳忍不住抹了一把額上的冷汗，果然，太子就是太子，哪怕失去記憶，也有本事讓人心生恐懼，當然，這是另一種程度上的恐懼。

郭興言與母雞之間的鬥爭，最終以母雞付出慘重的生命代價而結束。

郭興言徵求過沈瞳的同意後，氣呼呼地把母雞宰殺了。

一共五隻雞，皆死於他凶殘的魔掌之下。

於是，沒多久，小廚房裡的灶臺，以文火燉起了一鍋雞湯。

另外四隻，被沈瞳料理乾淨，用荷葉包起來，裹上泥巴，做成了叫化子雞。

郭興言洗了大半個時辰，才將身上那股雞屎味洗乾淨。

等他洗完出來，叫化子雞也可以吃了。看見沈瞳將叫化子雞從炭火裡挖出來，拿著一根木棒要敲碎外表裹著的一層泥巴，他連忙興沖沖地跑過來。「別動、別動，讓我來。」

裴銳摀著鼻子，嫌棄地道：「一股雞屎味，別把小爺的美食給熏臭了。」

郭興言才不理他，接過沈瞳手裡的木棒，醞釀了一下，洩憤般地砸下去。「敢欺負本少爺，這回把命搭上了吧！活該！」

「……」沈曈嘴角一抽，合著他這是在鞭屍？

裴銳白了他一眼。「幼稚。」

郭興言將泥巴砸碎，荷葉的清香混合著雞的肉香味飄了出來，裴銳顧不得嫌棄他，目光投向叫化子雞。

「來來來，嚐嚐本少爺親手宰殺的雞。」郭興言不怕燙，徒手將一整個叫化子雞連著荷葉一起擺在桌上，朝眾人大方地招呼。

沈修瑾突然開口。「錯了，是我妹妹親手做的叫化子雞。」

「對對對，您說得都對。」郭興言不敢反駁，俐落地撕下一隻雞腿，遞給沈修瑾。「來來，您吃雞腿。」

沈修瑾看了一眼他的手，懷疑那上面還沾著雞屎味。

遲疑了一會兒，他沒接郭興言的雞腿，自個兒撕了一隻雞腿，乖巧地遞到沈曈的面前。

「妹妹，妳吃這個雞腿。」

沈曈幸災樂禍地笑出聲，在郭興言委屈的目光注視下，接過哥哥遞來的雞腿。

烤鴨鹹香，皮脆肉嫩，叫化子雞嫩滑，酥爛無比，就連那些看起來似乎最普通的烤鴨腸和時蔬五花肉烤串，吃起來也別有滋味。

眾人直吃到亥時初才散了。

深秋的夜風涼得刺骨，裴銳和郭興言離開後，小院子又重新恢復了寧靜，只偶爾能聽見幾聲蟲鳴。

沈修瑾向郭夫子一共告了兩天假，今兒還不用回族學裡面，幫沈曈一起收拾好殘局，各自漱洗回房睡了。

此時的沈家人，收拾好行囊，左右瞧了一眼，估算著左鄰右舍都已睡下，才鬼鬼祟祟地走出來。

沈江陽壓低嗓音道：「娘，咱如今手裡面只有五兩銀子，真要搬去鄰鎮？在外面哪樣都要銀子，不說吃喝嚼用，單是租房子，就得花一大筆銀子。」

沈老太婆瞪了他一眼，惱怒地道：「你以為我願意搬嗎？還不都怪你這敗家子！你也不想想，若是讓他們知道你在鴻鼎樓的活計沒了，鐵定上咱家來催債，到時候你要怎麼辦？你拿得出銀子嗎？」

說起這個，她就氣得甩開沈江陽的手。

沈香茹悶不吭聲，對於自己爹和奶奶之間的爭吵置若罔聞，半晌後才突然開口。「奶奶，咱們家如今落到這樣的地步，都是因為沈曈，如果我沒猜錯的話，那本食譜肯定是她故意給咱們的，就是等著挖坑給咱們自個兒往裡跳呢！

「您想想看，為什麼大虎哥成親那天，她身上這麼巧就帶著食譜，而且還剛巧掉下來給您看到，被您拿走了她也沒生氣？

「還有，為什麼鴻鼎樓推出豆腐宴，一品香沒多久也推出了一席比鴻鼎樓更好的豆腐宴？」

這陣子發生在沈家的一樁樁、一件件事情，都被沈香茹一句句分析出來，沈老太婆和沈江陽原先還有點遲疑，聽到最後，都火冒三丈。

「怪不得，我說她怎麼那麼好心，把那半本食譜給我們呢，想不到這死丫頭這麼惡毒，連咱們都算計，幸虧當初將她趕了出去，否則咱們家說不定比現在還慘。」沈江陽咬牙切齒，想起在鴻鼎樓的時候受盡羞辱和白眼，氣得胸膛不住起伏。

沈老太婆越想就越嚥不下這口氣。「不行，咱們不去鄴鎮了，她敢算計咱們，咱們不能就這麼算了。」

「對，不能就這麼算了。」沈香茹說道：「咱們如今欠下那麼多錢，都是她害的，憑什麼她吃香喝辣，咱們卻要背井離鄉逃債？要我說，她就該把債都給咱們還清，還要賠償咱們的損失。」

想到沈曈這陣子出盡了風頭，鐵定賺了不少銀子，沈老太婆和沈江陽眼睛一亮。

江氏在後面小聲地插了一句。「可是，她如今可不同以往了，咱們能從她手裡面拿到銀子嗎？」

「她不肯掏銀子，自有人肯掏。」沈香茹勾起一抹冷笑。「奶奶，沈曈如今也到了出嫁的年齡吧？她如今廚藝好，能賺錢，長得又不醜，十里八村的漢子們都巴不得能娶到這麼個媳婦呢，您說如果把她嫁到一個富戶人家當妾，咱們能得到的聘禮鐵定少不了吧？」

「對，她這種賤骨頭，也就只配給人家當妾。」沈老太婆想到那滾滾而來的白花花的銀子，忍不住激動地道：「還是香茹丫頭有主意，只要把她賣到富戶人家去，咱們就發了。」

# 第十六章

翌日一早，沈瞳和沈修瑾剛用過早膳，村長媳婦突然找上門來，說自己的娘家舅舅要娶妻，打算擺一個體面的喜宴，想請沈瞳幫忙掌廚。

「瞳瞳啊，食譜的事情是我不對，是我誤會妳了，妳就原諒我吧！」村長媳婦說道：「我娘家舅舅早年死了媳婦，這麼多年沒再娶過，如今一大把年紀，好不容易有姑娘願意嫁他，高興得合不攏嘴，巴不得擺三天三夜的喜宴，只是找不到合適的廚子，聽說我家大虎成親的時候妳辦的那場喜宴十里八村都羨慕得不得了，這不，他就託我來請妳了。妳就算不肯原諒我，好歹也看在我家那口子和大虎的面子上，幫幫忙吧！」

村長媳婦說得情真意摯，沈瞳考慮了一下，點頭道：「行，妳說個時間，我到時候帶人過去。」

村長媳婦愣了一下。「帶人？帶什麼人？」

「帶幫廚啊，辦一場喜宴，總不可能只有我一個人做吧，這樣忙不過來的。」沈瞳狐疑地看了村長媳婦一眼。

村長媳婦這才訕訕地道：「哦，對，妳瞧我，一時高興，竟把這麼重要的事情都給忘了。」

村長媳婦猶豫了一下，問道：「這回，還是帶一品香的那些幫廚？會不會太多人了？而且，我娘家舅舅雖說有些積蓄，但我覺得還是能省則省，不用帶那麼多人去比較好，要不妳到時候自個兒過去，我讓舅舅再從他那村子裡尋幾個靠譜的幫廚。」

不熟悉的幫廚，怕是不好合作，但村長媳婦既然這麼說了，考慮到農家的情況，她會這樣打算似乎也挺正常。

再說，一品香如今生意蒸蒸日上，沈瞳也不太可能讓蘇藍氏又停業一天，安排那些大廚們陪她去賺外快。

她沒多想，點頭答應了。「行，到時候我自己過去，不過你們要儘早準備好我需要的調味料和食材，就照那天大虎哥喜宴上的那些東西來準備就行了。」

村長媳婦忙說道：「這個恐怕來不及，我娘家舅舅明兒就要成親了，這喜宴，妳明天就得過去，不用再準備那麼多東西了。」

「這麼著急？」沈瞳詫異，只剩下一天的時間，連準備的工夫都沒有，就算是再急著成親，也不用把時間定得這麼緊吧？

村長媳婦見她神色疑慮，連忙解釋道：「這不是考慮到他是續弦，不太適合大操大辦，才將一應事宜都簡略了辦嗎，唉。」

方才說恨不得擺上三天三夜，這會兒又說要低調辦，這自相矛盾的說法，實在是讓沈瞳想不起疑心都難。

再聯想到村長媳婦突然的態度轉變，沈曈眼中的溫度瞬間降了好幾度，面上的笑容也淡了幾分，不冷不熱地道：「若是明天的話，恐怕不行，我明兒有事，走不開，要不妳去找別人吧！」

村長媳婦急了，這怎麼行，她可是好不容易才和沈家人談好條件，只要把沈曈成功騙去張家村，到時候沈家人欠她的銀子不僅能提前收回來，甚至還多給二十兩銀子呢！沈曈若是不願意去，她眼看著要到手的銀子就沒了。

村長媳婦連忙說道：「妳能有什麼事比我舅舅成親還重要，要不妳把事情給推了，先忙我舅舅這邊的？實在不行，我舅舅家的親事改成後天再辦也行，反正妳一定要過去。」

這說法還真是新鮮，她舅舅又不是沈曈的舅舅，憑什麼沈曈的事情比不上她舅舅成親重要，還得把事情推了先忙他的？

沈曈笑了，沒見過哪家外嫁的女兒能插手自家舅舅的婚事的，為了引自己上鈎，隨口就能改日期，這要是沒蹊蹺，才真是怪了。

就是不知道她葫蘆裡賣的什麼藥。

村長媳婦好說歹說，嘴皮子都磨破了，沈曈才故作勉強地道：「行吧，明天我儘量騰出點時間來。」

見她終於答應，村長媳婦臉上的喜意壓都壓不住。「那就拜託了，明兒一早我再過來找妳一塊兒去，可不能反悔啊！」

約定好時間，村長媳婦又囑咐幾句，讓她千萬不要帶人，這才興高采烈地走了。

「妹妹，她看起來像是在打什麼壞主意。」沈修瑾出現在沈曈的背後，望著村長媳婦的背影直皺眉。

沈曈拍拍他的手。「放心，我有分寸，不會讓她算計了去。」

「妳明天真的要一個人過去嗎？要不我……」

「不行。」沒等沈修瑾說完，沈曈就否決了他的提議。「你既然進了郭氏族學，就要遵守族學裡面的規矩，以後不要再隨便請假了，等到休假再回來。」

沈修瑾的面色有些委屈。「妹妹又凶我。」

他靜靜地站在那裡，明明身材高身兆修長，容貌丰神俊美，偏偏一雙精緻的眉眼含著天大的委屈似的，粉潤的薄唇還微微噘起，控訴著沈曈的嚴厲。

沈曈莫名有種罪惡感，連忙將語氣放軟下來，輕聲道：「好了，我不是故意凶你的，我也是為你好，你如今最重要的任務便是好好讀書，將來參加科舉考功名，如今我若是不對你嚴格些，只怕等你恢復記憶以後，會怪我的。」

沈曈身高不夠，摸不著沈修瑾的腦袋，她輕輕拍了拍沈修瑾的肩膀，沒想到沈修瑾竟然乖順地低下頭來，她失笑著順手摸了摸他的頭。「你乖乖的，等你下次休假回來，我再給你做很多好吃的，保證讓你滿意。」

「我不會怪妹妹。」沈修瑾低著頭，沈曈看不清他臉上的神情，只聽見他壓低嗓音，十分認真地道：「我記得的，妹妹說過，咱們是親兄妹，理應互相扶持，不離不棄，這句話，我一直都記得，永遠不會忘記。」

沈曈一怔，這句話是當初她對沈修瑾說的，那時她只不過是隨口一說罷了，沒想到他竟然還記得，而且還如此鄭重地承諾永遠也不會忘記。

沈默片刻，她開玩笑道：「好，咱們兄妹倆互相扶持，不離不棄，既然如此，那你就更應該好好讀書，爭取考個好功名了，你有如此的天分，往後說不定能考個狀元回來，到時候我就是狀元的妹妹，我看誰還敢欺負我。」

「好，妹妹妳等著做狀元妹妹。」沈修瑾異常認真地道。

眼看沒多久便要入冬了，晨風冷得刺骨，沈曈跟在村長媳婦的後面，暗暗後悔沒多穿一件衣服。

在兩人的背後，隔著十公尺遠的距離，林大、林二、林三，這三兄弟小心翼翼地跟在後面，彎著身子躲在草叢中，生怕走得太近會驚動村長媳婦，又怕隔太遠跟丟了，萬一沈曈遇到危險他們會來不及救人，十分不容易。

張家村與桃塢村相隔不遠，但是中間卻隔著一大片荒地，路面坎坷不平，很難走，穿過一片枯黃的草地，約莫半個時辰後，才終於到了村長媳婦的舅舅家。

還沒進院子，就聽見裡面傳來各種喜氣洋洋的笑聲和交談聲。

四處可見喜慶的紅布和紅綢，每個人面上都洋溢著笑意。

沈曈特意觀察了一下，一點破綻都看不出來。

難不成，村長媳婦這回真的沒騙她？

村長媳婦笑呵呵地向一個身穿新郎服的男人介紹沈曈。「舅舅，這是我跟你提過的曈曈，她廚藝可好了，今兒的喜宴保證給你辦得妥妥帖帖的，你就放心吧！」

那男人約莫五、六十歲的模樣，身材肥胖，滿面紅光，笑咪咪地打量了沈曈一眼，聲音洪亮。「小姑娘年紀這麼小就有這麼大的本事，將來可不得了啊，就是不知哪家小子有這福氣，能娶到這麼好的媳婦。」

沈曈尷尬地應付了幾句，男人便招來一個外表憨厚的小夥子。「阿牛，你帶這姑娘去廚房吧，我這裡還有客人要招待。」

張阿牛沒說話，看了沈曈一眼，讓她跟上，轉身就帶她去了廚房。

沈曈前腳剛踏入廚房的門，還沒來得及打量廚房內的佈置，後面便傳來一陣急促的風聲。

等她意識到不對勁時，已經來不及了。

她後腦勺被人用力敲了一棒，軟軟地暈倒在地上。

張阿牛手裡拿著一根很粗的木棒，站在沈曈的身後，露出一抹憨憨的傻笑。

「媳婦、媳婦、娶媳婦。」

他嘴裡不停地喊著娶媳婦，憨憨傻傻地看著躺在地上的沈瞳，還不住地用木棒去敲她的腦袋，表情十分詭異，彷彿在享受著凌虐弱勢小動物的感覺。

好在他力道不大，否則沈瞳的腦袋恐怕會被敲碎了。

村長媳婦和她「舅舅」鬼鬼祟祟地守在廚房外面，聽見裡面的動靜，知道事成了，相視一笑，走了進來。

「兒子，別敲了，這可是你媳婦，一會兒要拜堂成親，往後還會給你生娃的，你要是把她敲死了，爹再去哪裡給你娶一個這麼漂亮又能幹的媳婦？」男人一把搶過阿牛手裡的木棒，寵溺地摸了摸阿牛的腦袋。

阿牛不滿地瞪著沈瞳。「媳婦，賠錢貨，打死她，不讓她出去偷漢子。」

「好了、好了，放心吧兒子，爹會幫你盯著她的，等拜完堂，洞房完了以後，爹用繩子把她綁在家裡，你們天天洞房，最好馬上就懷上，給我生十個、八個乖孫子，不讓她像你娘那樣打扮得花枝招展地出去偷漢子。」男人笑著說道。

「要是她敢偷漢子，咱們也不怕，除非她不想活了。」他陰陰地笑道。

村長媳婦在一旁聽得冷汗直流，張家父子的名聲，在附近幾個村子都傳遍了，這兩人一個瘋，一個狠，都不是什麼善類，據說手裡面都有幾條人命，只可惜因為背後有靠山，官府沒人敢管。

都說張家村溪口邊這家人只有外地不知根、不知底的人才敢嫁，想來今兒老張新娶的續弦，要麼是搶來或者買來的，要麼就是外地不知情的。
她正在心裡琢磨著，今兒這事萬一敗露出去，自己會不會也跟著遭殃，下一刻就見張家父子同時目光冷淡地看了她一眼。
她頓時心底生寒，硬著頭皮笑道：「那、那個，老、老張，恭喜了，今兒可是雙喜臨門啊！若、若是沒啥事，那我就先、先走了，家裡還有活兒等著我幹呢！」
老張名叫張大茂，今天確實是他續弦的大喜日子，阿牛是他的兒子，是個傻子，而且不只是傻那麼簡單，還性情殘暴，否則也不會有方才那樣瘋狂的舉動。
因此，儘管老張家裡面比較富裕，附近幾個村子知根知底的人家卻不敢將閨女嫁過來，導致阿牛二十幾歲了都沒能娶上媳婦。
張大茂急得不行，四處託人說媒、找媳婦，這不，正巧沈老太婆得知了這事，為了張家許諾的白花花的銀子，她就暗自將沈曈「許配」給了阿牛。
沈老太婆生怕沈曈不上當，便與村長媳婦勾結，讓她假借請人辦喜宴的名頭，先引她出來，等到了張大茂家再把人敲暈了，直接就著張大茂的喜堂，父子倆同時娶妻，豈不美哉？
反正只要生米煮成熟飯，到時候沈曈就是張阿牛名正言順的媳婦了，就算事情敗露，官府的人也管不著，畢竟都已經是一家人了，難不成你官府的人還管人家的家事不成？
於是，便有了現下的這一幕。
為了預防沈曈事先察覺，張大茂還特地囑咐了自個兒的兒子，讓他帶沈曈去廚房的時候不許說話，什麼也不許做，找機會就動手。

因為張阿牛面貌憨厚，只要不說話，看起來就是個老實巴交的孩子，讓人生不起警惕的心思，這樣的情況下，哪怕沈曈再怎麼小心謹慎，也絕對逃不出去。

張大茂丟了一個錢袋給村長媳婦。「今兒多虧妳了，這是之前說好的銀子，等阿牛順利洞房以後，還有一個大紅包等著妳。一會兒別急著走，先幫我們把新娘子打扮好，扶著她和阿牛拜堂，吃完喜酒再回去也不遲。」

「好。」村長媳婦掂著沈甸甸的錢袋，方才心底升起的一股寒意頓時消失了，笑得見牙不見眼，這張家還真是豪氣，也不虧她這回擔著風險替他們張羅了。

沈曈啊沈曈，妳若是醒了也別怪我，能嫁給這麼好的人家，也是妳的福氣，說不定以後妳還要感謝我呢！

廚房後面打通了一個狹窄的通道，直通張阿牛的房間，三人合力將沈曈扛進了張阿牛的房間，之後，張家父子離開房間，讓村長媳婦給沈曈換上喜服。

「嘖嘖嘖，聽說這溪口邊張家是整個張家村最富的人家，以前不覺得，今兒進來才發現，果然是豪氣啊，一個凶殘的傻兒子竟然還捨得給佈置那麼好的房子，這些家具花了不少銀子吧！」村長媳婦把沈曈扔在張阿牛的床上，自個兒在張阿牛的房裡四處轉悠，摸摸這個，摸摸那個，眼中的貪婪一覽無遺。

「是啊，張家確實豪氣，今兒這事，妳得了不少銀子吧？」突然，一道清冷的聲音冷不防地問道。

村長媳婦心裡正沈浸在歡喜和羨慕嫉妒中，聞言不覺異樣，下意識便道：「是啊，老張可是給了足足五十兩銀子呢，再加上沈家承諾的五十兩，今兒我整整賺了一百兩，這可是我一輩子都不敢想的事。」

「一百兩銀子，怕是村長幹一輩子活也賺不到的鉅款了，恭喜啊！」

「誰說不是呢，要不是我……」村長媳婦突然反應到不太對勁，登時轉身看向床上。

只見沈瞳此時坐直了身子，手裡面不知何時多了一根粗木棒，笑咪咪地望著她，目光卻宛如淬了冰的刀子一樣又冷、又鋒銳，哪裡還有半點昏迷得半死不活的跡象？

村長媳婦大驚失色。「妳、妳什麼時候醒過來的？」

不對，瞧她這模樣，極有可能她壓根兒就沒昏迷過。

「妳剛才是裝暈的？」村長媳婦隱隱感覺到一絲不妙。

沈瞳沒說話，她從床上站起身，緩緩朝村長媳婦走過來，手裡面的粗木棒垂在地上，發出刺耳的聲響，聽得村長媳婦忍不住毛骨悚然。

接著，沈瞳語氣溫柔，笑咪咪地道：「張家這麼好，妳甩了村長，自個兒嫁進來豈不是美事一樁？要我幫妳嗎？」

村長媳婦面對著沈瞳越來越近的笑臉，以及她手裡面蠢蠢欲動的粗木棒，心頭忍不住生出一抹恐慌，急道：「妳想幹麼，我警告妳，這裡可是張家，妳別亂來，張家父子就在外面，我一叫，他們立即就會衝進來，到時候吃虧的是妳。」

她一邊說著，一邊警惕地盯著沈曈，目光偷偷地往門的方向看去，腳步也不動聲色地往那邊挪。

「再說，張家有什麼不好的，妳一個無父無母的孤女，揹負著剋父、剋母的名聲，又和那小乞丐不清不楚的，誰家敢娶妳？張家就不同了，他們不在意妳的名聲，又有的是錢，妳嫁進來就是享福的。」

沈曈冷笑。「是啊，張家多好啊，這樣的人家，嫁進來既有數不盡的銀子花，又不用被人欺負，真是不錯呢！那妳怎麼不嫁？」

村長媳婦腳下踉蹌了一下，頗有些狼狽。她自個兒雖然一個勁地誇張家好，但對於張家父子，也是有些怵的。她厚著臉皮誇張家父子，想讓沈曈心甘情願地嫁進張家，然而沈曈又不是傻子，怎麼會信？

# 第十七章

沈曈嘲諷地看著她。「所以，嬸子，我也是為了妳好，妳說妳跟著村長，一輩子都賺不來一百兩銀子，不對，莫說是一百兩銀子，哪怕是十兩銀子，也夠艱難的了。可是人家張家呢，一出手就這樣大方，彷彿銀子是撿來的，妳說妳何必再跟著村長呢，聽我的，妳就嫁進張家吧！」

話音剛落，她動作極快，在村長媳婦來不及反應之前，舉起粗木棒，用力敲在她的腦袋上。

村長媳婦吃痛一聲，倒了下去，為了防止她裝暈，沈曈特意再補了一棒。

沈曈靜靜聽了一下外面的動靜，門外張家父子還等著，時不時傳來交談聲，沈曈輕輕走到方才那條狹窄的通道，朝外面發出一聲活靈活現的鳥叫聲。

隨後，幾個腳步聲就輕輕地從廚房那邊傳進來，是林大、林二和林三。

三兄弟不知用什麼法子混入了張家請來的廚子隊伍中，都換上了一身酒樓廚子的服裝。

「姑娘，您沒事吧？」林大關切地打量了沈曈一眼，見她腦袋上有幾個紅腫起來的鼓包。

沈曈摸摸腦袋，確實有點疼，但沒什麼大礙，她搖頭。「沒事，廚房裡的人你們搞定了沒？」

林大拍了拍胸脯。「姑娘您就放寬心吧，您交代的我都辦好了，那些傢伙全都被我一口氣撂倒了，外面沒人去廚房，不會發現的。」

「幹得好，回去有獎勵。」沈曈誇了他一句，指著村長媳婦說道：「先把她扛出去，一會兒林三你換上喜服，我給你化個濃妝，到時候你蓋上紅蓋頭假冒新娘跟張阿牛拜堂，等我們那邊搞定了你再找機會逃出來。」

林三是三兄弟中最瘦小的，只有他最適合男扮女裝。

林大和林二聞言，不由得偷偷捣嘴笑。

「啊？」林三聽見讓他男扮女裝，還要跟一個男人成親，頓時一臉被雷劈了的表情，撓了撓頭。「姑娘，您方才不是說讓村長媳婦嫁進張家嗎，為什麼不把她打扮成新娘去拜堂，反而讓我男扮女裝？」

沈曈笑了笑。「村長媳婦做的事情雖然噁心，但村長和大虎哥卻是好人，如果村長媳婦真的成了張家的人，傳出去對村長和大虎哥不好，村長和大虎哥以前對我很照顧，我不想傷害到他們。」

不過，村長媳婦幹的這些事，等回去以後她會全數向村長和趙大虎說明，只希望到時候村長的處理能讓自己滿意，否則，這事沒那麼容易過去。

三兄弟聽完，對沈曈更加信服，能跟著這樣善良、有原則的主人，是他們的福氣。

林三換上喜服，竟然意外地合身。

沈曈給他化了個濃妝，幾乎看不到本來的面貌，最後給他蓋上紅蓋頭，便和林大、林二他們悄悄通過小通道去了廚房。

張家父子在門外等了半天，都沒等到村長媳婦叫他們，生怕會有意外，連忙踢門衝了進來，結果就看見林三蓋著紅蓋頭，歪歪扭扭地躺在床上，做出一副還在昏迷當中的模樣。

張大茂見狀連忙鬆了口氣，隨後，又罵了一聲。「那趙家婆娘，鐵定是怕了，竟偷偷地跑了，也罷，只要新娘子沒跑就成。

「來人，進來扶著新娘子去拜堂。」他朝門外叫了一聲。

立即就進來兩個健壯的農家丫頭，一左一右扶起林三，往喜堂的方向走去。

沈曈屏息站在小通道裡，聽著這裡的動靜，知道張家父子沒起疑，唇角勾了勾。

「姑娘，咱們現在走嗎？」林大湊過來低聲問道。

「不急，張家不是請我來辦喜宴嗎？我這就給他辦一席永生難忘的喜宴。」

沈曈笑得陰沈沈的，林大和林二原本還丈二金剛，摸不著頭腦，見到她這模樣，不由得打了一個寒顫，姑娘一定是又想到什麼折騰人的法子了。

不知道為什麼，他們竟然莫名地開始同情起即將倒大楣的張家父子了。

張家廚房裡，十幾個廚子都被林大他們打暈，倒在角落裡，和一堆被宰殺、拔了毛的雞鴨鵝等家禽堆在一起，一時間分不清哪些是人、哪些是家禽，看起來有些驚悚。

沈曈無語地看了林大一眼。「你們這麼粗暴做什麼，萬一把人弄出個好歹來怎麼辦？」

林大和林二不好意思地笑了笑。「習慣了。」

三兄弟從小沒爹、沒娘，以前偷雞摸狗、幹小流氓的事幹慣了，下手哪裡有什麼輕重，沒把人打死就不錯了。

「以後注意點，別傷到無辜的人。」沈曈告誡了幾句，便讓他們幫忙打下手，自己捋起袖子站在灶臺前，開始做今日張家喜宴的吃食。

「這些雞血、鴨血之類的別倒掉，也不用料理，潑一些在地上，給躺著的那些廚子身上也抹上一些，做出他們被刀砍過的假象。」

隨著沈曈的吩咐一句句落實下來，以及她手裡面的各種動作，林大和林二在一旁看得忍不住害怕，兩兄弟互相抱住對方瑟瑟發抖。

「姑、姑娘，這、這樣真的好嗎？」

他們可以預見，外面的賓客們以及張家父子見到這些菜色以後，表情會有多精彩了。

村長媳婦被林大用繩子綁在了角落裡，為了防止她醒過來以後亂喊亂叫驚動外面的人，林大還找了一塊抹布堵住了她的嘴。

當她醒過來的時候，聞見濃郁的血腥味，驚了一下，以為沈曈對自己做了什麼，連忙要檢查自個兒身上有沒有傷，結果卻發現自己壓根兒就動不了。

「醒了？」沈曈不冷不淡的聲音傳來。

村長媳婦憤怒地抬頭，結果目光所見到的一幕，嚇得她心膽俱寒。

「嗯嗯嗯。」她眼睛微眯，恐懼地望著沈曈，彷彿看著來自煉獄的魔鬼一般，身體劇烈顫抖。

沈曈對她的恐懼彷彿絲毫沒察覺到，笑咪咪地端著手裡的東西。「妳醒來得正好，喜宴上的菜色我已經做得差不多了，妳瞧，這整個廚房裡面擺得滿滿的，各具特色，保證能讓外面的賓客們滿意。對了，妳要不要嚐一下，看看味道如何？」

村長媳婦目露恐懼，像看怪物一樣看著沈曈，眼神中又帶著些許的哀求，希望沈曈放過自己。因為，沈曈手裡面的白色瓷碟上，裝著一隻被砍斷的人手，看樣子似乎是剛砍下不久。

在她的身後，灶臺邊的料理檯和長桌上，擺滿了無數斷肢殘臂，還有各種臟器和人皮；以及，在桌子底下還躺著不少毫無聲息地閉著眼睛的人，他們穿著廚子服，應該是今兒張家請過來辦喜宴的廚子。

村長媳婦第一時間就猜到，這些人肯定是死了，而且是沈曈這個女魔頭殺的。

村長媳婦嚇得快瘋了，恐懼的眼淚不停地從雙眼中滾落，她如果早知道沈曈這麼可怕，當初說什麼都不敢得罪她，只希望她看在同村、看在自個兒漢子和兒子的分上，放過自己。

沈曈端著腥臭恐怖的料理送到村長媳婦的面前，語氣帶著蠱惑。「吃嗎？很美味的哦！」

村長媳婦瘋狂搖頭，濃郁的血腥味讓她下意識想吐，如果不是被身上的繩子限制住行動，她恨不得立馬就奪門而出。

「妳不喜歡這個？那真是可惜了，花了我好多心思才做成的呢！」沈瞳似乎很是遺憾地搖了搖頭，她把這碟料理放回桌上，又端來一碟東西。「那這個呢？這個妳喜不喜歡？味道很好，口感也很驚豔的哦，保證妳吃了還想吃。」

這回她拿的是一顆「人頭」，臉色僵硬慘白，雙眼圓睜，因為角度的問題，目光正好對著村長媳婦，彷彿在控訴著什麼。

村長媳婦發出「嗚嗚」的聲音，臉上滿是悔恨。

她錯了，她不該招惹這個女魔頭，如果再給她一次機會，她以後絕對見到沈瞳就躲。

沈瞳看著村長媳婦嚇尿的樣子，強忍住想笑的衝動，眼神溫和地望著她。「嬸子，別害怕，我真的沒有惡意的。妳不知道吧？妳昏迷了三天三夜呢，三天前，我打暈了妳之後，本來想逃跑的，結果沒成功，被公公抓回來和夫君拜堂了。

「這三天我過的日子真好呢，作夢都沒想到我竟然能過上這麼好的日子，張家是真的有錢，那銀子堆滿了一整間房子，夫君給我買的金釵都鋪滿了地板，當然唯一一點不好的就是，公公和夫君的喜好有些特殊，妳不知道，這些廚子就是他們提著柴刀砍，啊不是，是這樣的，唉！算了，這個不提也罷，我怕會嚇到妳。」

村長媳婦早就已經嚇傻了，褲子濕漉漉的，地上淌出一小灘可疑的液體，在血腥味濃重的廚房內隱隱散發著尿騷味。

沈瞳還在繼續說：「總之，我如今能過上這麼好的日子，都是多虧了妳，嬸子妳的大恩大德，我真是沒齒難忘。我想了想，妳三天前沒能吃到我的喜酒，真是太遺憾了，所以徵求過公公和夫君的意見，特地親自下廚，給妳做一頓豐盛的喜宴。

「妳瞧，這滿屋的美食，都是為妳而做的，妳就給點面子吃一些吧！若妳實在是不滿意，咱們家裡還有那麼多新鮮食材，我可以再給妳做一桌，直到妳滿意為止。」

說著，沈瞳看了一眼桌子底下躺著的一群昏迷的廚子。

村長媳婦哪裡敢吃啊！看一眼她都嚇死了。

「姑娘，您就算了吧，這婆子本來就沒安什麼好心，您如今能過上這麼好的日子，是您命好，有福氣，關她什麼事。」林大和林二站在村長媳婦的身後暗自偷笑，笑夠了才一整神色，語帶不滿地開口。

村長媳婦這才注意到身後還有人。

只見林大和林二大搖大擺地走到料理檯那旁，朝沈瞳說道：「姑娘，這些東西可真好吃，您的廚藝越發精進了，她不肯吃是她的損失，我們哥兒倆吃。」

說著，林大和林二分別選了一隻人手和一顆心臟，張嘴就咬。

兩人吃得津津有味，嘴角都沾著暗紅的血液。

兄弟倆一邊吃還一邊說：「好吃、好吃，姑娘，要我說，就算您再感激這婆子，也不能將她放了，要不，咱們把她……」

「嗚嗚嗚。」村長媳婦以為他們要讓沈曈也把自己做成這些料理，恐懼到了極致，白眼一翻，徹底暈了過去。

「哈哈哈！」村長媳婦一暈，林大和林二立即大笑出聲。

「真沒出息，我還以為她有多大膽子呢，竟然嚇成這樣。」林二撇嘴。

沈曈掃了兄弟倆一眼，淡淡地道：「你們兄弟倆方才也沒比她好多少。」

兄弟倆頓時面色發窘。「咳咳，姑娘，這不是因為您的手藝太嚇人了，我們沒見識，沒見過能用麵粉捏成這樣栩栩如生的人體，一時有些驚訝。」

沒錯，擺滿了整間屋子的「碎屍」，其實都是沈曈用麵粉和其他可食用的材料配合著製作而成的，都是可以吃的糕點。

因為她做得實在是太逼真了，導致村長媳婦一眼望過去，下意識就以為是「屍體」。

其實如果村長媳婦仔細觀察，是可以發現一點不對勁的。

畢竟再逼真的模型，或多或少都會有些破綻。

然而，因為沈曈之前特地讓林大和林二用雞、鴨等動物的血往地上和牆上潑，使得濃郁的血腥味充斥整間廚房，又給地上昏迷的廚子們身上也抹了血，不管是誰一醒來經歷這麼血腥的場景和氣味的衝擊，都會下意識想到犯罪現場，更何況村長媳婦本來就心虛。

再加上，沈曈生怕不夠刺激，還特意強調了張家父子的「特殊喜好」，本來村長媳婦就聽說過張家父子的殘暴，這會兒一聽沈曈欲蓋彌彰的說法，立即就想歪了，這不，把自己給嚇壞了。

「這一桌暗黑料理造成的效果非常好，接下來，該輪到張家父子了。」沈曈笑咪咪地站起身。

林大和林二也露出期待的神情。

張大茂父子倆在賓客們喜氣洋洋的賀喜下，攜著兩個新娘子雙雙拜了堂。賓客就座等著吃席，在廚房裡面的沈曈和林家兄弟也正好忙完了。

「好了，把菜都端出去吧，記住照我方才吩咐的去做。」沈曈壓下嘴角溢出的笑意，朝林大和林二說道。

「姑娘放心吧，我們一定會讓張家父子嚇一大跳的。」林大和林二嘿嘿一笑，端著菜走出廚房。

甫一走出廚房，就聞不到那股濃郁惡臭的血腥味了。菜餚的香味透過蓋子的縫隙，隨著一股股蒸騰的熱氣飄出來，瀰漫了整個張家院子，瞬間就吸引來在場賓客們的目光。

張大茂和張阿牛並肩站在一塊兒招待賓客，聞到香氣，也將目光投向了這邊。

林大和林二出現的瞬間，張大茂蹙了蹙眉，他記得早上來的廚子中，沒見過這兩個小子；不過他看見林大和林二臉上帶著大大的笑臉，比起在場的賓客們看起來更高興，頓時放下了戒心，料想著應該不是來找碴的。

其實他哪裡知道，林大和林二笑得這麼開心，那是因為他們知道接下來有好戲看，這是在幸災樂禍呢！

林大和林二端著手裡的菜走到張大茂和張阿牛的面前，笑咪咪地放在兩父子面前的桌子上。

旁邊的賓客聞著這香味，已經等不及了。

「怎麼還蓋著蓋子，趕緊打開來讓我們瞧瞧究竟是什麼好菜，竟這麼香。」

林大連忙按住他們，笑咪咪地道：「等一下，諸位少安勿躁，這蓋子，得由今兒個的新郎官親手掀開，這才吉利。」

林二也笑著說道：「對，俺們大廚說了，這菜是她專門為新郎官做的，祝福兩對新人和和美美，白頭偕老，若是新郎官親自開，鐵定十分驚喜，但若是讓別人搶先一步掀開了，只怕會折損兩對新人的福氣。」

「還有這說法？」

眾人半信半疑，但今兒是張家父子的喜事，他們也不敢亂來，遂都按捺住蠢蠢欲動的手。

「是啊，千真萬確。」林大鄭重其事地點頭，轉身看向張大茂和張阿牛，說道：「大廚說這菜是根據兩位新郎官的口味特地做的，絕對能給你們大大的驚喜，所以，她讓你們必須同時掀開，半分差錯都不能有。」

可不是大大的驚喜嗎？相信這蓋子一掀開，這父子兩人鐵定得瘋。

張大茂聽他說得煞有介事，雖然覺得有些古怪，但他料想不會有人敢在這時候鬧事，於是笑呵呵地表示願意遵從大廚的吩咐，和張阿牛一塊兒掀開蓋子。

張阿牛才不管那麼多，他從一大早就沒怎麼吃東西，方才又是拜堂、又是招待賓客的，鬧了一通，這時候已經餓壞了。

「餓，餓，阿牛要吃飯飯。」他嘴裡嘟囔了幾句，一把推開林大和林二，兩手並用，將兩個蓋子同時掀開來。

濃郁的甜香和蒸騰的熱氣沖天而起，滾燙的熱氣瀰漫開來，燙得眾人先是往旁邊讓了一下，接著，一看清瓷碟裡面裝的東西以後，所有人都傻眼了。

詭異的沈默過後，就是極致的恐懼和慌亂。

「啊！這是什麼?!」

眾人驚疑不定地望著桌上的兩碟東西，左邊的碟子上裝的是一隻還在不停地往外流血的手，右邊的碟子上則是一顆死不瞑目的「人頭」。

這樣刺激的一幕直接衝擊了所有人，使得他們驚呆在那裡。

「嘔。」有人忍不住乾嘔出聲。
至於一些膽子小的，已經被嚇暈過去了。

# 第十八章

十里八村的人都知道，張家父子何等凶殘狠毒，可是誰也沒想到，他們竟然如此無法無天，將活人活生生宰殺後，做成料理，還端上喜宴給賓客們吃。

所有人都難以置信地望著張家父子，目光中既有震驚，又有恐懼和憤怒。

這還有沒有天理，還有沒有王法了，張家父子這樣囂張，難道就真的不怕會遭報應嗎？

在場有一些人已經恐懼到哭出聲來，其他人更是驚恐地要逃出院子外面。

「殺人了，殺人啦！張家父子又殺人了！」

張大茂沒想到原本好端端的喜宴眨眼間變成這樣，他從震驚中回過神來，聽見那些賓客的大喊大叫，險些氣得一口血噴出來。

什麼叫張家父子又殺人了？這事和他們父子倆有什麼關係？

張大茂連忙攔住賓客們，大聲解釋。「大家別慌，聽我解釋，人不是我們殺的，肯定是有人故意搞鬼。」

然而，張家父子的橫行霸道在十里八村是出了名的，眾人眼見為實，更何況，他們還有前科在身，他說出來的話哪裡有人敢信？

一時間，驚恐的喊叫充斥著整個院子，不少人往院子外面瘋狂逃竄，生怕再遲一會兒，自己也會被敲碎腦殼，變成張家父子的盤中飧。

張大茂又驚又怒，今兒這事肯定是有人故意策劃的，對方的目的不只是要毀了他的喜宴，還要他張大茂身敗名裂，他的心中湧起一股前所未有的恐慌。

「你們別跑啊，聽我解釋，今兒這事絕對有古怪。」

張大茂看著瘋狂往院門方向跑的賓客們，越想越氣，一時氣昏了頭，竟下意識喊了一聲。「來人，堵住院門，誰也不許走。」

這話一出口，他內心咯噔一聲，意識到失策了。

果然，眾人憤怒地瞪著他，怒道：「張大茂，你這是什麼意思，難道想殺人滅口?!」

張家院子裡，群情激憤。

若是平時，這些窮酸農家人敢這麼對自己說話，張大茂早就不客氣了，可是今兒個的事情有點嚴重，一個搞不好，張家就要倒大楣了，更何況，群情激憤下，這群莽夫聯合起來能發揮的力量也是無法想像的。

張大茂深吸一口氣，按捺住胸腔中熊熊燃燒的怒火，儘量以平和的語氣安撫著在場的眾多鄉親們。「你們都別慌，我沒有別的意思，只是想解釋清楚，今兒這件事情，真的和我們父子倆沒關係，我懷疑賓客中，有不懷好意的外人混了進來，想要壞我張家的喜事，所以我想讓大家少安勿躁，暫時不要離席，等我查清了再……」

人群中傳出一聲怒喝。「張大茂，你話說得好聽，誰不知道你們父子倆的性子，十里八村哪家的人活膩了敢在你的喜宴上搗亂，不怕被你剁碎了包餃子啊？怎麼，今兒這麼多人，你瞞不過去了，便想將我們困在這裡，打算也拿我們包餃子？真以為我們好欺負呢，我們這麼多人，打起來還不知道最後是誰會被做成餃子餡。」

有一小部分人原本快要被張大茂說動了，這下子立即又警惕起來。

「對呀，誰知道你葫蘆裡賣什麼藥，你們父子倆可是愛吃人肉的。」

張大茂氣得臉色鐵青，正要找出混在人群中挑撥離間的傢伙，結果沒等他開始動作，他身後的張阿牛卻突然發瘋了起來，拿出砍柴刀四處亂砍。

眾人驚恐地四散逃開，有不少人已經嚇傻了。

「兒子，不要亂來！」

張大茂在他拿出砍柴刀的瞬間就神色大變了，然而他方才不小心被恐慌的人群推擠，撞在了舊傷處，此時壓根兒起不來，只能眼睜睜地看著張阿牛舉著砍柴刀瘋狂地攻擊。

「傻子瘋了，傻子瘋了，快逃啊！」

人群陷入混亂，沒人發現桌上那兩盤恐怖的料理其實只是糕點。

沈曈站在廚房門口，望著亂成一團的張家院子，林大和林二不知何時偷偷溜了回來。

「姑娘，張家那傻兒子已經瘋了，咱們再留在這裡會有危險，快走吧，一會兒他們反應過來，咱們就走不了了。」林大心有餘悸地道。

他今兒真是被嚇到了，這世上竟有這麼恐怖的人，也不知道張大茂是怎麼想的，這麼一個又瘋又傻的殘暴兒子，竟還當寶貝一樣疼著、寵著。

沈曈似乎看出了他心頭的想法，嘲諷地笑了笑。「聽說那張阿牛原先並不是這樣的，如果我所料不差，應該是張大茂那個混蛋一手把自己兒子害成了如今這副模樣。自作孽不可活，他的報應馬上就要到了，且等著瞧吧！」

這還是沈曈穿過來第一回說髒話，也是她第一次這麼憤怒。

她方才一直混在人群中觀察著張阿牛的神情和動作，幾乎可以斷定，張阿牛的瘋傻，極有可能是因為受過極大的刺激而導致的；再聯想到引起他癲狂的那顆「人頭」，以及他嘴裡不斷重複的話，這事必定和他娘的死有關。

傳言中，張阿牛是親眼看著張大茂把他娘給殺了的。

真是可憐又可悲。

瘋狂逃竄的村民們，把堵在院門前的人打倒，衝了出去。由於動靜太大，影響太廣，張家院子裡發生的事情已經傳到了官府，官府派來衙差，將整個張家院子團團圍住。

「姑娘，好像有人報官了，咱們走吧！」林大說道。

林三也換回了自個兒的衣服，與他們會合。

沈曈搖頭。「不急，還有這群人呢，咱們總不能丟下他們不管。」

她指了指灶臺邊還昏迷著的廚子們，把人家打暈了，還搶了人家的活兒，若是就這麼撤手不管，自己良心上過不去。

這時候也顧不得給廚子們擦乾淨身上的血污了，沈瞳帶著林家三兄弟叫醒他們，讓他們趕緊離開張家。

然而廚子們醒過來以後，便被滿廚房的血腥和暗黑料理嚇傻了。

「沒事，別怕，這些都不是真的，不信你們瞧。」沈瞳輕聲安撫著他們，伸手將一碟斷臂遞到一個看起來膽子稍大一些的小夥子手裡。「這是我做的糕點，只是故意把造型做成了這樣，很好吃的，你可以嚐嚐。」

小夥子半信半疑地打量了半晌，才試探著伸手去觸碰那條斷臂，手感溫溫軟軟的，用食指輕輕戳下去就戳出一個小坑。

果然是假的。

他仔細觀察著斷臂切面處露出的森白色骨頭和筋脈，以及盤子上流淌著的暗紅色血液。這暗紅色液體若真是人體流出來的血液，只怕早就已經凝固了，不會這麼久還保持著流動性，還有那骨頭，他也輕輕戳了一下，手感軟彈，上面沾著的暗紅液體抹在手指上，聞起來有股淡淡的果香。

他眼睛一亮。「真是假的。」

其他人一聽，終於鬆了口氣。

緊張的心情得到舒緩以後，他們便開始對這種奇怪的糕點好奇起來，全都圍了過來。

廚房裡面，眾多廚子們閉著眼睛回味著沈曈做的這些暗黑料理，沈浸在不可思議的美味當中。

說出來的評語和稱讚，若是不知情的人聽見了，只怕會當場嚇破膽。

比如就在此時醒過來的村長媳婦。

她閉著眼睛聽見耳畔不斷地傳來各種興奮的議論聲，什麼「這腸子真好吃」，「心臟真美味」，「眼珠子口味層次分明，口感太好了」，一句比一句可怕，一句比一句瘮人，嚇得她瑟瑟發抖。

這些人都瘋了，吃人吃得這麼開心。

她得趕緊離開這鬼地方，否則很快她也要成為這些人的盤中飧了。

之前沈曈就已經讓林大將村長媳婦身上的繩子都解開了，她感覺到身上已經沒了束縛，卻不敢輕舉妄動，生怕驚動這群可怕的吃人惡魔。

村長媳婦眼睛悄悄睜開一條縫隙，身子小心翼翼地挪動，避開所有人的視線，偷偷逃出了廚房。

張家院子外面，景和縣的縣令殷明泰領著衙差將張家父子倆抓起來以後，又安撫了驚慌的村民，就見從張家廚房的方向跑出一個神色慌張的女人。

那女人彷彿見了鬼一樣衝出廚房，拚命地拍著胸脯，露出一種劫後餘生的表情。

「這位嬸子，妳這麼慌慌張張的做什麼？」他問道。

村長媳婦自覺剛從魔鬼們手裡面死裡逃生，抬眼就見面前的男人頭戴官帽，一身官服氣質莊嚴，不由得喜極而泣，彷彿看見了救星一般，緊緊抓著殷明泰。

她顫抖著嗓音道：「那、那裡面全都是殺人的魔鬼，太可怕了，他們竟然吃人，大人，您快帶人進去把他們全都抓起來，真的好可怕嗚嗚嗚。」

說到最後，村長媳婦嚎啕大哭。

差一點，她也被剁成一塊塊地放在碟子上，成為那些吃人魔鬼的盤中飧了。

「可惡，青天白日，朗朗乾坤，竟然還有此等駭人聽聞之事！」殷明泰是景和縣難得的清廉好官，此時聽得怒火三丈。「妳放心，本官一定會將他們都捉拿歸案，絕不讓他們繼續為非作歹！」

村長媳婦止住哭聲，又說道：「那裡面有一個叫做沈曈的姑娘，她才是這群人的主謀，大人，您可千萬要把她抓起來，不能讓她逃了，不然……」

她想起之前沈曈端著一碟人頭笑咪咪地讓自己吃的模樣，不由得打了一個寒顫。

殷明泰又安撫了她幾句，問明情況之後，讓人將村長媳婦送回桃塢村，自己則帶著一群衙差小心翼翼地接近廚房門口。

才剛靠近廚房門，就聽見裡面傳來的交談。

「沈姑娘，您真是太厲害了，請您收我為徒吧！」

從廚房裡傳出一連串跪下磕頭的聲音以及哀求。

一道清冷悅耳的聲音說道：「諸位不用如此，你們若是誠心想學，我自然不會藏著、掖著，這樣吧，今兒張家這裡太亂了，你們先回去，明兒去鎮上的一品香找我，到時候我再給你們好好講解一下這些料理的做法。」

殷明泰皺眉，看來這便是方才那婦人口中所說的沈瞳了，聽嗓音還是個十幾歲的小丫頭，沒想到竟然如此喪心病狂。

自個兒吃人肉就算了，還慫恿著別人也吃。

而且從她的話語中，竟然連鎮上的一品香也牽扯其中，這件事非同小可，不能等閒視之。

殷明泰朝左右使了個眼色，隨即，一群衙差提刀衝了進去。

「裡面的人都聽著，所有人不許動，否則，格殺勿論！」

殷明泰沈著臉進入廚房，將整個廚房內的情形掃視一遍，目光在潑灑過雞鴨鵝血的牆面和地面掃過，最後凝神看向料理檯。

那上面還放著好幾碟沒吃完的腦漿和斷臂殘肢、心肝脾肺腎等臟器。

「豈有此理！你們這些人，簡直是豬狗不如，連人肉都敢吃，還有什麼是你們不敢做的?!」

殷明泰攥緊拳頭，氣得臉色鐵青。

眾人這才明白殷明泰誤會了什麼，頓時哭笑不得。「大人，冤枉啊，那個不是……」

「閉嘴，本官親耳所聞，親眼所見，你們還敢狡辯！」殷明泰冷冷怒罵。「有什麼要說的，等到了公堂上再說吧！」

「來人，把他們的嘴給我堵上，一個都不許放走，先關進大牢候審！」

被麻利地堵住嘴的眾人不約而同地望向沈瞳，目光複雜，又是佩服、又是感慨。

沈姑娘的廚藝可真是絕啊，衙門的大人辦過那麼多案子，按理說見多識廣，什麼樣的屍體沒見過？可偏偏沈瞳這些糕點他們卻沒能看出是假的來。

殷明泰見所有人都看向沈瞳，誤以為是向她求助，他冷哼一聲，朝衙差下令。「來，把她的嘴也給堵上，帶回去！」

沈瞳知道再不解釋就來不及了，若是真進了大牢，臉就丟大了，連忙開口。「大人，其實這些……」

「妳閉嘴，本官不想聽妳的狡辯！」殷明泰親手搶過衙差的破布，粗魯地塞進沈瞳的嘴裡。「小小年紀竟出手如此狠毒，如此喪盡天良，何至於此！」

不是，大人，您倒是聽我解釋啊！

「封鎖張家院子，所有人不得靠近案發現場，留下二十人守在這裡，其餘人，隨本官一同將嫌疑犯人押回縣衙。」

殷明泰一聲令下，衙差們應喝一聲，照令行事。

沈瞳原本以為就算自己沒能及時解釋，只要這位殷大人檢查一下料理檯上的「物證」，就會發現真相，然而沒想到這位看起來十分公正的殷大人竟然糊塗到壓根兒就沒有在第一時間檢查物證。

她無奈地垂下頭。

於是，一群人被押進了景和縣的縣衙大牢。

沈曈陰差陽錯地開始了她的古代牢獄生活。

郭府。

「恩師，今日這樁案子，實在是太駭人聽聞了，學生當時都嚇傻眼了，誰能想到這麼一個嬌滴滴的小丫頭，竟然是個殺人不眨眼的食人魔呢，真是無法想像。」殷明泰不斷搖頭，將今日的見聞詳細向郭鴻遠彙報。

他曾是郭氏族學的學員，也是郭鴻遠的得意門生，原本在京中前途光明，結果他一心只想追隨自己的恩師，於是故意辦壞了一樁公事，上下打點後，終於在半個月前成功調任到景溪鎮來當這小小的地方官。

這半個月來，他幾乎每日都來郭府給恩師請安，並將在縣衙的所見所聞都向他彙報。

平日裡，殷明泰來的時候，郭鴻遠都會端坐在椅子上，淡定地看自己的書，對喋喋不休的殷明泰幾乎沒有半點回應。

然而今日，郭鴻遠聽完以後，竟破天荒地問了他幾句。

「你說那殺人的小丫頭名叫沈瞳？」

殷明泰一愣，連忙點頭。「沒錯，難道恩師您認識？」

豈止是認識。

郭鴻遠眉頭緊皺。「那丫頭不像是這麼凶殘的人，你既有人證，那麼物證呢？」

「恩師，您可不能被那丫頭的外表迷惑了，物證當然有，我可是親眼瞧見的，整個廚房都是屍體，相當可怕，我都不敢回想。」殷明泰說著打了一個寒顫。

這句話剛說完，門房從外面冒冒失失地跑進來，說是縣衙有人過來尋殷明泰。

「是不是案子有了什麼進展？趕緊讓他進來。」郭鴻遠說道。

隨後，一個衙差在門房的帶領下走了進來。

「大人，張家那樁案子的物證，出了點問題。」衙差面色古怪地看了殷明泰一眼。

殷明泰神色嚴肅，連忙站起來。「出了什麼問題？」

「嗯，是這樣的，那物證，它，它，它……」衙差猶猶豫豫，吞吞吐吐，半天說不出一句完整的話。

殷明泰氣得拍桌子。「有話快說，有屁快放，吞吞吐吐的做什麼，恩師又不是外人！」

衙差心想，大人，這是您自個兒讓我說的啊，到時候可別怪我。

「大人，那些物證，被、被、被老鼠吃、吃了。」

「什麼?!」

殷明泰怒氣衝衝地瞪著徇差。「本官不是讓你們好生盯著，不許出任何差錯嗎，怎麼好端端的，物證就被老鼠給吃了?!」

不對，老鼠還吃人肉的嗎？

殷明泰狐疑地打量著徇差。「究竟是怎麼回事，你把事情詳細跟我說清楚。」

徇差哭笑不得，硬著頭皮道：「大人，這回咱們可能真的冤枉了好人，那物證實際上不是您以為的那樣。」

「什麼這樣、那樣，好好把話說清楚。」

「如果屬下沒猜錯的話，您以為是屍體的那些物證，其實是一種糕點，能吃的。」徇差嘆了口氣，他還是第一次遇見這種情況。

竟然有人能將糕點照著人體各部位的器官來做，而且還做得如此逼真，連殷大人都沒看出來，真是不可思議。

# 第十九章

殷明泰傻眼了，他活到這麼大歲數，從沒聽說過有這麼詭異的情況。「這、這怎麼可能？」

糕點還能做成這樣？這得是什麼樣的腦子才會想出這種奇思妙想。

郭鴻遠失笑搖頭。「我算是知道怎麼回事了，你呀！老夫說過多少次了，做事不得粗心大意，我不用想便知道，你這回又被憤怒沖昏頭腦了，連物證都沒仔細檢查，就把人押進大牢了吧？」

還真是這樣，殷明泰自知理虧，低著頭虛心接受恩師的教誨，心裡面卻不斷地回想著今日在張家廚房的所見所聞，難怪那些廚子一副遭受了天大的冤屈的樣子，不停地大喊冤枉。

如果那些所謂的物證真是糕點，可不就是冤枉他們了嗎？

這事弄得，還真是令人啼笑皆非。

「走吧，去張家看一下你那所謂的物證，老夫也想見識一下，能讓你錯認成屍體的糕點，究竟有多逼真。」郭鴻遠放下書卷，取笑道。

雖然有可能抓錯了人，但這案件沒經過審理，還不清楚具體的情況，沒法子給百姓們一個交代，所以，沈曈等人暫時還是不能放。

郭鴻遠讓下人去郭氏族學跟沈修瑾提了一句後，便與殷明泰一同去了張家。

這會兒，沈修瑾剛下學，被郭興言和裴銳拉著去族學食堂用午膳，聽完郭家下人的稟報以後，他連午膳都不用了，轉頭就往外走。

「欸，等等，別忙著走，咱們先跟夫子告個假，拿到條子才能出去啊！」郭興言在後面拉住他。

「行了，不用那麼費事，有你在，還需要什麼條子？趕緊跟上。」裴銳知道沈修瑾心急，這會兒哪裡顧得上別的。

「好吧！」

郭興言對守門的人說了一聲，三個人便出了門，直奔縣衙。

殷明泰方才就已經吩咐過了，如果郭府的人來探牢，不用阻攔，讓他們直接進去，因此，三人很順利就見到了沈曈。

沈曈畢竟還是個十四歲的小丫頭，沒遇過這麼大的事，突然攤上人命官司，被抓進黑漆漆的牢裡，三人一路疾行，腦補了她各種驚慌失措的樣子。

結果踏進監牢以後，他們才發現自己錯了，還是大錯特錯。昏暗的牢房裡，他們原以為最起碼也會被嚇哭的沈曈，正徒手抓著一隻小老鼠在玩呢！

小老鼠發出「吱吱吱」的尖叫，瘋狂掙扎，又長又細的尾巴被沈曈揪住，騰空吊著，她還有一搭、沒一搭地晃一下，顯得那隻瑟瑟發抖的小老鼠格外地可憐。

得，他們白擔心了，人家正主兒一點都不慌，他們慌啥啊？

兩人對視一眼，莫名有些想笑。

然而沈修瑾的神情卻不像他們那麼輕鬆，他緊張地望著沈曈。「妹妹，妳沒事吧？」

沈曈淡定地從角落裡挑出幾根結實的稻草，擰成一股繩，將小老鼠綁起來，才轉身看過來，含笑道：「沒事，哥哥不用擔心，這案子是個誤會，很快就能解決。」

說完，她勸沈修瑾趕緊回族學好好讀書。

沈修瑾卻搖頭。「我要在這裡陪妹妹，等妳出來了我再回去。」

隨後，他便直接蹲在牢房門口，滿臉固執。

沈曈勸了幾句，他都無動於衷，最後她板起臉，不悅地道：「哥哥，這牢房又不是什麼好地方，你待在這裡有什麼意思？乖，回去吧，我最多在這裡待兩天就能回去了，到時候我回去給你做好吃的。」

說起吃的，裴銳和郭興言想起今兒郭老爺子派人帶來的話，下人傳話模棱兩可的，也沒說清楚究竟是怎麼回事，當時他們趕著來看沈曈，所以也沒仔細問，只知道兩點內容，一是沈曈做的糕點太嚇人了，二是張家發生了極其嚴重的命案，沈曈被指認是殺人凶手，被抓進了縣衙大牢。

將這兩點綜合一下，不就是沈曈做的糕點太嚇人，把人給嚇死了、或者吃死了，這才攤上了命案嗎？

兩人頓時轉頭盯著沈曈。

郭興言問：「曈曈，聽說妳今兒做的糕點太恐怖了，把人給嚇死了，這是真的嗎？妳做的究竟是什麼糕點，這麼厲害？」

裴銳也跟著八卦。「曈曈，是因為妳的糕點做得太美味了，那些沒見過世面的傢伙哄搶爭鬧，才弄出人命的吧？改天出來妳可得做一份給小爺嚐嚐，小爺許久沒吃妳做的美食了。」

沈曈無言以對，這兩人怎麼回事啊，腦洞這麼大嗎？

沈曈好說歹說，才終於說服了沈修瑾，讓他回去等。

然而，沈修瑾走出大牢的第一件事，便是讓郭興言轉告夫子，自己要告幾天假，沈曈什麼時候出獄，他什麼時候再回族學。

同時，他看向裴銳，方才在沈曈面前還很溫順的眉眼突然變得銳利許多，淡淡道：「去查一下妹妹今日在張家發生了何事。」

短短一刻鐘的時間，他的前後變化太大，氣質凌厲得讓人害怕，導致裴銳和郭興言一時反應不過來，瞪大雙眼呆呆地望著他。

沈修瑾挑眉，薄唇一掀。「怎麼，不認識我了？」

裴銳很快就反應過來，電光石火間，聯想到沈修瑾近日一些異常的舉止，想到了一種可能性，頓時面色嚴肅，語氣帶著試探。「您恢復記憶了？」

最終，裴銳還是沒能得到沈修瑾的正面回答，但無論沈修瑾究竟有沒有恢復記憶，對於這位太子的命令，他都必須執行。於是，片刻之後，沈修瑾收到了裴銳的手下調查得來的消息。

「聽說又是沈家搞的鬼，這回連村長媳婦也插手其中，若不是曈曈有所防備，她險些就成了張家那傻兒子的媳婦了。」裴銳一邊說，一邊覷著沈修瑾的神情變化。

然而讓他失望的是，沈修瑾面上幾乎沒有任何表情。

他又小心地道：「沈家人如今在桃塢村裡四處造謠說曈曈殺了人，就要被砍頭了，還說曈曈死後，她的所有遺產都該由沈家人繼承。」

他的聲音越來越小，因為沈修瑾的神色越來越冷，整個房間的溫度彷彿下降了十幾度。見此情形，裴銳更加確定，沈修瑾定然是恢復了記憶，否則，他絕不可能發生如此大的變化。

他不禁又是喜悅、又是感慨。

沈家人造謠沈曈殺人，並跑去沈曈的小院子門口，企圖霸占她的財產，鬧得十里八村人盡皆知。

結果，他們連院門都沒能進去，就被裴銳派人狠狠地揍了一頓，鼻青臉腫地滾回了沈家。

因為這事，讓沈家的債主們得知他們家如今十分拮据，債主生怕錢要不回來，全都擠到了沈家，紛紛逼著他們還錢。

一時間，沈家雞飛狗跳，再也顧不上沈瞳的事了。

縣衙大牢裡，沈瞳迎來了兩位貴客的到訪。

殷明泰和郭鴻遠先去張家廚房確定了那些「物證」全都是糕點以後，一臉尷尬地回來，殷明泰親自向沈瞳認錯，並表示可以立即打開牢門釋放她出去。

然而沈瞳卻搖頭。「殷大人，說實話，這是我第一次坐牢，覺得挺新鮮的，我還沒坐夠，您就讓我再坐幾天吧，過幾天我再出去。」

殷明泰哭笑不得，哪有人上趕著坐牢的，這小姑娘鐵定是因為自己之前不分青紅皂白地誤會她而生氣了，這是在故意為難自己呢！

他求助地看向自個兒的恩師。

郭鴻遠還在回味剛才嚐的那些美味的糕點，好奇地問沈瞳。「小丫頭，妳那糕點究竟是怎麼做的，老夫還是第一次吃到如此美味的糕點。」

尤其是那奇特的造型，她究竟是怎麼想的，竟然會想到把糕點做成人體的樣子，還是拚命地往恐怖的做，生怕嚇不死人似的。

沈瞳對郭鴻遠這位德高望重的老爺子還是十分敬重的，她含笑道：「夫子應該也吃出來了吧！糕點的做法比較複雜，我就不說了，紅色血液是用果醬做的，酸酸甜甜的，與甜膩的糕點搭配，簡直是絕配；還有眼珠子，以及那些臟器，能達到彈牙效果，是因為我用了不同的薯粉做的，薯粉熟了以後可以達到透明、有嚼勁的效果，只要操作得當，還能做出爽脆的口感。這些東西的工序說簡單不簡單，說複雜也不算複雜，夫子若是喜歡，等我出去以後再做一份給您吃。」

「那老夫到時候有口福了。」郭鴻遠笑咪咪的，對殷明泰求助的眼神視而不見。

殷明泰無奈，再勸了沈曈幾句。「姑奶奶，就算是本官求妳了，這監牢又不是什麼好地方，妳非得待在這裡做什麼？」

「殷大人，我覺得這裡真的挺舒服的，您就讓我再待幾天吧！」沈曈笑著說道：「對了，明日記得升堂審問我這個嫌犯哦！」

殷明泰長嘆一口氣，這真是請神容易、送神難，別人都恨不得離牢房遠遠的，她倒好，上趕著要住在這裡，真是個怪丫頭。

殷明泰以為沈曈是和自己作對，事實上，她只是想借此確定一件事罷了。

沈曈說道：「殷大人不用為難，只要您配合我，明兒我幫您揪出兩個凶犯，絕對是一樁驚天大案。」

這一次本以為是一樁驚天大案，結果卻只是烏龍事件，而且烏龍事件的始作俑者還待在牢裡不肯走，殷明泰已經在頭疼接下來該怎麼向百姓們交代了，結果沈曈竟然說會有驚天大案。

他半信半疑。「妳說的驚天大案，莫非和此次張家的混亂有關？」

「和這次的混亂無關，但是和張家有關。」

這意思就是，張家父子和命案有著極大的牽扯了。

殷明泰這時也想起了一些有關張家父子的傳聞，那是他調來景和縣之前發生的案子，具體細節他不是很清楚。

見沈曈神情嚴肅，說得如此篤定，殷明泰離開了牢房以後，就讓縣丞翻出有關張家父子當年那樁案子的卷宗來仔細察看了一遍。

第二天一早，殷明泰果然按照沈曈所說的那樣，升堂審案了。

沈曈、張家父子、廚子們作為犯人，而村長媳婦作為人證，相繼被帶上公堂。

假裝沒發現物證的蹊蹺，殷明泰按流程開始審問犯人和證人。

張大茂恨恨地瞪著沈曈，恨不得將她碎屍萬段。

昨天發生的一切，他原本還想不明白是怎麼回事，如今卻知道了，原來都是因為這個小丫頭片子，要不是她鬧出來的事，自己和兒子的婚宴也不至於鬧得這麼難看。

好在，他的秘密應該還沒被發現。

張大茂暗暗鬆了一口氣，滿腔的怒火和恨意漸漸平息，只消片刻的工夫，神色就平靜了下來。

當殷明泰審問到他的時候，張大茂挺著胸膛，義正辭嚴地道：「大人，小人是無辜的，昨天不只是我的大喜日子，還是我兒的好日子，我家雙喜臨門，我一整天忙得腳不沾地，哪裡有工夫勾結沈曈殺人？」

他指著沈曈，怒道：「沈曈是我兒的媳婦，可是昨日拜完堂就突然沒了蹤影，之後有人將兩盤碎屍端上喜宴，嚇壞了在場的賓客，還嚇得我兒當眾發病。凶手肯定是她，她不願意嫁給我兒，對我和阿牛懷恨在心，想要報復我們，才會故意殺人碎屍，在喜宴上搗亂。

「大人，如此殘忍的毒婦，若是讓她逍遙法外，誰能預料到下一個遭到毒手的會是誰？求您一定要將她繩之於法，讓她為自己所做的惡事付出代價，為所有被殺害的無辜人命討個公道。」

村長媳婦跪在一旁，方才還害怕得頭都不敢抬，如今見張大茂先開口了，她便沒那麼緊張了，連連附和。

「是真的，大人，民婦親眼所見。」

村長媳婦想起昨日的情形，忍不住顫抖著身子。「沈曈真的殺了人，她在廚房裡面，將那些屍體都分屍了，還裝在碟子裡，逼著我吃，我不願吃，她就說要將我也做成那樣，我當時便嚇暈過去了。還有，沈曈不只自己吃，她還和那群廚子們分著吃，太可怕了，要不是民婦運氣好趁他們沒注意逃出來了，恐怕如今也成了一碟碎屍。」

張大茂的憤怒，村長媳婦的恐懼，眾人都看在眼裡，站在公堂外面圍觀的眾多百姓中，有不少是參加過昨日張家的喜宴，見此情形，開始狐疑起來。

難道這回他們真的誤會了張大茂？

殷明泰看著外面交頭接耳的百姓，頭疼地捏了捏眉心，瞥了沈瞳一眼，見她一臉淡定，似乎一點都不著急，不由得嘆了口氣。

他嚴肅地拍了拍驚堂木。「肅靜，公堂上不得大聲喧譁。」

立時，公堂又安靜下來。

殷明泰問沈瞳和她身旁跪著的眾多廚子。「你們可有什麼要解釋的？」

「大人，民女無話可說。」沈瞳面不改色，淡定回覆。

廚子們原本想解釋，見她這麼回覆，頓時也不吭聲了。

殷明泰頓時給噎住了。

說好的給本官揪出驚天大案的凶手呢？妳連自個兒的罪名都不辯解，難不成真不想要腦袋了？還有，其他人是怎麼回事，怎麼也跟著這小丫頭瞎胡鬧？

殷明泰皺著眉頭，又重複一遍。「沈瞳，妳可想清楚了，若是有什麼隱情，直說無妨，本官絕不會偏袒任何人，也不會讓真正的凶手逍遙法外。」

大人，聽您這語氣，可不像是不會偏袒的意思啊！

所有人狐疑地望著殷明泰，說好的公正無私的青天大老爺呢，人家犯人都無話可說了，怎麼還有逼著人家辯解的？

沈瞳抬頭望著殷明泰，目光坦誠，淡定自若。「大人，民女確實無話可說。」

張大茂在一旁看得得意洋洋，賤蹄子這回真是死定了。

他大聲道：「大人，您千萬不能徇私啊，這殺人凶手自己都認罪了，您怎麼還不判啊，莫非您是想……」

殷明泰冷冷地掃了他一眼。「閉嘴，本官自有判斷，無須你來多嘴。」

他定定地看了沈瞳半晌，對方卻依然沒改變主意，一時猜不准她葫蘆裡到底賣的什麼藥，最終只能無奈開口。「既然如此，那……」

「等一下，大人，學生有話要說。」

公堂外，一道修長的身影從人群中走了出來。

正是沈修瑾。

大盛朝的讀書人在公堂上自稱學生，不必行跪禮，他身形筆挺，容貌冷峻秀逸，站在堂中，便如同一塊強力的磁石一般，將所有的目光都牢牢吸住。

殷明泰打量了他一眼，輕拍驚堂木。「堂下何人？」

沈修瑾淡定說道：「學生沈修瑾，是沈瞳的哥哥。今日的案子，我有一個疑問，大人為何只聽證人的一面之詞，卻沒有讓人呈上物證，證明我妹妹確有殺人的動機和事實？難不成您便是如此辦案的嗎？如此，很難讓人相信大人您是公正無私的。」

殷明泰古怪地看了他一眼。「本官正要讓人呈上物證，只是還未說完，你便出言打斷了。」

沈修瑾沈默半晌，退到一邊。

「來人，呈物證。」

殷明泰一聲令下，立即有衙差將物證呈了上來。

物證是一碟被敲碎到流出腦漿的人頭，以及斷臂殘肢。

公堂外的百姓登時譁然驚叫，等衙差們好不容易安撫好眾人的情緒，公堂再次恢復肅靜之後，殷明泰才傳仵作來檢驗證物。

雖然早就知道這證物並非真的碎屍，但流程還是要走的。

# 第二十章

殷明泰一臉嚴肅。

仵作還未靠近所謂的「碎屍」，就已經發現了不對勁。哪有碎屍散發出如此甜香的氣味的；更何況，這些碎屍據說是從昨日放到今日，竟還保持得顏色如此鮮亮，這一看便知道有問題。

正常來說，屍體就算是經過了妥善保存的情況，都會發生一些肉眼可見的變化，而眼前的「碎屍」，基本跟剛從人體上切下來的一樣，色澤幾乎沒什麼不同。

仵作如此想著，用工具切開「碎屍」。

他先檢查的是那一碟腦漿，輕輕一碰，濃稠的腦漿便緩緩流出來，那股甜香更明顯了，瞬間瀰漫在整個公堂之內。

仵作入行這麼多年，還是第一次在檢驗物證的時候被這所謂的物證勾得忍不住流口水。

他咽了咽口水，肚子突然不爭氣地響了一聲。

「……」

他尷尬地四處看了一眼，除了殷明泰忍俊不禁，其他人都是一臉嚴肅，絲毫沒察覺到他的失態。

仵作神色驚疑不定地盯著「碎屍」打量了半晌，終於還是忍住了挖一小塊出來嚐品嚐的衝動，朝殷明泰搖頭。「大人，小的可以確定，這不是從人體上割下來的，無法作為嫌犯殺人碎屍的證明。」

他想說的是，這一碟「物證」，更像是食物啊！

「不可能！」張大茂緊盯著仵作。「只要是有眼睛的人都能看出來，這確確實實是碎屍，仵作大人，您莫非是想包庇凶手，才故意錯判？」

仵作幹了這麼多年，還是第一回被人質疑自己的專業性，但那碟物證確實有點詭異，他也不知該如何解釋，只好端著那物證遞到張大茂跟前，氣惱地道：「你若是不信，你自個兒瞧瞧，這分明更像是一碟能吃的食物。」

沈曈毀壞自己和兒子的喜宴，又害得自己被抓入獄，將好不容易被遺忘的往事又從人們的記憶中翻出來，張大茂恨不得將她碎屍萬段，哪裡能接受這物證是假的。

他一把抓起那顆人頭，才驚愕地發現這人頭竟然是軟的，一抓便爛，碎落在地上。

「這、這……」他瞪大著雙眼，難以置信地看著地面上的碎塊。

莫非當真不是人頭？

張大茂定了定神。「這不可能，一定是有人換了物證。」

他重新跪下來，朝殷明泰說道：「大人，請您一定要查出究竟是誰敢如此膽大包天，偷換物證，想要包庇凶手。」

若那人頭是假的，沈瞳豈不就要無罪釋放了？他絕不同意！

殷明泰看著好端端的糕點被張大茂摔壞，氣得不知道該說什麼好。

昨日他和恩師在張家廚房嚐到了這般難得的美味後，險些吃得停不下來，最後還是因為要留下一點來作為隨堂物證，他們才忍住饞蟲留下了這一點，沒想到竟被張大茂毀了。

真是浪費，暴殄天物，可恥啊！

他眼中閃過一絲可惜，清了清嗓子，冷冷說道：「張大茂，這證物是本官親自監督看管的，在被呈上公堂之前，除了本官，絕對沒有任何人能接近半步，莫非你懷疑是本官故意偷換證物，包庇凶手？」

張大茂低著頭不說話，暗暗咬牙，他心裡就是認定了殷明泰與沈瞳有勾結。

誰不知道這新來的殷大人是郭老爺子的得意門生，而沈瞳又與郭府的大少爺郭興言有交情，說不定殷大人為了巴結郭興言，故意包庇沈瞳。

殷明泰見他不說話，稍一猜測便知道他在想什麼，他淡淡地道：「本官手裡判過的案子，不說上千起，至少也有五百起，從未包庇過任何一個凶手，也沒有冤枉過任何一個無辜的人。」

站在一旁默默地當背景板的沈修瑾突然上前一步。「大人，關於物證，學生還有話要說。」

得到殷明泰的准許後，沈修瑾繼續說道：「此案的案情其實已經相當明瞭，無非就是一個誤會罷了。眾所周知，我妹妹有易牙之能，經她巧手烹飪出來的菜餚無不受到食客的喜愛，而妹妹昨日之所以會去張家，是因為受到了某些人的矇騙，明面上說是請她去張家當主廚辦宴席，實際上卻打暈了她，強行將她送上花轎跟張阿牛拜堂。妹妹氣不過，趁張家父子沒注意，便故意做了一頓嚇人的料理，只不過是想給他們一個教訓罷了，所謂的殺人凶案，實際上是子虛烏有的事情。」

之前被質疑的仵作立即站出來，激動地道：「對對對，大人，方才我便發現了，那一碟所謂的碎屍，其實壓根兒更像是一種糕點，只是咱們大盛朝從未見過這般奇特的糕點，小人一時無法確定。」

仵作說完，才意識到自己太激動了，連忙歉疚地後退幾步，閉嘴不言。

沈修瑾頓了一下，目光微冷地掃了村長媳婦和張大茂一眼。「學生敢問大人，大盛朝的律法，是否允許強娶、強嫁？」

殷明泰只知道沈曈做了「碎屍宴」嚇唬張家，沒想到背後竟有這樣的隱情，怪不得小丫頭如此生氣。

他說道：「大盛朝律法從未允許強娶、強嫁，若是你所說屬實，本官一定會嚴懲相關人等。」

村長媳婦哆嗦了一下，面色如土。「大人，民婦不是故意的，實際上，民婦也是受人指使，是張大茂和沈家老太太讓我這麼做的，我也是被逼的啊！」

對於村長媳婦的說辭，沈修瑾嗤笑，眉宇凌厲。「妳確實是被逼的，足足收了二十兩銀子呢！」

村長媳婦低下頭，不敢再說話。

張大茂卻說道：「大人，自古以來，男女嫁娶之事，都要講究父母之命、媒妁之言，我兒娶沈瞳，也是經過了這個正規流程的，沒有半點不對啊！您想想，沈瞳無父無母，沈老太太作為她的親奶奶，是不是可以為她的終身大事做主？而趙家婆娘則是我和沈家老太太請的媒人，她為我們兩家的婚事牽線，又有何不對？所以，沈瞳嫁給我兒，何談強娶、強嫁？」

「桃塢村眾人皆知，我妹妹已被沈家除族，沈老太太如何還能稱為是我妹妹的親奶奶？」

沈修瑾拿出一份戶籍文書，讓衙差呈給殷明泰過目。「大人，這是我和妹妹的戶籍文書，能證明我兄妹兩人如今與沈老太太一家已無任何關係。」

沈瞳訝異地看了沈修瑾一眼，其實她的戶籍文書一直都是自己保管著的，沈修瑾壓根兒就沒機會碰，這份戶籍文書，他又是從哪裡拿來的？

她方才之所以不肯為自己辯解，是因為沒必要——因為證據不足，只要把所謂的證物呈上來，她的罪名自然是一個笑話。

而張大茂，則很快便會暴露出某些不可見人的秘密，只是她絲毫沒料到，沈修瑾竟然會突然出現，打亂了她的計劃。

不過這也讓她確定了一件事，這貨極有可能早就恢復了記憶，怪不得她近日覺得他變化太大，還以為是郭氏族學裡面的氛圍影響太深。

沈曈突然想起那日他突然從族學回來時對上沈老太婆的舉止，從那時起，好像就不一樣了。

今日的這樁案子，從駭人聽聞的殺人碎屍案變成了強娶、強嫁的常見案子，使得殷明泰極其頭疼。

所謂清官難斷家務事，沈老太太和沈曈之間的關係有些複雜，在大盛朝極少有這樣的案例出現，案例和卷宗上有記載的幾乎都是輕打輕放，殷明泰只好依照慣例，讓衙差傳沈老太太上堂，對沈老太太、村長媳婦、張大茂等人做了一番嚴厲的訓斥，每人打十個板子，再罰十兩銀子，便算是結案了。

重點還在後面。

因為「證物」被張大茂毀了，又面臨著眾多人的質疑，沈修瑾提議可以讓沈曈當堂製作「碎屍宴」，既可以讓旁聽的百姓們親眼看見這所謂的證物實際上並非是碎屍，而是一種糕點，又可以證明殷明泰並未偷換「證物」，也並未勾結、包庇沈曈，那些「證物」確確實實是沈曈親手製作的。

可謂是一舉兩得。

沈曈看了他一眼，默默地在心裡補了一句，實際上是一舉三得。還有一個作用便是幫她打廣告，在古代公堂上給自己的糕點打廣告，真是值得銘記的奇葩經歷呢！

雖然她只想開私房菜館，做自己想做的菜，但也不妨礙她培養幾個糕點師什麼的，到時候可以多開幾家分店，讓他們來坐鎮。

如今店還沒開便利用縣衙公堂把廣告先打響了，可以說是贏在了起跑線上，以後還怕不賺得盆滿缽滿嗎？

沈曈喜孜孜地想著。

話雖如此說，但真正讓沈曈發揮廚藝的時候，自然不能在公堂上。

殷明泰將地點移到了公堂外。

衙差將沈曈需要的廚房用具都搬了過來，沈曈便開始了她的表演。

一股股濃白的熱氣蒸騰而出，香甜的氣味瀰漫在四周，圍觀的百姓們驚奇地望著從蒸籠裡端出來的「碎屍宴」。

「原來真是能吃的糕點，聞起來太香了。」

然而說歸說，百姓們你看我、我看你，你推我、我推你，半晌沒人敢第一個去嚐一口。

這時從牆角處走出來一個衣衫襤褸的小乞丐，嗅著甜香味跑了過來，伸出髒兮兮的手，抓起一個做成手掌模樣的糕點就跑。

「你們不吃我吃！」他一邊跑、一邊往嘴裡塞。

濃郁的奶香味與果香味充斥著整個口腔，甜軟綿滑的口感掠過舌尖，入口即化，香甜可口。

小乞丐愣住了。他從前也是吃過好東西的人，卻從來沒吃過這樣美妙的糕點，這簡直就是天上有、地上無的神仙美物。

他捨不得跑了，能吃到這麼好的東西，就算被打死他也認了。

「好吃，真好吃。」

小乞丐兩三下吃完一隻「手掌」，轉頭回來，繼續不停地抓著糕點來吃，塞得腮幫子鼓鼓的，滿臉都沾上了糕點的碎屑。

「嗝！」小乞丐打了個飽嗝，滿足地摸著圓鼓鼓的肚皮。

四周的百姓們被他的吃相驚住了，也有一些被他勾得饞蟲上來了，正想去嚐嚐那些外表可怕的糕點。

結果這時候突然發生了一件意外。

小乞丐哎喲一聲，痛苦地躺在地上叫了起來，還不停地口吐白沫。

這一陣仗立即嚇得四周的百姓們驚慌起來。

「怎麼回事，該不會是那些糕點有問題吧？」

張大茂混在人群中，目光閃爍，存心生事。「我就說嘛，做成這樣子的糕點，怎麼可能沒問題？方才我看她用的那些粉末，有許多是咱們見都沒見過的，那紫色的、紅色的、黑色的粉末，你們平時可曾見過？一看便知道有問題，肯定是毒藥。」
「對呀，我也瞧見了，她灑在人臉上的紫色粉末，看上去跟中毒一樣，肯定就是毒藥。」
不少人對著沈曈指指點點，暗指她是殺人凶手，幸好他們都沒吃，不然現在躺在地上的就是他們了。
沈曈自己做的糕點，自己還不知道嗎，有些材料是不宜空腹吃的。
小乞丐瘦成這樣，一看便知道經常餓肚子，這樣的人很容易有腸胃病，他突然狼吞虎嚥地吃下了這麼多糕點，腸胃怎麼可能受得了。
「這小乞丐應該是吃多了，腸胃受不了，沒什麼大事，我磨一些酸梅粉，調一碗消食的花果茶給他喝下去就好了。」
她剛說完，就見殷明泰派人去請來了一位大夫。大夫經驗豐富，一看便知是個什麼情況，只開了些養胃的藥，囑咐了幾句日常飲食要注意，就走了。
方才還叫囂著罵沈曈是殺人凶手的老百姓們面面相覷，徹底安靜了下來。
有一些先反應過來的，指著方才在人群中先生事的人說了幾句。
張大茂低著頭，悄悄地溜到了別處，生怕被眾人發現。
酸酸甜甜的花果茶調好了，沈曈端了一碗過來，給小乞丐餵下。
小乞丐的叫號聲漸漸變小，顯然情況好多了。他睜著滴溜溜的眼睛看了沈曈一會兒，站起來盯著桌上的「碎屍宴」，猶豫著這回要挑哪個來吃，沈瞳卻叫住了他。

「小傢伙，別吃了，吃太多小心一會兒肚子又疼。」

小乞丐身材瘦小，臉髒兮兮的，看不清楚五官長什麼樣，但是一雙滴溜溜直轉的眼睛清澈明亮，一看便知是個年紀不大的小孩子。

沈瞳端來一盆水，也不嫌他髒，輕輕拉著他的手，給他洗得乾乾淨淨的，才拍拍他，輕聲說道：「吃飯前要洗手，不然髒東西進了肚子，很容易生病的。還有，不要用手抓，桌上有餐具，要用餐具，知道嗎？」

小乞丐目光軟軟地望著沈瞳，他已經許久沒見過這樣溫和的目光了，竟鬼使神差地點了點頭。「嗯。」

他聽沈瞳說是因為自己吃太多才會肚子疼，這回竟不急著去吃東西了，自個兒把臉伸進盆裡，飛快地洗乾淨；再抬起臉的時候，原本髒兮兮的小臉蛋變得白皙，五官漂亮得如同粉裝玉琢一般，看呆了圍觀的百姓們。

「喲，這小乞丐長得還挺標致。」

小乞丐沒理會那些人的取笑，孺慕的眼神緊隨著沈瞳的身影不放，拉著沈瞳的衣角，脆生生的嗓音軟乎乎的。「姊姊，妳人真好，做的糕點也好吃，妳收我做徒弟好不好，我想跟妳學做這些好吃的糕點。

「妳放心，我一定會好好學的，我會做很多很多活，會打水，會劈柴，只要妳肯教我，我什麼都肯做。」

沈曈吃驚地望著小乞丐，他看起來不過七、八歲大，五官精緻得不像話，也不知是因為什麼原因才會淪落成為一個小乞丐，小小年紀實在是有些可憐。她心頭一軟，輕輕捏了捏他的小臉蛋，笑著道：「好，姊姊答應你，一定教你。」

糕點吃完後，人群便散開了。

沈曈憑實力證明了那些證物是假的，自然就扣不上殺人的罪名了，案子順理成章地結案。

「小姑娘，驚天大案呢？」下了公堂後，殷明泰打量著沈曈，一臉狐疑。「妳該不會是為了誆本官給妳當堂宣傳糕點，才故意騙我說要幫我揪出凶手的吧？」

沈曈眨了眨眼睛，調皮地道：「大人，您說對了，我還真是故意誆您的。」

不過這話說完，見殷明泰的臉都黑了一半，她不敢再調皮，壓低嗓子說道：「大人，您放心吧，絕對是驚天大案，不會讓您失望的。今晚我帶您去抓凶手，您可得多帶點人手，這凶手相當殘暴，若是跑了，後患無窮。」

沈修瑾還在一旁等著呢，見她與殷明泰說完，他才走了過來，卻是一臉嚴肅地道：「妹妹，今晚妳不要去，不安全，我帶殷大人去就可以了。」

沈曈挑眉，想起他方才在公堂上的表現，意味深長地看了他一眼。「你知道我要帶殷大人去哪裡？」

沈修瑾見她話裡有話，隱隱有試探的意思，面上的嚴肅瞬間消失，神色黯然了一瞬，低頭道：「從我踏上公堂的那一刻起，妹妹應該就已經猜到我恢復記憶了，我、我不是存心要瞞妳，只是若我不再是那個傻乎乎的小乞丐，妳還會像從前那樣待我嗎？」

少年精緻的眉眼帶著一絲落寞與不安，垂在身側的手下意識地緊捏著腰間的玉墜，指節微微發白，想來是用了極大的力氣。

# 第二十一章

沈曈輕嘆一口氣，其實她是極其敏感的人，一直都能感覺得到，沈修瑾是個極度沒有安全感的人，不只如此，他對所有人都帶著一股生人勿近的距離感，對人的防備心極重，想來是以前經歷的事情給他留下了很深的陰影，才會導致他這樣的心病。

她的心不由得軟下來，將一塊糕點遞到他面前，輕聲道：「哥哥，這糕點是我特地做給你吃的，你嚐嚐看喜不喜歡。」

少女的眉眼帶著溫暖的笑意，黑白分明的眼睛清亮動人，眼尾微微上翹，原本瘦弱蠟黃的臉色經過這陣子好吃好喝地養著，臉頰漸漸豐潤，唇角輕輕一勾，整張臉便變得生動起來。

沈修瑾心中一動，怔怔地看了她半晌，直到她伸手在他眼前晃了晃，他才回過神。

「怎麼，嚇傻了？」沈曈握住他的手，將精緻的糕點放在他的掌心，笑著說道：「放心吧，不論你是什麼身分，我既認了你做哥哥，你便永遠都是我的哥哥，我不會丟下你不管的，咱們可是說好了要互相扶持，不離不棄的。」

說完，她又道：「不過，你以後有什麼事情可不許瞞著我了，親人之間要互相信任，彼此坦誠，這樣才是真正的一家人。」

微涼細膩的小手與沈修瑾的手掌只接觸了那麼一瞬間，便很快收回，沈修瑾下意識地蹙了蹙眉，低頭看向掌心，一隻白白軟軟的小兔子靜靜地趴在那裡，煞是可愛。

她方才做的都是十分有視覺衝擊的「碎屍宴」，什麼時候悄悄捏了一隻小白兔？特地做給他的？他眉眼微動，唇角帶了一絲若隱若現的笑意。

方才那小乞丐生得粉裝玉琢，像個跟屁蟲似地一直跟在沈曈的身後，這時見沈曈給了沈修瑾一個小白兔，自己也眼饞得緊，眼巴巴地望著他。

沈修瑾看了他一眼。「你想要？」

小乞丐連連點頭，滴溜溜的大眼睛期待地看著他。「想要。」

沈修瑾輕哼一聲，忽略他眼中的期待和渴望，當著他的面將小白兔收了起來。

小乞丐瞪圓了眼睛，接著撇了撇嘴，低聲說了一句「小氣」。

沈修瑾神色不動，彷彿壓根兒就沒聽見。

呵，小屁孩，可惜再嫉妒你也沒有，這是妹妹特地做給我的。

小乞丐噘著嘴瞪了他一眼，兩條小短腿跟在沈曈的身後，撒嬌地拉了拉她的衣角，軟綿綿地道：「姊姊，叔叔的小白兔好可愛呀～～」

這小孩，沈曈捏了捏他的小臉蛋。「你應該叫他哥哥，你喜歡小白兔的話，一會兒我給你捏幾個。」

小乞丐想了想，又抬起小腦袋，眨巴著圓圓的眼睛望著沈曈。「可是，姊姊，我想要一個和叔叔不一樣的。」

「說了叫哥哥。」沈瞳沒留意一大一小之間的暗流湧動，又糾正了一次小乞丐的稱呼，才道：「可以，我想想，要不到時候給你捏一個小狗狗？」

「好呀、好呀，謝謝姊姊。」小乞丐高興地拍著小手，悄悄向沈修瑾挑釁。

沈修瑾蹙眉。

小乞丐躲在沈瞳的背後，朝他做鬼臉，吐舌頭。

沈修瑾眯起眼睛，深深地看了他一眼，才問沈瞳。「妹妹，妳打算收留他住在我們家？」

不等沈瞳回答，他皺著眉頭說道：「可是，妹妹，咱們家小院子住不下這麼多人，而且，他還太小，妳每日這麼忙碌，不適合帶著他，要不找個合適的人家先把他安頓下來再說，這麼小的孩子，還是需要有父母的關懷比較好，省得往後學壞了。」

沈瞳想了想，覺得沈修瑾考慮得很對，自己確實沒時間照顧一個小孩，或者可以找一對無法生育的夫妻來收養他。

她正愁著呢，剛好蘇藍氏帶著一品香的大廚們走了過來。

蘇藍氏摸了摸小乞丐的腦袋，笑著說道：「我有個閨中密友，一直想要個孩子，就讓這孩子去她那裡吧！」

小乞丐的去處，就這麼幾句話定了下來。小乞丐其實更想和沈瞳住在一起，可是也知道自己難得有人願意收留，不願意讓沈曈為難，於是笑著跟蘇藍氏走了。

只是回頭望向沈修瑾的時候，眼裡滿滿的埋怨和鬱悶。

沈修瑾才不管他，誰讓他一個小屁孩竟敢跟自己搶妹妹。

他心情頗好地捏著掌心裡的小白兔，放進嘴裡，軟軟的，甜甜的，滋味好極了。

沈修瑾已經託郭興言向夫子告假，因此，今兒不用再回郭氏族學；更何況，他聽見沈曈與殷明泰約定好今晚找凶手，擔心沈曈有危險，更放心不下了。

兄妹倆並肩離開縣衙，沈曈用油紙袋包了一些剩下的糕點，託人送去了郭府。

之後便準備坐馬車回桃塢村。

馬車依舊是蘇藍氏置備的那輛，不過車伕不是小初，而是林大。

林大駕著馬車到了兩人跟前，笑著跳了下來，伸手過來要扶沈曈上車。

「姑娘，小心，別摔了。」

沈曈笑著抬手制止了他。「不用了，我自己能跳上去。」

她又不是什麼嬌弱的千金小姐，哪裡需要人這般小心翼翼地伺候。

沈曈大剌剌地提起裙角，準備上馬車。

身後，沈修瑾突然默不作聲地拉住她的手腕，作勢要扶她上去。

沈曈驚訝了一下，下意識想甩開他的手，沒注意看腳下，結果腳下踩空了，一個踉蹌，直直往後摔去。

然後就倒在了沈修瑾的懷裡，腦袋實打實地撞到一堵堅硬的肉牆。

沈瞳從沒與任何異性靠得這麼近過，反應過來以後，連忙退開了些，揉了揉撞痛的後腦勺，不知道是該怪沈修瑾動作太突然還是該怪自己不小心。

她看向沈修瑾的胸膛。「哥哥，沒撞疼你吧？」

沈修瑾沒回她，低頭愣愣地望著自己的胸口，目光有些失神。

「哥哥，你發什麼愣呢？」沈瞳伸手在他眼前晃了晃，剛才撞的是胸口，又不是腦袋，不會又給撞傻了吧？

片刻之後，沈修瑾才回過神來，望著沈瞳被撞得微亂的髮髻，耳根莫名其妙地紅了起來。

「我、我……」沈修瑾憋了半天，都憋不出一句話，最後索性閉嘴了。

由於緊張，他緊抿著嘴唇，面無表情，眉宇間莫名地凌厲不少，帶著一股寒意。

沈瞳問了幾句，他都沒吭聲，以為他是心情不好，簡直是一頭霧水。

想到他最近經常告假回家，便問道：「哥哥，難道是在族學裡面遇到了什麼為難的事情？」

沈修瑾緊抿著唇，硬邦邦地回道：「沒有。」

沈瞳見他不願意說，也沒繼續問，在心底暗暗決定，找個時間問一下郭興言和裴銳，看看是什麼情況。

她轉身準備上馬車，這回，沈修瑾沒再拉她，卻是說道：「妹妹，我幫妳。」

沈瞳聞言一愣，正想問他要幫她什麼，結果下一刻，他伸出手，握住她纖不盈握的柳腰，往上一提，輕鬆將她抱上了馬車。

然而悲劇的是，由於他太緊張，用力過猛，下一刻，沈瞳落入馬車內的瞬間，她的額頭「砰」一地撞在了馬車棚頂上。

痛得她忍不住叫了一聲。

「算了，哥哥，下回還是讓我自己來吧，上馬車而已，我自己可以的。」沈瞳哭笑不得，要是再來幾次，她可能真的會被撞傻。

現在都滿眼金星了。

沈修瑾已經傻眼了，他抿了抿唇，臉色鐵青，轉身就走。

沈瞳揉著腫起來的額頭，因為太痛了，眼睛裡甚至還泛著一絲淚光。見他不上馬車，反而沈著臉走了，心裡納悶，連忙叫住他。「哥哥，你要去哪裡，上馬車啊，不是說要一起回家？」

她覺得沈修瑾今天不太對勁，具體哪裡不對勁，她也說不上來。

看來，他在郭氏族學果然發生了什麼。

沈瞳讓林大駕著馬車跟上沈修瑾，磨破了嘴皮子，最後才讓他上了馬車，一起回桃塢村。

只是，這一路上，沈修瑾彷彿當她是洪水猛獸一般，坐得離她遠遠的，整個人幾乎貼在了車壁上，而且，一直沈著臉，一句話都沒說過。

這讓沈瞳越來越擔心他的情況了。

回到了桃塢村，沈瞳見沈修瑾依然一副怏怏不樂的模樣，便讓他回房好好歇著，自己則讓林大將林二、林三叫來，琢磨著讓他們幫自己搭建一個烤爐。

林家三兄弟修烤爐忙得熱火朝天，沈瞳洗好菜打算做晚飯，這時，院子外面響起了敲門聲。

「叩叩叩！」

木門被敲得急促又頻繁。

「誰呀？」沈瞳問了幾遍，都沒人答覆，只是不停地敲著，聽得人忍不住心煩。

沈瞳蹙著眉頭去開門。

門一開，竟是沈家人站在門外。

沈老太婆今兒挨了十個板子，竟然還走得動路，她站在最前面，在有些昏暗的天色中，一張布滿皺紋的臉顯得格外地蒼老和孱弱。

以前潑辣凶狠的小老太婆，向來都是用鼻孔看人的，這回見到沈瞳，卻一反常態，無助地抓住沈瞳的手，哀求道：「瞳瞳，以前是奶奶錯了，這回奶奶求妳了，救救我們吧！」

不只沈老太太露出哀求的姿態，就連沈江陽也說道：「是啊，瞳瞳，以前是我們錯了，看在都是一家人的分上，妳就幫幫我們吧！我們如今是有家不能回了，妳若是再不幫我們，我們就死定了。」

沈瞳蹙著眉頭抽回手。「有話好好說，別動手動腳的。」

沈家人的嘴臉，她早就看得清清楚楚，這群人狗改不了吃屎，今兒是被逼到無路可走了才會向自己示弱，等到困難過去了，便又會恢復原樣，甚至還會得寸進尺。

她若是讓了一步，以後就會沒完沒了，她可不想給自己找麻煩。

沈老太婆沒想到自己都這麼示弱了，沈瞳竟然一點都不心軟，不由臉色一僵。

她忍不住在心裡罵了幾句，咬牙道：「瞳瞳，妳要是不肯幫我，我、我就沒活路了，我給妳跪下了，妳救救我們吧！」

她雙腿一屈，作勢要跪下來，她就不信，這死丫頭真會眼睜睜看著自己跪下來。讓長輩跪她，那可是要遭天打雷劈的，若是讓別人知道了，沈瞳這死丫頭鐵定要被戳脊梁骨，這不孝的名頭，她這輩子就甩不脫了。

她怨毒地想著，然而，眼看著她的雙腿馬上就要碰到地面了，沈瞳也沒阻止她，反而好整以暇地在旁邊看著，目光促狹。

沈老太婆不是真心要跪，這會兒見她無動於衷，實在是騎虎難下，臉色難看得要命。

就在膝蓋眼看著要著地的瞬間，旁邊的沈香茹立即扶住了她，哭著道：「奶奶，您一大把年紀了，今兒又被打了十個板子，哪怕是鐵打的身子都受不住，曈曈向來是最孝順的，怎麼會眼睜睜看著咱們走投無路也不幫一把？您不用這麼折騰自個兒，萬一折騰壞了身子，您讓別人怎麼看曈曈呢？到時候別人都會罵曈曈不孝的。」

沈香茹說完，看向沈曈，哭得叫一個梨花帶雨。「曈曈，我知道妳是最看重親情的，絕對不會不管我們，對不對？」

沈曈玩味地打量著沈香茹，沈家人這又哭又鬧的，道德綁架玩得真是溜。

說實在的，這手段雖然算不上高明，但若是原主的話，說不定還真會上鈎；可惜，她不是原主，對沈家人也沒有一點好感，若沈家人沒有三番兩次算計她，她倒可以看在原主的分上拉他們一把，可惜……

沈曈笑了笑，冷淡地道：「真是對不住了，你們沈家人是死是活，與我無關，我這裡又不是開善堂的，有什麼義務要幫你們？」

這話一出，沈家人的臉色都黑了。

沈老太婆老臉掛不住，怒火中燒。「沈曈，妳……」

「對了，這就對了，罵我，繼續罵我，這才是你們沈家人對待我的正常方式。」沈曈笑咪咪地道：「沒事的，接著罵，罵得越大聲越好，讓整個桃塢村的人都知道，你們老沈家逃債逃到我家門口來了。」

沈老太婆立即不敢吭聲了，他們好不容易撇開了那群討債鬼，這會兒難得輕鬆一點，若是再把人引過來，到時候他們就脫不開身了。

沈香茹陰沈沈地望著沈瞳。「沈瞳，無論怎麼說，我們都是一家人，妳當真要見死不救？」

「別這麼說，我和你們算什麼一家人？我可不敢和你們攀親戚。」

這話說完，沈瞳沒留意到，沈香茹突然對沈江陽悄悄使了個眼色。

父女兩人，一左一右，趁著沈瞳說話的工夫，突然抓住她的手。

沈瞳心中一驚，正要甩開他們，結果下一刻，沈江陽動作飛快地摀住她的嘴，用力將她從院子裡拉了出來。

「小賤蹄子，不肯幫我們是吧？那就別怪我們心狠了。」沈江陽惡狠狠地說著，伸出拳頭往沈瞳的肚子上捶了兩拳。

劇痛使得沈瞳忍不住悶哼一聲，下意識彎了一下腰，但她不是吃素的，反應過來後，立即用手肘往後頂了一下，用力撞在沈江陽的腹部。

畢竟她不是普通的小姑娘，平時做飯顛勺顛鍋的事做慣了，力氣比常人還要大一些，這一撞，正好撞到沈江陽的胃部，把他撞得那叫一個翻江倒海，冷汗直流。

「賤人，妳竟敢……」沈江陽咒罵了幾句，不由得鬆開她的手。

沈瞳見機，連忙掙脫沈香茹的手，順勢踢了沈江陽一腳，正要出聲叫林家三兄弟出來幫忙。

卻沒想到沈香茹竟然早有準備，不聲不響地迎面撒了一把粉末過來。

也不知是什麼東西，嗆得沈曈忍不住打了一個噴嚏，一股刺鼻的氣味衝入鼻孔。

沈曈心頭暗叫不妙，接著，便眼前一黑，不省人事了。

林大和兩個弟弟修烤爐遇到了一些難題，抬頭要請教沈曈，卻不見沈曈的人影。

想起方才那急促的敲門聲，他眉頭一皺，連忙走出廚房，只見小院子外面木門大開，門口空無一人。

他意識到大事不妙，連忙去告訴沈修瑾。

「不好了，瑾少爺，姑娘她不見了！」

沈修瑾從下午就一直心神不定，滿腦子都在回想著沈曈撞在自己胸口那一瞬間的畫面，為了鎮定心神，他此時正執筆練字，好不容易進入狀態，聽見林大這一聲慌張的喊叫，他的手顫了顫，筆尖在紙上劃下一道長長的黑線。

他的臉冷了下來，將筆扔到一邊，站起來。

「究竟是怎麼回事？」

林大還是第一次見到他神色如此難看，不由得被嚇了一跳，愣了好一會兒才找回自個兒的聲音。

「方才外面有人敲門，姑娘去開門，可是到如今都沒回來，我瞧著，院門也沒關，想著姑娘應該是出了什麼事，所以……」

「去縣衙，報官，告訴殷大人，若是想查出碎屍案的凶手，便帶足了人手過來。」

林大一愣。「碎屍案的凶手？」碎屍案不是一件誤會嗎？而且，瑾哥兒的意思難道是姑娘這回的失蹤和凶手有關？

沈修瑾懶得和他解釋那麼多，長腿一跨，眨眼間就沒了蹤影。

林大愣神兒了一會兒，顧不得收拾東西，喊上自個兒的兩個弟弟，連忙往縣衙的方向趕。

# 第二十二章

張家村。

整個村子安靜得十分詭異。

村口旁邊，有一個寬闊的院子，院門緊閉，遠遠地就能聞到濃郁的腥臭味，那是長期屠宰牛羊豬之類的禽畜才會形成的腥臭味。

張屠戶提著一把殺豬刀站在門口，院門上掛著一盞燈籠，昏暗的燈光照在他滿臉橫肉的臉上，顯得異常凶狠。

沈曈被沈江陽扛在肩膀上，頭朝下，背部的傷傳來疼痛，胃部又被他的肩膀頂著，再加上四周飄來的陣陣血腥味，使得她的胃裡面翻江倒海，險些克制不住地嘔吐出來。

好在天色黑，沒人看得清她越來越難看的臉色，否則，他們早就發現她裝暈了。

「把人扔在裡面的案板上，你們就可以走了，至於銀子，趕明兒張大茂會給你們的。」

張大茂！

黑暗中，沈曈的眼皮動了動，她倒是沒想到，今兒這事竟和張大茂有關。

原本她在張大茂家發現了一些東西，今兒晚上正打算帶殷大人去張大茂家的，可是這會兒，她卻被抓來了這裡，也不知道殷大人若是等不到她，能不能猜到自己的下落。

張大茂既然和張屠戶有關係，那有些事情就說得通了。

譬如張屠戶家從來不進貨，卻總是有不明管道的肉拿出來賣。

譬如張大茂家裡哪怕用濃重的香料也掩蓋不住的血腥味。

沈江陽扛著沈曈進了房間，濃重的血腥味撲鼻而來，比在外面更加濃郁。

沈曈收回神思，閉上眼繼續裝暈，豎起耳朵，好奇地聽著其他人的動靜。

屠宰房裡四周的牆角都放著一盞油燈，散發出昏黃的光芒，將整個屠宰房照得暈黃，掛在四面牆壁上以及懸在空中吊鈎上各種散發著血腥味的東西，映在沈江陽的眼中，顯得更加恐怖陰森。

若不是緊靠著牆角，用力抓著旁邊的桌角，他早就雙腿發軟癱坐在地上了。

而沈香茹就更是不堪了，她慘白著臉，整個人抖如篩糠，站都站不穩。

張屠戶見沈江陽父女倆嚇成這樣，壓根兒就沒配合他的話，他也不在意，反而有些得意。

嗤笑了一聲，他自個兒動手把沈曈扛了起來，彷彿扛死豬一樣，將她重重扔在了案板上。

沈曈受傷的背部正好砸在案板上，禁不住吃痛一聲，心中暗罵張屠戶。

張屠戶卻是冷笑一聲。「行了，別裝了，否則，我這殺豬刀真要砍下去了。」

沈曈猛地睜開眼睛，雙眼清亮澄澈，沒有一絲昏迷醒來後的迷茫。她嘗試著動了一下，發現藥效退了一些，她的手腳沒那麼麻，勉強能動了。

只是如今卻不能輕舉妄動，她暗自決定，還是先裝著行動不便的樣子，等找到機會再逃跑為好，否則，以她的能力，想在張屠戶的眼皮子底下逃跑，談何容易？

案板上滿是血跡，若是在別家正經的屠宰房，應該是殺豬宰羊用的，但是在這裡，就不一定了。

沈瞳躺在案板上面，人為刀俎，她為魚肉，只能任人宰割，整個人都有些不好了。

張屠戶見她表現得十分淡定，與角落裡沈家父女倆的表現截然不同，有些意外，目光一閃，他冷笑一聲，手中鋒利的殺豬刀往案板上一扔，竟是直直向著沈瞳的面門飛來。

沈瞳眼睛微瞇，頭往旁邊歪了歪。

下一刻，殺豬刀的刀鋒正好擦著沈瞳的面頰，在一旁落下，插進案板幾乎有三寸之深。

沈瞳心中一凜，若非她躲得快，怕是如今早就腦漿四濺，成了死人了。

「小丫頭，妳總算是落在老子的手裡了。」

對於沈瞳能躲開殺豬刀，張屠戶毫不意外，他走過來，用粗糙的手指頭在沈瞳幼嫩的臉頰上摩挲了一下，粗嗄的嗓音陰沈沈的。「我聽說，妳要向縣令大人舉報一樁驚天大案？」

他的手指帶著厚厚的繭，還有一股難聞的血腥味，沈瞳忍住胃裡面翻江倒海的衝動，皺眉轉開頭。「別碰我。」

張屠戶不以為意，抓住她的肩膀，把她扶起來，示意她打量一下房裡面的情形。

「來瞧瞧，我這裡，算不算是驚天大案的犯罪現場？」張屠戶陰笑著道。

沈曈往四下看去，方才進來時因為全身都疼，沒顧得上觀察四周的情形，這時一看，才注意到整個房裡面四面牆都掛著東西。

沈曈心底一寒，怪不得沈江陽父女倆一進來就嚇成這樣。

這樣的視覺衝擊，比起沈曈之前做的那些碎屍宴的糕點造成的衝擊更加強烈。

沈曈早就猜到張屠戶家的肉來路不明，卻沒想到他賣的竟不是豬肉和羊肉，而是人肉。

沈曈終於忍不住，胃裡一陣抽搐，猛地乾嘔起來。

張屠戶對沈曈的反應似乎十分滿意，笑著拍了拍她的後背。「小丫頭，多吐些，吐得乾乾淨淨的，一會兒我下起手來才不用花費時間清理。」

也許是吐乾淨了胃裡面的酸水，沈曈此時反而比方才清醒多了，她動了動手，發現自己的手腳也開始變得比之前靈活了些。

她沒有推開張屠戶，面上也沒表現出他想要看到的恐懼，淡淡地道：「張屠戶，你可要想清楚了，殺了我，對你來說，沒有任何好處。你應該知道，我的人脈比你想像中的要廣，一旦我死在你的手裡，郭府、殷大人、裴小侯爺都不會善罷甘休。」

張屠戶不以為意，嘿嘿地笑道：「妳錯了，要殺妳的，不是我，而是另有其人。」

這時，門外走進兩個人，是張大茂和張阿牛。

張大茂依然像那日沈瞳在張家院子第一次見到他時那樣，紅光滿面，笑呵呵地看著沈瞳。

「小丫頭，妳那日如果不搞花樣，如今便是我們張家的媳婦了，大把的銀子等著妳花，偏偏妳非得要鬧事，毀了我和阿牛的喜宴，還害得我的秘密險些暴露。妳不是要帶殷大人找殺人凶手嗎？殷大人沒來，妳先來了，也不知道到時候他找不找得到路過來。」

張大茂說了幾句，目光一掃，見到角落裡的沈家父女，皺眉問張屠戶。「怎麼這兩人你也給帶進來了？」

他明明吩咐張屠戶只需要把沈瞳抓進來就行了，張屠戶倒好，竟然自作主張，這讓他有些不悅。

張屠戶嘿嘿地笑著，意有所指地看了沈香茹一眼。「這鬼丫頭機靈得很，若是放她跑了，咱們這裡的事情遲早會敗露，倒不如一道解決了，也省得後面招惹不必要的麻煩。」

張大茂聞言，緊皺的眉眼舒展了些，卻仍是嚴肅地說道：「咱們往常動的都是那些沒人注意的流浪漢或者落單的失蹤人口，才能這麼久都沒人發現，還是小心為上，你記得收拾乾淨點。」

張屠戶掃了一眼瑟瑟發抖的沈家父女，笑著說道：「我知道你擔心的是什麼，放心吧，沈家其他人不知道他們在和我做交易，甚至都沒人知道他們今晚來的是我這裡，等把他們宰了，說不定沈家還不知道是怎麼回事呢！」

沈江陽面色慘白，撲通一聲就跪了下來，哀求道：「求求你們放了我，這裡的事情我發誓絕對不會說出去半句。」

沈香茹也同樣如此想，她悔得腸子都青了，她早就察覺到張屠戶的不懷好意，卻是沒想到張屠戶竟然會做殺人的買賣，宰殺活人，買賣人肉，任何一件都是要砍頭的大事。

原本她對沈曈落在張屠戶的手裡有些幸災樂禍，還想著看她落難後的狼狽模樣，卻是沒想到，自個兒的處境也沒好到哪裡去。

沈家父女倆的反應，反襯得沈曈更加地淡定。

張大茂看著不爽，喝斥了他們幾句，隨後朝張屠戶說道：「先把這父女倆給我綁起來，嘴巴堵上，省得他們亂嚷嚷，把附近的鄰居吵醒了怎麼辦？」

把鄰居吵醒了倒沒什麼，重要的是，萬一被人察覺了這裡的情況，就不好了。

張屠戶拿出粗繩子，先將沈江陽捆了起來，又往他嘴裡塞了一塊破布。

之後，他看向張大茂，笑得有些猥瑣，手掌不斷地搓著，說道：「茂哥，我這麼大年紀都沒娶親，雖說以前也試過那些女乞丐的滋味，但是到底不是什麼新鮮的玩意兒，沈家這死丫頭卻是個黃花大閨女，我都想了好久了，反正她都是要死的人了，你看，我能不能……」

話說得如此露骨，沈香茹哪裡不懂張屠戶打的是什麼主意，頓時臉色煞白。

張大茂不以為意地掃了她一眼，雖然臉色蠟黃，但眉眼確實清秀，比起一般的村姑俊俏多了，更重要的是，年紀這麼小，身材竟和他見過的那些營養不良的小姑娘豆芽菜一樣的小身板不同，她的身段倒是前凸後翹，妖妖嬈嬈的。

怪不得張屠戶會心猿意馬。

張屠戶好歹和他合作了這麼久，張大茂也因此賺得盆滿缽滿，不在意給他一點好處，笑罵道：「這樣的黃花大閨女，殺了確實有些可惜，既然你喜歡，那便留著給你做媳婦算了，省得你整日擔心往後沒有兒女奉養；只是也不能掉以輕心，讓她壞了咱們的事。」

他想了想，又道：「把她的舌頭給割了吧，說不出話，就洩漏不了咱們的秘密。」

張屠戶欣喜若狂，連連點頭。「好，您放心吧，等我完事了以後，鐵定處理得妥妥當當，不讓她有機會壞咱們的好事。」

說完，他抓住面色慘白的沈香茹，在她身上肆意地摸了幾下，然後扛起來，對張大茂說道：「茂哥，那我就先出去了，您和小姪子隨意。」

他意有所指地瞟了一眼案板上沈著臉的沈曈，邁著大步走了出去。

「不，放開我，求求你，放了我。」

沈香茹淒厲的尖叫聲越來越小，直至再也聽不見。

沈曈眼神冰冷地望著沈香茹被扛走，壓根兒對她同情不起來。

蠢貨，張屠戶又不是什麼好玩意，她與虎謀皮，這回把自己搭進去了，活該自作自受。

張屠戶帶著沈香茹走了，沈江陽卻還是被扔在角落裡，此時他被捆著，動彈不得，只能眼睜睜看著自己的女兒被扛走，心裡不知道是什麼滋味。

張大茂沒空理會他，將案板上的殺豬刀用力拔起來。

那殺豬刀被磨得鋒利，刀刃上散發著寒光，張大茂用指尖撫摸著刀刃，不懷好意地看著沈曈。「小丫頭，這把刀打磨得十分鋒利，只需要輕輕一劃，就能劃破妳的肚皮，甚至連妳的骨頭都能不費吹灰之力就削斷。」

沈曈眼神微冷，語氣卻淡淡地道：「哦，是嗎？那可真是讓人期待呢！」

張大茂蹙眉，他要看的可不是沈曈這般淡定的模樣，而是她的驚慌尖叫。

他想了想，又笑著道：「放心吧，我不會用這把刀來招待妳的，一下子就死了，反倒是太便宜妳了，還不如慢慢用鈍刀一點一點地折磨妳，讓妳求生不得、求死不能，這樣才有意思。」

他說完，從角落裡找出來一把生了鏽的鈍刀。

沈曈沒理他，都這時候了，耍嘴皮子有什麼用，最重要的是保住自己的命。

她在心裡琢磨著該如何脫身。

張大茂見沈曈沒反應，眼神越發陰沈，但臉上卻笑呵呵的。「倒是沒想到，妳一個小丫頭竟然有如此膽色，這滿屋的屍體都嚇不住妳，死到臨頭還能如此淡定從容；真是可惜了，妳若是真嫁給我兒，該多好，有一手好廚藝，又有膽色，模樣和手段都不差，這樣的媳婦不好找啊！」

他感慨了幾句，盯著沈瞳打量了半晌，突然不知想到了什麼，笑了笑，回頭問張阿牛。「兒子，我覺得殺了這丫頭，還是有些可惜，她既然不願做你的媳婦，那讓她做你娘，你看如何？」

一直沈默的張阿牛不知什麼時候把張大茂扔在一旁的殺豬刀拿在了手裡，不斷地打量，時不時發出一聲傻笑。

聽見張大茂的問話，他茫然地抬頭，口中喃喃。「娘，娘在哪兒？娘親在哪兒？」

他的目光在屠宰房內四處張望，似乎在尋找著什麼。

張大茂還沒察覺到張阿牛的不對勁，笑著指向沈瞳。「喏，兒子，你若是喜歡，爹今兒就把這丫頭弄回咱家，讓她當你的娘親，她有一手好廚藝，往後你有口福了。」

張阿牛的雙眸越發血紅，整個人狀若癲狂，提著殺豬刀看向沈瞳，唸唸有詞。「娘親，娘親，娘親。」

沈瞳盯著張阿牛看了片刻，腦海中突然閃過一絲亮光。

她想到脫身的法子了。

不得不說，張大茂真是蠢得可以，這樣血腥罪惡的地方，居然敢帶一個禁不起刺激的瘋子進來，怕是不知道死字怎麼寫。

真是天助我也。

沈瞳如此想著，溫柔的語氣帶著濃濃的蠱惑。「阿牛，你弄錯了，我不是你娘，你娘在你背後呢，你轉身看看，那才是你娘。」

張大茂瞪了沈瞳一眼，按住張阿牛的肩膀，輕聲哄道：「兒子，別聽她胡說，你娘早就死了，怎麼會在這裡。」

然而，張阿牛卻甩開他的手，掉頭看向背後。

「娘，娘親在哪兒，娘親在哪兒？」

見張阿牛果然上鈎，沈瞳勾唇，輕聲說道：「你娘就在那裡，看到了嗎，你娘在喊痛啊，阿牛，你娘真的好痛，快把她放下來吧！」

張阿牛提著殺豬刀，眼睛眯了眯，看向沈瞳所指的方向。

張阿牛的目光隨著她的手指四處張望，整個人幾乎陷入癲狂。

濃郁的血腥味充斥整個屠宰房，彷彿與張阿牛的娘死時一樣的情形。

張阿牛眼眶發紅，手在顫抖，目光中帶著瘋狂的光芒。「哪裡？娘在哪裡？」

張阿牛發狂地揮著手裡的刀，往牆上砍去。

「阿牛，兒子，你冷靜點，這不是你娘！」張大茂冷冷地喝止張阿牛。

然而，發了狂的張阿牛，發起瘋來，誰也攔不住。

沈瞳看著張大茂手忙腳亂地安撫張阿牛，卻沒有任何效果。

張阿牛甚至把張大茂推開，提著殺豬刀瘋狂地揮舞起來，敵我不分，好幾次都傷到了張大茂。

張大茂捣住血流不止的手臂，累得氣喘吁吁，生怕會再次被自己的兒子傷到，只能站在角落裡眼睜睜地看著。

這兩年，好不容易讓兒子的病情穩定下來，發瘋的次數越來越少，甚至今年幾乎都沒發瘋過，他原本以為已經治好了他的病，卻沒料到，這一個月來，他連續發了兩次病。

這兩次的發病，都和沈曈有關。

張大茂心頭無力的同時，對沈曈更加恨之入骨。他咬牙瞪了沈曈一眼，小心翼翼地轉到張阿牛的背後，一把按住他，奪下了他手裡的殺豬刀，隨手扔了出去。

「兒子，你冷靜點！你娘不在這裡！」

張大茂此時也明白了自己兒子發瘋的關鍵，不敢再提他娘死了的事實，輕聲撫摸著他的後背，安撫道：「乖，你娘不在這裡，你娘在家呢，她在家裡等著你，咱們回家。」

也不知是他的安撫起了作用，還是什麼原因，張阿牛漸漸冷靜了下來。

沈曈看著兩父子背對著她，方才被張大茂扔出去的殺豬刀，正巧就落在她的腳邊。大約是張大茂以為她的藥效還沒過，並不擔心她逃跑，此刻壓根兒就沒將她放在眼裡。

沈曈巴不得他不將自己放在眼裡，這才方便她逃跑。她漫不經心地笑了笑，嘗試著動了動手腳，藥效似乎差不多沒了，她的手腳比之前靈活許多。

# 第二十三章

沈瞳欣喜，不動聲色地將殺豬刀拿在手裡，緩緩坐了起來。

對於她的動作，張大茂和張阿牛絲毫沒有察覺。

角落裡的沈江陽，瞪大雙眼看著她，發出「嗚嗚嗚」的聲響，目光期待，乞求她救自己。

沈瞳只瞥了他一眼，便將目光移開，他們父女倆讓自己陷入這樣的境地，還想要自己救他，作夢呢，不砍了他就不錯了。

沈瞳輕輕跳下案板，一手提著殺豬刀，另一隻手按在案板上，思索著該如何將張大茂父子倆制服。

片刻後，她就有了主意。

手下的案板又長又寬，沈重不已，沈瞳力道不小，直接就掀起案板，毫不費力地將案板丟向張大茂父子倆。案板是用實木做成的，再加上張大茂父子倆始料未及，沒有絲毫防備，被案板重重地壓在腰上。

只聽見喀嚓一聲，沈瞳似乎能聽見幾聲清脆的骨頭斷裂聲音。

張大茂和張阿牛發出一聲慘叫，整個人倒了下去，被案板壓得死死的，拚命掙扎都起不來。

四周牆上的骨頭架被撞得嘩啦啦地掉下來，一個又一個精準地砸在他們的腦袋上，彷彿這些無辜被害的冤魂們回來找仇人索命。

父子倆不停地發出痛呼聲，腦袋被砸得滿眼金星。

「該死的，賤人，妳做什麼！」張大茂痛得齜牙咧嘴，氣急敗壞。

沈曈不理他，四處看了幾眼，在角落裡找到一捆粗繩子，在他們身上繞了幾圈，將他們結結實實地綁在案板上。

之後，又往案板上踢了一腳，將案板嚴嚴實實地卡在牆角，使得張大茂和張阿牛兩人被緊緊地擠在角落裡，幾乎動彈不得，她才放下心。

「小賤人，快放開我們！」張大茂站在最裡面，後背貼著牆，臉被站在前面的張阿牛壓著，擠得都快變形了，他口中怒罵不停。

終日打雁，卻被雁啄了雙眼，他沒想到看似弱不禁風的沈曈竟然能絕地反撲，將他們父子倆壓制住。

沈曈對他的憤怒不以為意，提著殺豬刀，在他眼前晃了晃，淡淡地道：「再罵一句小賤人，我便在你的肚皮上劃一刀，你信不信？」

冰冷的刀刃就在眼前晃動，張大茂神色一僵，胸中怒火中燒，卻不敢再出言辱罵。

沈曈這死丫頭不是好惹的，他只能暫時穩住她，希望張屠戶察覺這邊的動靜，早點過來救自己。

沈瞳彷彿看出了他的心思，笑著說道：「放心，在張屠戶碰到我之前，我絕對會先將你們父子倆砍了，到時候一命換兩命，我一點都不虧。」

瘋子！張大茂暗罵，早知道這死丫頭這麼狠，他之前就應該先把她弄死再說。

可惜，如今再說什麼都晚了。

他安靜片刻，見沈瞳四處打量著屠宰房內，沈吟片刻，說道：「小丫頭，我張家這幾年賺的銀子少說也有好幾萬兩，妳若是願意放了我們父子倆，我可以允諾給妳一萬兩銀子，妳看如何？」

沈瞳嗤笑。「我若是想要銀子，自己就能賺，何須要你的？」

憑她的廚藝，想要賺錢，還真的不難。

張大茂也想起來這件事，頓時神色訕訕，難不成今兒真的要栽在這死丫頭手裡？

張屠戶那個混帳東西，別是被沈香茹那小蹄子勾得樂不思蜀了吧，出去了這麼久都不回來，遲早得死在女人的肚皮上！

他暗罵幾句，又想張嘴。

沈瞳才不耐煩聽他說話，狠狠踢了他一腳，冷冷地道：「給我閉嘴，再出聲我就砍了你！」

這種作惡多端的人，死一百次都不夠。

沈曈看完屠宰房內的各種罪證，對張屠戶和張大茂更加厭惡。她又在張大茂和張阿牛的身上繞了好幾圈粗繩子，綁了十幾個死結，確保他們解不開以後，才轉身準備離開這裡。

今晚出了這樣的意外，也不知道哥哥他們會不會急死。

還有殷大人，若是等不到她，不知道會不會以為她故意放鴿子。

沈曈摸了摸背後的傷，血不知什麼時候已經止住了，只是隱隱傳來疼痛。

回去得趕緊找些傷藥搽才行，萬一留下疤痕就不好了。

想到這個，沈曈眼神冰冷，沈家幾次三番在背後搞小動作，以前她都沒將他們放在眼裡，沒想到這回險些因此丟了小命。

看來她還是太仁慈了，才會讓沈家一次又一次地得寸進尺。

沈曈咬牙切齒，走到沈江陽的身邊，狠狠地踢了他幾腳洩憤。

「大伯，我可是給過你機會，是你自己不要，辛苦你先待在這裡，一會兒我去報官，到時候你就等著殷大人的審判吧！」

沈江陽神色絕望，為虎作倀，替張屠戶這等罪惡滔天的碎屍凶手擄走良民，只怕他面臨的判罰絕對輕不了，甚至可能會被殺頭。

早知道之前說什麼都不該答應張屠戶的這個交易。

沈曈洩憤完畢，深深吐出一口氣，打開房門走出去。

只是，下一刻，院門外面傳來一陣動靜，有人衝了進來。

沈曈以為張屠戶去而復返，心中一沈，下意識提起殺豬刀，警惕地望過去。

下一刻，就見沈修瑾神色慌張地走進來，沈曈這才鬆了口氣，渾身的警惕瞬間散去。看見她好端端地站著，沈修瑾暗暗鬆了一口氣，緊抿著唇角，猛地抱住她，他抱得太緊，甚至雙臂還微微顫抖。

沈曈一整晚緊繃的心神終於可以放鬆些，安撫地拍了拍他的背，輕聲說：「我沒事，哥哥不用擔心。」

直到沈修瑾冷靜下來，他才鬆開沈曈，也是在此時，他才發現沈曈的臉色蒼白得可怕，衣服後面破爛不堪，形成一道道的血痕，看起來觸目驚心。

他的目光冷了下來，整個人的氣質陰寒得可怕。

「妹妹，是誰把妳弄成這樣的？」

不等沈曈回答，沈修瑾往屠宰房內看了一眼，目光落在張大茂父子的身上。

他眼神一冷，對沈曈說：「妹妹，把刀給我。」

他的語氣十分冷靜，然而沈曈卻聽出了一絲殺意。

她連忙把殺豬刀藏在身後，搖頭說：「不行，哥哥你不能動他們，雖然他們罪該萬死，但不應該由你來處決他們，大盛朝的律法會讓他們付出代價的。」

若是沈修瑾衝動之下砍死了這兩人，到時候沈修瑾也得揹上人命，沈曈不想看到那樣的情形發生。

沈修瑾才不管那麼多，他眉眼沈靜，看向沈曈，雙臂一伸，突然摟住了她。

這個擁抱與方才那擔心、驚慌的擁抱截然不同，這擁抱霸道而不失溫柔。

男人寬闊的胸膛，溫暖又讓人有安全感，沈曈的臉被迫緊貼在他的胸口，能聞到他身上獨特的氣味，十分好聞；隔著衣衫，能感覺得到他那令人面頰燒燙的體溫，甚至能聽見他有力的心跳聲。

沈曈當場愣住，整個人彷彿被施了定身術一般，愣在原地不動。

沈修瑾彷彿沒察覺到她的僵硬，長而有力的雙臂環住她嬌小的身子，伸向她的背後，輕輕握住她的小手，竟是順勢將殺豬刀奪了過來。

隨後，他將殺豬刀放在一旁。

在沈曈還在愣怔的時候，攔腰將她抱了起來。

「哥哥，你幹麼？」沈曈回過神來，皺眉望著他。

這時候的沈修瑾，動作還是溫柔的，但他眼神幽深，分明醞釀著狂風暴雨。

饒是沈曈前世見多識廣，此時也被他嚇到了，她還是第一次見到沈修瑾面色這麼可怕。

「沒事，妹妹別怕，妳先出去等一會兒，我馬上就出來。」

沈修瑾輕聲說著，似乎怕嚇到她，安撫了一句，將她抱出屠宰房，再輕輕放下來。

隨後，不等沈曈開口，他便重新進入屠宰房，緊緊地關上門，提起那把殺豬刀，冷眼看向張大茂父子。

「哥哥，你冷靜一點！」沈曈看著緊閉的門，心頭忍不住生出不祥的預感。

她咬牙，用力推門，然而門卻紋絲不動。她急得抓頭，頭髮都揪下了好幾根。

不行，絕對不能讓沈修瑾對張大茂動手。

屠宰房裡傳出一陣沈悶的聲響，似乎是什麼東西摔落在地上的聲音。

與此同時，張大茂和張阿牛的叫號聲淒厲地傳了出來。

沈曈心裡一沈，大聲朝裡面叫道：「哥哥，快出來，你不許對他們動手，否則，我要生氣了！」

這話一出，裡面的動靜突然小了許多，之後，竟是絲毫沒傳出任何聲音。

然而，正是因此，沈曈才更加擔憂。

該不會，沈修瑾把裡面的人全都殺了吧？

她急得直跺腳，偏偏開不了門，她壓根兒就看不見裡面的情況。

屠宰房內。

「是你們傷了妹妹。」

沈修瑾冷冷地望著張大茂和張阿牛，語氣平靜而篤定。

張阿牛倒是還好，低垂著頭，口中唸唸有詞，也不知在嘀咕些什麼。

但張大茂卻硬生生被沈修瑾冰冷的目光嚇得打了個寒顫。

張大茂連連搖頭，拚命地否認。「不，不是我，我……」

「啊！」張大茂話沒說完，就慘叫了一聲。

沈修瑾腳踩案板，用力踢向張大茂。

案板原本就卡在牆角，將張大茂和張阿牛擠在裡面，這會兒沈修瑾一踢，厚實沈重的案板竟是直接斷裂開來，無數碎屑四處飛射，有幾片細小的木屑甚至扎進張大茂和張阿牛的身上。

尤其是張大茂，他最為倒楣，一根木屑射進了他的左眼，痛得他不斷慘叫。他閉著不斷往外流血的左眼，右眼看見沈修瑾提刀走近，嚇得心膽俱裂，連連討饒。

「不是我，真的不是我，你別過來。

「不，求求你，放了我，不是我傷她的，我們根本就沒來得及碰她。」

張大茂驚懼地求饒，雙腿發軟。

這時，外面也傳來沈曈又驚又怒的聲音。

「哥哥，你再不出來，我真的生氣了！」

沈修瑾的動作頓了一下。

張大茂以為他終於被沈曈的話制住了，大大地鬆了口氣。

然而，很快他就會知道，他還是高興得太早了。

沈修瑾瞥了張大茂一眼，隨意往他和張阿牛的嘴裡塞了點東西，確保他們發不出聲音，驚動不到外面的沈曈。

之後，他才沈著臉，提起張大茂的衣領，將他拉到自己的面前，提起殺豬刀，往他的背上劃了好幾刀。他動作極快，手起刀落，張大茂的後背皮膚便連著衣服一起被劃破，長長的傷口，橫跨整個後背，鮮血汩汩而流。

「嗚嗚嗚。」

張大茂拚命掙扎，痛得眼淚、鼻涕都流出來了。

沈修瑾把他扔開，下一個，便輪到張阿牛。

張大茂看著張阿牛落得與自己一樣的遭遇，目眥盡裂，心疼得不得了。他這時候看明白了，沈修瑾是看沈曈的後背傷了，遷怒於他們父子倆，這才往他們後背上劃刀。

然而，沈曈後背的傷關他們什麼事，他們過來之前，沈曈就帶著傷了。

他心中憤怒難當，明明他都還沒開始對沈曈做什麼，憑什麼要被這小子遷怒？

明明是沈江陽那個混蛋幹的！

該死，張屠戶那個混帳，為什麼到現在都不沒回來。

張大茂早在公堂上第一次見到沈修瑾的時候，就覺得這小子不是個簡單的人物，這會兒才深切地體會到他的殘忍和恐怖；然而不管張大茂是後悔、還是憤怒，他都無法改變自己接下來的悲慘命運。

沈修瑾的處刑才剛剛開始。

冰冷鋒利的刀刃，又輕又緩地劃在皮膚上，冰冷刺骨，痛入骨髓。這不僅僅是一種肉體上的折磨，更是精神上的折磨。

再這麼下去，他們會死的。

張大茂和張阿牛痛得瘋狂號哭，發出「嗚嗚嗚」的聲響，臉上涕泗橫流。

沈江陽縮成一團，躲在角落裡，看著沈修瑾面無表情地折磨著張家父子，地上濺滿了他們的血液，嚇得面無血色，渾身發抖。

他沒想到沈修瑾發起火來竟然這麼可怕，看這情形，似乎是打算將他們活生生折磨至死，此刻的他，恨不得自己是個透明人，沈修瑾永遠也看不到他。

沒有誰比他清楚，沈曈後背上的傷是怎麼來的，若是沈修瑾知道真相，自己的下場絕對不會比張大茂好，甚至會更慘。

畢竟是他將沈曈擄來的，若非沈曈機智脫身，只怕如今早就喪命於張大茂父子倆的手中了。

沈江陽此時巴不得張大茂父子倆被沈修瑾砍死算了，他們死了，就沒人知道是他傷了沈曈。

然而，在他慶幸自己沒被沈修瑾發現的時候，沈修瑾卻彷彿聽見了他內心的祈禱，突然回頭，與他目光相對。沈江陽嚇得要死，整個人都不好了。

不要過來，不要過來，千萬不要過來！

沈江陽在心裡面瘋狂叫號，希望沈修瑾繼續折磨張家父子，不要盯上自己。

然而，上天注定聽不到他的乞求。

沈修瑾提著滴血的殺豬刀一步步朝他走了過來。

他的背後，被虐得生不如死的張大茂暗自鬆了口氣。

好歹命是保住了。

只希望張屠戶那個混帳，最好趕在自己被弄死之前趕緊過來救自己。

片刻後，沈江陽幾乎崩潰，生無可戀地躺在一灘暗紅的血液中。

沈曈擔憂地聽著屠宰房裡面的動靜，也不知裡面的情況怎樣了，正急得不行的時候，背後院門被推開，發出嘎吱的聲響。

沈曈心中一緊，連忙看過去，是林大匆匆走了進來。

「姑娘，您沒事吧？」他擔憂地打量著沈曈身上的傷勢。

「我沒事。」沈曈沒問他是怎麼找到這裡來的，深吸一口氣，說道：「快，幫我把這門踹開，哥哥還在裡面。」

林大驚了一下，顧不得問清原委，連忙跑過去踹門。

「砰」的一聲，木門總算被林大踹開。

沈曈一眼就瞧見躺在地上三個不省人事的人，渾身都是血，而沈修瑾就站在他們的跟前，背對著她。

聽見門倒下的聲音，他回頭看了過來，一張冷峻的俊顏沈靜如水，森冷的目光在對上沈瞳的雙眼時慢慢地變得柔和。

沈瞳卻心中咯噔一聲。

糟了！哥哥太衝動了，張家父子和沈江陽說不定已經……

沈瞳心中暗叫不好，急忙衝進去。

伸手在張家父子和沈江陽的鼻子前探了一下。

還有氣息，還好。

沈瞳大大地鬆了口氣，這才抬頭瞪了沈修瑾一眼，嚴肅道：「哥哥，你太衝動了，若是真把他們弄死了，你免不得要受到大盛朝法律的制裁，到時候你要怎麼辦？

「我以為你恢復記憶後，至少會成熟一點，沒想到你反而比以前還不如了，難道你真的不怕死？

「你往後可是要考功名的，人家若是聽見你手上有人命，可不會管你殺的是什麼作奸犯科的惡人，到時候你的名聲就都毀了，一個名聲不好的讀書人，任你再聰明，作得再好的文章，也白搭，你給我悠著點！」

沈修瑾望著沈瞳，聽著她一句句的怒斥，神色有些發愣。

平常一貫冷淡如水，對什麼都漠不關心的少女，這時候柳眉倒豎，板起臉斥責著自己，他非但沒覺得不高興，反而內心隱隱有些雀躍。
妹妹這是在擔心他呢！
他輕聲哄道：「妹妹，妳別擔心，我有分寸，他們不是沒死嗎？」
沈曈被他這一堵，停頓了一下，沒好氣地白了他一眼。「你方才分明就是想弄死他們，別以為我看不出來，若不是我和林大踹門進來，你這刀還想往他們哪裡砍？」
沈修瑾忙把殺豬刀隨手扔掉，拉住沈曈的手，又是哄、又是認錯。「妹妹，瞧妳說的，我是想往他們的脖子上砍下去，可是咱們大盛朝的律法不是不允許嗎？放心吧，他們死不了，我只是給他們的後背添了些輕傷，誰叫他們敢傷了妳，他們傷了妳哪裡，我自然是要還回去的。妹妹妳就別生氣了，我下回一定都聽妳的。」

# 第二十四章

「這叫輕傷？」沈瞳瞥了一眼地上那三人半死不活的模樣，嘴角抽搐了一下，這若是輕傷，自己後背的傷算什麼？連皮肉傷都算不上。

外面傳來聲響，殷明泰帶著一群衙差走了進來。

「小丫頭，沒事吧？」殷明泰關切地問了一句，見沈瞳的後背有傷，連忙掏出隨身攜帶的傷藥。「這傷藥是從京中的回春堂帶來的，對傷口癒合很管用，趕緊抹一些，等回去以後再找個大夫瞧瞧。」

沈瞳道了一聲謝，沒接那傷藥，輕聲說道：「這會兒已經好多了，只是被石頭擦傷，應該沒什麼大礙，等回去再上藥。」

「妳這丫頭，還和我客氣什麼，快拿著，不趕緊上藥，萬一留下了疤痕就不好了，女孩子家不管怎麼著還是得注意這些。」殷明泰強硬地將藥膏塞進沈瞳的手裡。

盛情難卻，沈瞳只好收下，但這會兒四周都是大男人，她要上藥並不方便，所以只能把藥膏先收起來，決定等回家再說。

沈修瑾站在旁邊，目光凝視著她後背被石子割成一條條的衣衫，露出了不少皮膚，抬頭發現衙差們的視線有意無意地望向這邊，臉色頓時沈了下來。

他褪下身上的外衣，輕輕地披在沈曈的肩上，又伸手攏緊，如此還不放心，最後索性用長臂攬住沈曈的身子，將她整個人都裹在自己的懷裡，讓別人幾乎看不見她小小的身影，才說道：「妹妹，咱們先回去吧，這裡有殷大人，用不著咱們。」

殷明泰見狀，搖頭笑了笑，不再說什麼，目光掃視一眼屠宰房內的情況。

不看不知道，一看嚇一跳，他登時罵了起來。

「畜生！真是豬狗不如！」

罵罵咧咧了幾句，殷明泰才見到張大茂父子倆和沈江陽渾身血淋淋地躺在地上，有氣進、沒氣出，半死不活的模樣，他不由得愣了一下。

「這是怎麼回事，還有別的幫凶？這是黑吃黑，狗咬狗？」

因為這樁案子事關重大，殷明泰對凶手張大茂和張屠戶實在是痛恨不已，這會兒見到他們這般慘狀躺在地上，便以為除了張大茂和張屠戶以外，還有別的幫凶。

「這個嘛。」

沈曈嘴角抽搐了一下，望了沈修瑾一眼，視線飄忽，不知道該怎麼解釋。

林大覷著這情形，也不敢多話，悄悄地往後退了幾步，裝作要幫衙差們收拾屍骨，躲得遠遠的了。

沈修瑾神態淡定自然，說道：「是我幹的。沈江陽父女倆為虎作倀，擄走我妹妹，將她送到這裡來，而張大茂父子倆喪心病狂，險些害了我妹妹的性命，我一時氣憤，便對他們動了手。」

殷明泰眼皮狂跳，嘴角抽搐。「你、你這是不是下手太狠了？活生生把他們去了半條命，萬一一個不好，就出人命了，可不是鬧著玩的。」

雖說以張大茂他們犯下的滔天罪行來看，判一個淩遲都算是輕的，但在公堂審判之前，任何人私自對他們動手都屬於濫用私刑，這可是大盛朝律法絕不容許的。

一眼看過去，沈修瑾更像是喪盡天良的殺人凶手，而地上貨真價實的殺人凶手，反倒更像是受害者。

這事真是鬧得……殷明泰哭笑不得。

殷明泰暗嘆一口氣，嚴肅地看著沈修瑾，問道：「你可知，濫用私刑是什麼罪名？」

沈修瑾早在對這三人動手前就已經想到了後果，他面無懼色，淡淡道：「殷大人照律法處置便是。」

殷明泰無奈地搖頭。「年輕人啊，就是容易衝動。」

大盛朝的律法規定，濫用私刑的罪名十分嚴重，輕則至少杖打十下，重則亦有砍頭的情況出現。

若是在平時，殷明泰絕不會包庇沈修瑾，但是今日，他看著滿屋的碎屍和骨頭，胸中怒火無處發洩，別說是沈修瑾了，就連他自己，都恨不得直接殺了這些豬狗不如的凶手。

因此，他倒是沒打算處置沈修瑾，於是，便睜隻眼、閉隻眼，裝作不知情了。

「今兒這事，本官就當作不知道了，只是，你日後不要再如此衝動，否則，萬一失手，毀得可就是你自個兒的前程和名聲，切記。」

殷明泰語重心長地提點了幾句，便擺了擺手，讓沈曈和沈修瑾先回去，自己還要帶著衙差繼續忙活，今晚估計不用睡了，有一大堆的事情等著他。

在他管轄下的景和縣，竟然有如此喪盡天良、道德敗壞的人渣、敗類，這屠宰房裡被害的人數最起碼也有上千人了。看來張屠戶家的豬肉就是用人肉充當豬肉來賣的，真是可惡至極，也不知有多少人吃過這樣的肉。

「畜生！」

殷明泰看著躺在地上的三人，越想越不是滋味，上去一腳踹翻一個，招來衙差把他們三個人送進縣衙的大牢。

沈曈看著張大茂父子和沈江陽被衙差拖出去，說道：「殷大人，張屠戶帶著沈香茹走了，應該就在這間小院子裡面，您記得派人搜尋一下，不能讓他逃了。」

殷明泰點頭。「放心吧，本官絕不會放過任何一個殺人凶手。」

話音剛落，外面便傳來一聲喧譁。

「大人，找到了。」

兩個衙差像拖死豬一樣，拖著一個昏迷的人進來。

那人竟是張屠戶，他的腦袋上方流著血，應該是被人用重物砸暈的。

衙差說道：「大人，我們是在旁邊那間房裡找到他的，當時只有他一個人在，而且是昏倒在地上，房裡沒有其他人，值錢的財物都被一掃而空。」

沈曈原本和沈修瑾已經走出房門，這會兒停下了腳步，挑了挑眉。

沈香茹之前是被張屠戶扛走的，如今張屠戶被打暈，她卻不知所蹤，這就有點意思了。

打暈張屠戶究竟是沈香茹，還是另有其人？

殷明泰聽完衙差的稟報，立即前往旁邊的房間察看案發現場。畢竟他辦案經驗豐富，眼光老辣，只看了幾眼凌亂的房間，便確定了打暈張屠戶的人是誰。

「打暈他的人力道不大，應該是個女人，兩人在這張桌子上曾經發生過關係，張屠戶是在最鬆懈的時候被對方用茶壺砸中了腦袋。」殷明泰掃了一眼房子正中的桌子，一本正經地說道。

沈曈順著他的目光看去，只見桌子的邊緣以及地上都沾著一些可疑的液體，還有幾滴殷紅的血液如同落梅一般分布在桌子邊緣，看起來十分刺眼。

沈曈只看了一眼，便連忙瞥開目光，將目光落在其他地方。

地板上，茶杯和茶壺凌亂地擱在那裡，有些已經碎了，茶壺上還沾著血液。

看來，打暈張屠戶的人應當是沈香茹了。

倒是沒想到她竟然有這樣的膽色，打暈張屠戶以後，還能記著將他的財物都搜刮一空。

沈曈意外地挑了挑眉。

「沈香茹如今恐怕不會再回桃塢村了，大人這時候再派人過去抓人，只會一無所獲。」沈曈說道。

殷明泰聞言，回頭看了她一眼，問道：「何以見得？」

沈曈說道：「據我對沈香茹的瞭解，她是個極自私的人，如今沈家陷入困境，巨額債款無力償還，沈家人遲早會把主意打到她的身上，她絕不可能任由沈老太婆擺布。如今她失了身子，又得罪了張屠戶，盜走了他的財物，不用說，絕對是打著捲款遠走高飛的主意，近幾年內，只怕她都不會再回景和縣了，巴不得改頭換面才好。」

殷明泰其實也想到了這點，他倒是沒想到沈曈竟然也能看得如此明白，這小丫頭小小年紀，與他所見過的小村姑截然不同，讓人不得不刮目相看。

殷明泰也沒指望能輕易尋到沈香茹的下落，他下令讓衙差們在景和縣境內四處搜尋，之後，就帶著其餘的衙差，繼續整理屠宰房裡面的骨頭和人肉。

為了不引起百姓的恐慌，這一項工作是暗中進行的，沈曈和沈修瑾不好插手，只好先打道回府。

沈修瑾看著沈曈後背的傷，眼中盡是心疼和擔憂。「妹妹，妳身上有傷，我背妳回去吧！」

沈曈本想拒絕，可是面對他的眼神，竟是無法出口拒絕，最終還是點頭，軟軟地趴在他的背上。

軟軟香香的嬌小身子，貼在背上，讓沈修瑾身形一滯，想起方才搶刀的時候與沈瞳的接觸，不由得從臉頰到耳後根騰地一下紅了起來。

沈瞳見他半晌沒有動作，疑惑地問道：「哥哥，走啊，怎麼了？」

沈修瑾這才回過神來，臉紅紅地背起她往家走。

林大跟在兩人後面。

回到家，林二和林三緊張地站在門口等著，見到他們回來，都鬆了一口氣。「姑娘您沒事吧？」

沈瞳搖頭。「我沒事，你們怎麼這麼晚還在這裡？用過晚飯沒？」

她想起自己出門前大家都還沒用晚飯，廚房裡的菜應該還沒壞掉，想讓沈修瑾把她放下來去廚房弄些吃的，大家將就著吃一點。

沈修瑾卻不肯放她下來，緊抿著唇角，冷冷地掃了林家三兄弟一眼。他的目光實在是太可怕了，林二和林三嚇得往林大的背後躲。

林大很識時務，呵呵地笑說：「姑娘，大夥都已經吃了，您好好歇著，至於那烤爐，我們明日過來再繼續修。」

說完，不等沈瞳開口，三兄弟腳下抹油，飛快地溜了。

瑾哥兒真是越來越嚇人了，一邊跑，三兄弟心中如此想道。

沈修瑾揹著沈瞳進了她的房間，直到床前才將她放了下來，拿出一瓶藥膏要給沈瞳搽藥，只是，他看著沈瞳血淋淋的後背，不知該從何做起。

「妹妹，我、我給妳搽藥。」

沈瞳也有些尷尬，她受傷的位置面積比較大，全都是在後背，若是搽藥就得把衣服脫光了才行，可是這樣的話豈不就被他看光了嗎？

畢竟男女授受不親，沈瞳說：「哥哥，我自己來就行了，你先幫我端一盆水進來清洗一下傷口。」

沈修瑾動作很快，端來一盆水放在沈瞳的床前，卻不急著出去，愣愣地站在那裡，半晌不肯走。他彷彿看出了沈瞳的打算，盯著沈瞳的後背，固執地輕聲道：「妹妹，妳搆不著的。」

沈瞳也知道確實如此，她認命地道：「好吧，你來幫我搽，不過一會兒不要亂看。」

「妹妹，妳說什麼呢，我是妳哥哥，怎麼會對妳……」沈修瑾的眼神飄忽，輕咳一聲，在昏黃的燈光下，看不出臉色的變化。

沈瞳輕笑了一聲。「開玩笑，開玩笑。」

她讓沈修瑾轉過身去，自己將外衣和中衣脫了下來，只剩下一件小肚兜，擋住前面的春光。

雖然年齡還小，但是這陣子吃得好，該凸的凸，該翹的翹。沈瞳低頭望了一眼，這時候再顧忌什麼男女大防就有點矯情了，更何況，她原本在現代的時候雖然沒怎麼和異性接觸過，但偶爾還是喜歡去海邊玩耍的，泳裝露出來的部分比現在還多，那時候也不覺得有什麼。

她想了想，趴在床上，將身前遮住，使得整個背部露出來，然後輕聲道：「可以了，哥哥，你幫我先清洗一下傷口，再抹傷藥就可以了。」

沈曈的後背幾乎全都是一條又一條的血痕，血肉模糊的，若非這時候天氣比較涼，她穿的衣服比平時多，傷勢可能會更加嚴重。

沈修瑾看著那紅白交加的血痕在白皙光滑的背上交錯縱橫，雖然面色如常，但卻目光一黯，眼睛裡閃著怒火。他輕輕用溫水和乾淨的毛巾幫沈曈將傷口清理乾淨，傷痕周圍的血被擦淨，露出傷處。

因為生怕會弄疼沈曈，沈修瑾的動作極其輕柔。

沈曈一開始還有些尷尬，整個身子僵硬地趴著，不敢動彈，後來被沈修瑾輕柔地處理著傷口，傷藥抹在背部的傷口，沁涼沁涼的，使得她的疼痛減緩許多，甚至到了最後，幾乎感覺不到疼痛了。

在如此舒適的照顧下，沈曈便忘了那尷尬的處境，竟是不知不覺地睡了過去。

沈修瑾抹完傷藥，才發現沈曈已經睡著了，小小的身子背對著他趴在床上，背部曲線弧度優美，白皙的肌膚在紅色傷痕的映襯下，顯得更加潔白如雪，莫名地有些性感。

今天一整天發生的事情頓時浮現在腦海中，全都是與沈曈有關，一會兒是馬車前突然被她撞入懷中的一幕，一會兒又是在張家屠宰房兩次算不上是擁抱的擁抱。

他的臉終於克制不住地開始發燙，狼狽地轉開目光，不敢再看沈曈的後背。

等回過神後，他抬手搧了自己一巴掌。

這一巴掌用勁極大，使得他的臉瞬間腫了起來，火辣辣地疼。疼痛使得他的目光清明有神，神色又恢復了冷靜，回頭再看沈曈，再也看不見那莫名其妙的畫面。

沈修瑾輕輕給沈曈蓋好被子，將那優美的背部遮掩住，不讓深秋冰冷的夜風有機會窺視，又吹滅了油燈，才輕手輕腳地走出去。

第二天一早。

沈曈神清氣爽地起床，而沈修瑾卻不知道為什麼，眼眶下方帶著青色的陰影，眼中還帶著血絲。

沈曈疑惑地問：「哥哥你昨夜沒睡好嗎？」

沈修瑾的臉色莫名其妙地紅了一下，心虛地移開目光，小聲說：「沒有，我睡得很好。」

只是，這話說完，他的腦海中又浮現出昨天沈曈倒在他懷裡的那一瞬。

他連忙狼狽地說：「妹妹，我、我去族學了，妳若是有什麼事，記得去找我，不要自己一個人扛。」
他說完就紅著耳根落荒而逃。
沈瞳本想讓他用完早餐再走，沒想到他跑得這麼急，眨眼就沒了蹤影。
早餐她簡單做了雞湯麵，雞湯是昨日燉的，用文火燉了好幾個時辰，喝起來濃郁醇香，細如髮絲的麵條呈現出淺綠色的顏色，往湯鍋裡輕輕一撒，瞬間如同一朵淺綠色的花在水中綻放，四散開來，令人賞心悅目。
香味一陣陣地飄出小廚房，瀰漫了整個院子。
林家三兄弟彷彿是瞅準了時辰過來的，站在外面不停地吞口水。
沈瞳給他們端了三大碗，每一碗都是下足了料。
這陣子，她忙得團團轉，把開荒桃山的事情都安排給林家三兄弟做，自己一次都沒去過桃山呢，也不知道成果如何。
是時候去瞧一瞧了，桃山上的準備工作若是完成了，她的私房菜館也該挑個好日子開店營業了。
用過早膳後，林大帶路，沈瞳跟在後面，兩人沿著一條小道上了桃山。
山腳下光禿禿的，沈瞳將目光移開，看向半山腰，環繞著整個山腰，林家三兄弟按照她的吩咐種了各種果樹苗，高度只到她的膝蓋上方，想要吃到這些果樹結成的果子，還要等上幾年。

不過，越往上，她看到的果樹就越高，甚至有不少是已經長成的大樹，應該是林大特意移栽的，細心照料的話，來年就能吃上新鮮的果子了。

如今將近冬至，樹葉早就掉得光禿禿的了，整座山顯得更加荒涼，但沈曈一眼望見這麼多果樹，心情卻十分愉快，腳下的步伐也輕快許多。

果樹林後面，是一個池塘。在池塘的邊緣，林大用竹子圍了起來，在四個角落都搭起了一間簡易的茅草棚，養著雞鴨鵝等家禽。不過因為池塘是新挖的，裡面丟的都是小魚苗，在小魚苗能夠大量繁殖之前，不能讓雞鴨鵝把小魚苗吃光了，於是，雞鴨鵝都被關在茅草棚裡，只能吃林大餵食的米糠等飼料，或者趕到果樹林中放養。

沈曈看著生機勃勃的桃山，滿意地對林大說道：「幹得不錯，過幾日，再請幾位工匠，在山頂建一個大院子，我回去畫幾張圖紙給你，到時候照著我的設計做。」

林大忙問道：「姑娘，您是打算搬到桃山上來住嗎？」

沈曈沈吟片刻，說道：「暫時還沒決定好，到時候再說吧！」

山上空氣好，若是能住在這兒，當然是極好的，她如今住的那小院子，畢竟是姜奶奶的，雖然她這麼久都沒回來過，但沈曈也不能心安理得地將人家的院子據為己有。

還是要有一個屬於自己的家，這樣她的心裡才踏實。

# 第二十五章

沈曈在心裡盤算了一番，笑著道：「這陣子為了開荒整理這座桃山，花出去的銀子如同流水，得想法子多賺一點銀子，否則到時候沒法子給工匠們發工錢了。」

林大咋舌。「姑娘，您如今可是一品香的二東家，日入斗金，怎麼會沒錢？」

沈曈搖頭。「沒人會嫌銀子太多，往後要用銀子的地方多的是呢，能多賺就多賺。」

銀子可是好東西，到了關鍵時刻，能救命的。

從桃山回來後，沈曈立即坐馬車去了一品香。

如今的一品香，自從重新開張，推出大量新菜以後，已經壓倒鴻鼎樓，名副其實地成為景溪鎮第一大酒樓，不只寬敞明亮的大廳坐滿了客人，甚至連包廂也已經預定滿了。

此時正是飯點，整個大廳十分熱鬧，門口停著不少豪華的馬車，擁擠不堪。

沈曈的馬車才剛停下，站在門口招待客人的小廝眼尖認出了她，連忙恭敬地小跑過來。

「二東家，您來了。」

沈曈一聽到「二東家」三個字，就一陣牙疼。

她之前教一品香後廚們做菜，還提供了那麼多食譜，其實並沒想過要入股一品香，成為一品香的老闆之一，但蘇藍氏卻說一品香能有今日，全是因為她，無論如何都要逼著她簽契約，將一半的一品香都給了她。

雖然密切相處的時間不算長，但沈曈與蘇藍氏之間的關係，可以說是親密無間，蘇藍氏對於她來說，就像一個親切和藹的長輩，對她的關心無微不至，彌補了她前後兩世都沒有母親關愛的遺憾。

因此，沈曈私心裡並不想將自己和她之間的關係用利益來衡量，但蘇藍氏堅持，她拗不過，只好同意了。這會兒聽見小廝的稱呼，她還是有些彆扭，只淡淡點了點頭，問道：「我今兒過來找藍姨有事，她可在店裡？」

「在呢，掌櫃的也是剛到，如今帶著從陶然居挖過來的幾個廚子在後廚。」小廝說道。

「陶然居的廚子？」沈曈挑了挑眉，也不多問，揮手讓小廝繼續忙他的，自己熟門熟路地往後廚走去。一進後廚，就聽見蘇藍氏溫柔的嗓音，正嚴肅地囑咐著什麼。

沈曈笑呵呵地挽住她的手臂，說道：「藍姨，我今兒過來找您，是想跟您商量件事。我想和您合作開一家糕點鋪，咱們還是按照現在這樣的比例來分紅，您管經營方面的事，我管後廚，您看如何？」

蘇藍氏笑著拍了拍她的手，指著面前站成一排的廚子們。「早就料到妳會開糕點鋪，都給妳準備好了。」

不只是人手，還有店鋪的地址，以及各方面的宣傳等等，蘇藍氏都一手包辦了。

沈曈驚了，她才剛想到要開糕點鋪，蘇藍氏卻已經幫她做好了一切開店前的準備。

「藍姨，您是我肚子裡的蛔蟲吧！」她笑著道。

小初在一旁笑道：「姑娘，咱們掌櫃的已經好久沒對誰這麼上心過了，只怕對自己親閨女也沒這麼好，妳往後可不能忘了咱們掌櫃的好處啊！」

「小初，你胡亂說什麼！」蘇藍氏沈下了臉。

「女兒」這兩個字，是蘇藍氏心中永遠的痛，往常誰也不敢在她面前提起，今兒小初卻忘了這忌諱。

小初縮了縮腦袋。「對不起，掌櫃的，我一時……」

「藍姨對我好，我怎會不知？小初，不用你說，我也會好好報答藍姨的。」沈曈見氣氛不對，連忙笑著說道：「反正我沒有爹娘，往後就把藍姨當親娘來孝順了。」

小初眼睛一亮。「這敢情好，姑娘乾脆認咱們掌櫃的做乾娘好了，有一句話我老早就想說了，我第一眼見到妳的時候，就覺得妳和咱們家掌櫃的長得太像了，險些以為妳就是掌櫃的親閨女呢！」

說者無意、聽者有心，蘇藍氏突然愣了愣。她轉頭打量沈曈的面容，若有所思。

其實蘇藍氏當初第一眼見到沈曈的時候，就覺得她特別親切，當時沒想太多，只以為這個小農女與尋常的同齡人截然不同，讓她十分欣賞。

但如今小初這麼一說，她頓時心中一動。按理說，她以前不是沒遇見過能讓她欣賞的女孩，但確實沒有一個能像沈曈這樣讓她打從心底喜歡的。

若沈曈真是她的親閨女，那就好了。她一邊想，一邊細細打量沈曈的容貌，覺得極有可能。

沈曈見她的神情，就知道她在想什麼，連忙說道：「藍姨，這不可能的，我的記憶中，從出生開始就是沈家的女兒，我可以確定，我是我爹娘的親生女兒，不太可能是您的女兒。」

若沈曈當真不是沈大陽的親閨女，以沈老太婆的脾氣，是不可能讓她在沈家待那麼多年的。蘇藍氏也覺得不太可能，但她還是緊緊盯著沈曈的臉瞧，聲音帶著顫抖，說道：「妳、妳的後背，是不是有……」

她說著，竟是說不下去，揮手讓一頭霧水的小初將頭轉過去，溫柔地按住沈曈的手，期待地說道：「我想看看妳的後背，可以嗎？」

沈曈張嘴，想說就算自己的後背有和她的女兒一模一樣的痣或者什麼胎記，也不能就此確定自己就是她的女兒，這世上長得像的人太多了，碰巧遇上兩個沒有血緣關係的也不是不可能。

然而，看她的神情，沈曈便知道自己勸不動，只好點頭。「好吧，藍姨既然想看，那就看吧！」

兩人去了蘇藍氏的房間，她背對著蘇藍氏，掀開衣服，露出後背。

然而，沈曈忘了，她的後背才剛受傷，如今全是傷痕和藥膏，壓根兒就看不見一片完好的皮膚。

這會兒蘇藍氏看見她後背上的情形，臉色頓時一變，顧不得確認她是不是自己的女兒了，忙關切地問道：「這是怎麼回事，妳是怎麼傷到的？」

聞言，沈曈這時才想起來，自己後背受傷了。

沈修瑾給她搽的究竟是什麼藥膏，竟然這麼快就好了，竟然讓她都險些忘記有傷在身了。想起沈修瑾給她搽藥的情形，她的臉忍不住一陣發燙，好在背對著蘇藍氏，沒人看見她的神情。她拉下衣服，遮住後背，才轉身過來說道：「不小心摔的，藍姨別擔心，已經沒事了，只是看著可怕而已，實際上早就好了。」

昨晚發生的事情，她不想讓蘇藍氏知道，省得讓她擔心。

蘇藍氏蹙眉，她直覺沈曈有事瞞著她，但見她不想說，也就不再多問，反正找個時間讓人去查一下，也能知道。

氣氛變得有些沈悶，不知是因為沈曈背上的傷勢，還是因為想起了自己的女兒，蘇藍氏神情懨懨，不再出聲。

沈曈見她臉色不好，生怕自己一開口，又觸及她的傷心事，因此也不敢說話。

而小初就更不敢吭聲了，他畢竟是跟在蘇藍氏身邊最久的人，知道她的脾氣和忌諱，方才多嘴，害得蘇藍氏傷心，這會兒已經在暗暗後悔了。

沈曈見蘇藍氏的臉色依然不太好，有氣無力的模樣，她擔憂地道：「藍姨，您先回去好好休息吧，店裡的事情讓我來就好，若是真有什麼搞不定的，我再讓小初去請您。」

蘇藍氏順從地點頭，輕拍了拍她的小手，又朝她的臉上看了好一會兒，才嘆著氣離開。

沈曈大概明白她為何嘆氣，看著她的背影，也跟著長嘆了一口氣。

小初站在她的身後，用力拍了拍自己的臉。「叫你多嘴。」

沈曈沒好氣地罵道：「遲早得把你這張嘴縫上，省得你整日多嘴，哪壺不開提哪壺。」

「對，是我的錯，我以後再不敢了。」小初連忙說道。

「算了，你也別自責了。」沈曈說道：「你跟我來，給我講講是怎麼回事。」

「什麼怎麼回事？」小初迷迷糊糊地跟著沈曈，兩人進了一間空的包廂。

沈曈把門關上，確定外面沒人偷聽，才問道：「藍姨的女兒，先前我約莫聽陳大廚他們悄悄提過，說是她女兒已經死了，怎麼我看藍姨方才的意思，她的女兒還沒死？莫非是有什麼隱情？」

若是她的女兒真的沒死，自己倒是可以拜託裴銳和郭老爺子幫忙派人出去找找。

小初聞言，搖頭道：「其他人不知道事情的始末，可我不一樣，我從小就跟在夫人的身邊，知道得比他們多一些。」

「夫人？」沈曈察覺小初對藍姨的稱呼變了。

「對，夫人。」小初點頭道：「我們是京城蘇家的人，我是蘇家的家生子，我爹原是跟在老爺身邊跑腿的一個管事，聽他說，好像是十五年前，老爺和夫人因公事急著趕回京，正巧路經景溪鎮的時候，夫人動了胎氣，不能趕路，老爺只好一人上路，讓夫人暫時留在景溪鎮蘇家的宅子裡，等生產了以後再回京。

「結果也是巧了，當時老爺和夫人是在一處鄉野山村分別的，老爺剛走，夫人的肚子就疼了起來，根本就來不及送回蘇宅，於是，夫人只能就地生產。只是，小姐剛出生，夫人都沒來得及抱一下，外面就亂了起來。

「原來是當時那附近山匪猖獗，老爺走時輕車簡從，給夫人留下了大量的財物，遭到山匪的覬覦，雖然車隊中會武的長隨和小廝不少，但混亂中卻只顧著保護夫人，而小姐……」

「你們家小姐，就這樣被那些山匪給害了？」沈曈蹙眉，山匪殺人如麻，連剛出生的嬰兒都不放過，這樣的事情並不少見。

小初紅著眼睛，看了她一眼，搖頭道：「小姐有沒有被害，其實大家都不知道，因為當時夫人產後虛弱，身邊伺候的奴僕們見到山匪就害怕得四處奔逃，沒人顧得上夫人和小姐，之後夫人還是被我爹救走的，小姐被留在那臨時搭起的棚子裡。只是，當時那些山匪不僅見人就砍，還四處放火，那座山火光沖天，小姐就算沒被山匪們害死，也有可能是被燒死了。」

沈曈明白了。「這麼說，其實你們也沒親眼看見藍姨的女兒死在面前。」

難怪藍姨這麼篤定自己的女兒沒死，她沒親眼看見女兒死在面前，也沒見到她的屍體，怎麼可能會認命？這世上任何一個母親，沒能親眼見到證據，都不會承認自己的兒女永遠離開自己了。

小初擦了擦眼淚，說道：「可是，在那樣的情況下，小姐能活下來的機率太低了。」

「只是可能性低而已，並不代表沒有機會活下來，誰知道會不會有奇蹟出現？」沈曈說道。女人的第六感是很奇妙的，更何況是一個愛女如命的母親，這麼多年過去了，藍姨依然堅信自己的女兒還活著，說不定真能讓她等到一個奇蹟呢！

雖然小初也希望自家小姐沒死，但是已經這麼多年過去了，夫人從沒放棄尋找，卻始終一點消息都沒有，他早就不抱希望了，輕聲說道：「姑娘，我今兒跟妳說的這些，妳可千萬不要說出去，掌櫃的平日裡不讓我往外說這些，我是見妳真心關心我們家掌櫃的，我才願意跟妳說的。」

沈曈點頭。「放心吧，我不會往外說的。」

小初又道：「對了，妳以後在掌櫃的面前，最好也別提這些，當年掌櫃的失去我們家小姐以後，很是傷心了一段時間，就連我們家老爺，也被她惱上了。」

「你們家老爺？」沈曈驚訝。「不是說藍姨的夫君早就已經死了嗎？」

小初嘆了口氣。「當年那件事發生之後，老爺派人將整個景溪鎮的山匪都剿殺乾淨，為小姐報仇，但因為當時是老爺為了能早些回到京城，特意選的近道，若是一開始聽夫人的意思走官道，就沒有後來發生的事情了。所以，這麼多年，夫人一直都沒原諒老爺，之後更是離開了蘇家，孤身一人留在景溪鎮，在景溪鎮生活的這幾年，夫人一直對外宣稱自己是寡婦，夫君早就亡故了。」

沈曈正聽著小初講述當年發生的事情，而此時，蘇藍氏在自己的房中，召來了一名護衛。「來人。」

「夫人，請問您有什麼吩咐？」護衛現身，恭敬地行禮。

蘇藍氏眼眶還帶著一絲濕潤，說道：「去，查一下桃塢村沈家，有關曈曈出生到現在的所有事情，都要向我彙報。」

護衛驚訝了一瞬。「夫人，您……」

「怎麼，連我的命令你都敢質疑？」

「屬下不敢！」護衛惶恐。「只是，夫人，當年的事情……」

「我做事還輪不到你來教我，若是不願為我辦事，你明日即可回京，不必再跟在我的身邊。」

「夫人恕罪，屬下這便去。」

護衛是蘇老爺派來保護蘇藍氏的，這幾年蘇藍氏已經將其收買成自己人，許久都沒再向京中傳遞消息，護衛心裡清楚，如果真的被蘇藍氏趕回京中，到時候他在京中也絕對得不到重用，只能當個棄子。

因此，他不敢再多說什麼，只能盡心盡力地按照她的吩咐辦事。

看著護衛離去，蘇藍氏壓下眼底浮動的思緒，從妝奩中拿出一對碧玉手鐲，又回到一品香。

沈曈正在後廚教廚子們做糕點，順便督促陳大廚他們提升廚藝，沒想到蘇藍氏去而復返，也不管眾人驚訝的眼神，一過來便把她從麵粉堆裡拉出來。

「來，曈曈。」蘇藍氏親手幫沈曈把沾滿麵粉的手洗乾淨，在沈曈還在愣神兒的工夫，往她手腕不由分說地戴上了一對手鐲。

那手鐲水頭極好，一看便知價格不菲，沈曈嚇了一跳。「藍姨，這太貴重了。」說著，她作勢要將手鐲拿下來。

蘇藍氏按住她的手，臉上帶著笑容，輕聲說道：「妳方才不是說要將我當親娘一般孝順嗎？這是我給女兒的見面禮，妳若是不收，便是不肯認我做乾娘。」

乾娘？沈曈眨了眨眼，望著蘇藍氏沒反應過來。

蘇藍氏笑望著她。「怎麼，當真不想認我這個乾娘？」

沈曈這才回過神來，笑著叫了一聲。「乾娘。」

「欸，乖女兒。」蘇藍氏應了一聲，撫摸著沈曈的頭髮，眼中隱隱有淚光閃現。

沈曈知道她又想起生死不明的女兒了，不想讓她太難過，笑著說了幾句好聽的話，挽著她的手腕。「乾娘，我方才正教他們做幾樣新鮮的糕點呢，您也來嚐嚐吧！」

由於兩人是在廚房內說的，這話也沒避開誰，後廚的廚子們都聽見了，這時紛紛笑著道：「恭喜掌櫃的，恭喜二東家！」

「對呀，掌櫃的，這樣大好的喜事，咱們可得好好慶祝一番。」

蘇藍氏深吸一口氣，笑道：「好，是得慶祝一番，今兒個咱們就早些打烊，到時候大夥多做幾道菜，咱們一塊兒喝幾杯。」

「怎麼這麼熱鬧，有什麼好事嗎？」後廚門口大剌剌地走進來幾道身影，竟是沈修瑾、裴銳和郭興言，方才的話正是出自裴銳的口中。

沈修瑾依舊一言不發。

三人雖然像往常一樣並肩而行，但沈曈卻一眼就看出來了，此刻的裴銳和郭興言，隱隱以沈修瑾為首，不動聲色地慢行了半步，似對他極其恭敬。

沈曈眼神微深，她早就知道沈修瑾恢復了記憶，也猜到他的身分恐怕比自己想像中的還要高，但從沒想過，會比裴銳的來歷還要大。

裴銳畢竟是個小侯爺，雖然沈曈對大盛朝勛貴世家並不熟悉，但她能從郭興言等人的態度猜測到，他在勛貴之間已經算是最頂尖的出身了。

這麼說來，沈修瑾的身分，還要更高。

他究竟是什麼人？

——未完，待續，請看文創風797《犀利小廚娘》2

文創風
796

# 犀利小廚娘 1

國家圖書館出版品預行編目資料

犀利小廚娘 / 遲小容著. --
初版. -- 臺北市 : 狗屋, 2019.11
冊 ; 公分. --（文創風）
ISBN 978-986-509-048-7（第1冊 : 平裝）. --

857.7 108015638

| | |
|---|---|
| 著作者 | 遲小容 |
| 編輯 | 林俐君 |
| 校對 | 沈毓萍 |
| 發行所 | 狗屋出版社有限公司 |
| 地址 | 台北市104中山區龍江路71巷15號1樓 |
| 電話 | 02-2776-5889～0 |
| 發行字號 | 局版台業字845號 |
| 法律顧問 | 蕭雄淋律師 |
| 總經銷 | 知遠文化事業有限公司 |
| 電話 | 02-2664-8800 |
| 初版 | 2019年11月 |
| 國際書碼 | ISBN-13　978-986-509-048-7 |

本著作物由廣州阿里巴巴文學信息技術有限公司授權出版

定價250元

狗屋劃撥帳號：19001626

網址：love.doghouse.com.tw　E-mail：love@doghouse.com.tw